grafit

© 1996 by GRAFIT Verlag GmbH
Chemnitzer Str. 31, D-44139 Dortmund
E-Mail: Grafit-Verlag@t-online.de
Internet: http://www.grafit.de
Alle Rechte vorbehalten.
Umschlagzeichnung: Peter Bucker
Druck und Bindearbeiten: Elsnerdruck, Berlin
ISBN 3-89425-062-3
9. /2000

Jacques Berndorf

Eifel-Schnee

Kriminalroman

|g|r|a|f|i|t|

Der Autor:

Jacques Berndorf (Pseudonym des Journalisten Michael Preute) wurde 1936 in Duisburg geboren und wohnt – wie sollte es anders sein – in der Eifel. Berndorf kann ohne Katzen und Garten nicht gut leben und weigert sich, über Menschen und Dinge zu schreiben, die er nicht kennt oder nicht gesehen hat. Ist unglücklich, wenn er nicht jeden Tag im Wald herumstreifen kann, und wird selten auf ausgefahrenen Wegen gesehen.

Nach *Eifel-Blues* (1989), *Eifel-Gold* (1993), *Eifel-Filz* (1995) ist *Eifel-Schnee* der vierte Eifel-Krimi. Weitere Romane mit Siggi Baumeister sollen folgen.

VORBEMERKUNG

Dieser Drogenkrimi wurde im Jugendhaus Jünkerath unter außergewöhnlichen Umständen geboren. Jugendliche hatten sich beschwert, ihre Eltern wüßten nichts über die Drogenszene in der Eifel, würden nur labern. So zähle ich sie auf:

Alex, Andreas, Cahit, Christine, Christoph, Daniel, Dirk, Duran, Etscha, Gaby, Gudrun, Heike, Janine, Julchen, Kathleen, Kenan, Kersten, Maria, Michael, Nena, Nikola, Patrick, Pierre, Ralf, Rainhardt, Sascha, Simone, Sven, Yvonne. Ihnen gilt mein tiefer Dank. Dank selbstverständlich auch an Elvira Mommer, Ulrike Erb-May, Rainer Simon und Tilman Peuster – die Betreuer. Mogeln war unmöglich, und die romantischen Vorstellungen des Autors wurden zuweilen schmerzhaft korrigiert.

Für Jutta Näckel und ihren Max in Kelberg; für Beate Leisten und Michael Piater in Adenau.

»Wir lebten, als hätten wir eine Wahl, als wären wir nicht allein, als würde nicht ein Moment kommen, in dem jeder von uns begreift, daß das Leben vorbei ist, daß wir ohne Bremsen auf eine Wand zufahren ...«
   Hanif Kureishi in *Der Buddha aus der Vorstadt*

ERSTES KAPITEL

Weihnachten, das steht im Handbuch jedes anständigen Deutschen, ist ein hohes Fest, eine äußerst gefühlige Angelegenheit. Also hatte ich mir ein paar sehr schöne Zweige der Weimutskiefer aus dem Wald geholt, dazu im Supermarkt in Hillesheim zwei Kartons rote und blaue Weihnachtskugeln erstanden und vier Pakete rotes und vier Pakete silbernes Lametta – man gönnt sich ja sonst nichts. Ich hatte mir vorgestellt, zusammen mit meinen Katzen ein gemütliches Fest zu verleben, versonnen in brennende Kerzen zu blicken und sehr andächtig zu sein. Einmal im Jahr braucht der Mensch das.

Am Heiligen Abend machte ich gegen Mittag Schluß mit der Arbeit und hielt Momo und Paul eine informative Rede, in der ich ihnen grob erklärte, was es mit dem menschlichen Weihnachten so auf sich hat, weshalb wir dieses Fest feiern und warum die Hälfte der Weltbevölkerung in Schmalz ersäuft, wenn sie nur an diese Tage denkt.

Meine Katzen sind sehr kluge Tiere, und sie hörten mir offensichtlich aufmerksam zu, blinzelten und zeigten blanke Kinderaugen. Dann beobachteten sie nervös, wie ich eine Dose Ölsardinen öffnete und ihnen jeweils die Hälfte auf die Teller füllte. Sie fraßen mit einer ungeheuren Geschwindigkeit und lauschten dann erneut, während ich ihnen mit väterlicher Güte mitteilte, daß das nur die Vorspeise gewesen sei. Der Hauptgang bestand aus je einhundert Gramm grober, handgedrechselter Bauernleberwurst, das Dessert aus je drei Eßlöffeln Vanillefla direkt von einer holländischen Molkerei nahe Utrecht.

Momo übergab sich als erster. Er erledigte das sehr dezent in einer dunklen Ecke unter dem alten Küchenherd, die ich nur erreichte, indem ich mich bäuchlings platt auf die Fliesen legte. Paul, der als jugendlicher Rabauke nicht soviel Rücksicht nahm, entleerte seinen Magen kurzerhand auf meinem neuen schwedischen Wollteppich.

Weil Weihnachten war, schimpfte ich nicht.

Dann gingen wir daran, unseren Weihnachtsstrauß aufzustellen und festlich zu schmücken. Die Kiefernzweige waren etwa einen Meter zwanzig lang, und die Vase, die ich auserkoren hatte, war aus Ton und ungefähr vierzig Zentimeter hoch. Handwerklich geschickt, wie ich nun einmal bin, legte ich etwa ein Kilo Kieselsteine unten in die Vase, um sie genügend zu beschweren. Schließlich füllte ich Wasser auf. Da hinein kamen die Zweige, die angenehm nach Zitrone rochen. Ich arrangierte sie so, daß eine Ikebana-Meisterin neidisch gewesen wäre. Die Kugeln und eine hoch künstlerische Drapierung des Lamettas folgten.

Derweil erzählte ich meinen Katzen die Geschichte von meinem Vater und mir, als wir zusammen einen Weihnachtsbaum geschmückt hatten und dabei unbedingt einer Flasche Whisky auf den Grund gehen mußten. Ich gestand ihnen auch, daß ich sturzbetrunken von einer Leiter in den zwei Meter hohen, höchst aufwendig geputzten Baum gefallen war, der anschließend so ausgesehen hatte wie ein Kohlstrunk nach den ersten Nachtfrösten.

»Weihnachten«, erklärte ich den Katzen, »ist für jedermann ein Anlaß, sich zu erinnern. An all die vielen Weihnachtsfeste, die man im Kreis seiner Lieben verbracht und die man auf die wunderbarste Weise überlebt hat.«

Momo hatte sich in den Sessel vor den Fernseher gelegt, Paul zu seinen Füßen. Sie schauten mir zu, und wahrscheinlich dachten sie: Der Alte sollte weniger reden und statt dessen noch ein paar Ölsardinen rausrücken.

Gegen 17 Uhr sendete die *ARD* eine seit Jahrhunderten beliebte ölige Sendung in der Art *Wir warten auf das Christkind*. Andächtig lauschten wir dem Thomanerchor, der ganz verzückt bekundete, es sei erneut ein Ros entsprungen. Später brutzelte ich mir Bratkartoffeln mit sechs Spiegeleiern und überlegte, in die Christmette nach Maria Laach zu fahren. Seit ich Kind war, habe ich einen erschreckenden Hang zu mönchischem Leben. Aber dann fand ich die Idee gar nicht mehr so gut, weil es ja geschehen konnte, daß mich jemand anrief und mir fröhliche Weihnachten wünschen wollte. So etwas ist ja nicht auszuschließen.

In diesem Moment klingelte entfernt mein Handy. Ich wußte genau, ich hatte gegen Mittag in der Wanne gesessen und telefoniert. Also mußte das Gerät im Badezimmer sein. Es fand sich unter einem Haufen alter Handtücher.

»Siggi Baumeister. Fröhliche Weihnachten denn auch«, meldete ich mich.

»Ich bin es«, antwortete Dinah kläglich. »Ich wollte, ich wäre nicht zu meinen Eltern gefahren.«

»Du hast darauf bestanden«, schnauzte ich.

»Na denn, fröhliche auch«, schniefte sie. »Mein Vater schmückt gerade den Tannenbaum. Wie geht es denn den Katzen?«

»Phantastisch«, behauptete ich. »Wie geht es dir?«

»Nicht so gut«, jammerte sie. »Meine Mutter hat darauf bestanden, daß ich ein Kleid anziehe. Jetzt fühle ich mich wie achtzehnhundertachtundachtzig. Baumeister, meinst du, ich könnte übermorgen schon nach Hause kommen?«

»Sicher kannst du das. Hast du deinen Eltern erzählt, daß es mich gibt?«

»Noch nicht. Ich bin noch gar nicht dazu gekommen. Ich habe ein paar Freundinnen und Freunde getroffen. Dann hat mein Vater einen Puter gekauft und versaut. Er hat die Plastiktüte mit den Innereien dringelassen und plötzlich roch das so furchtbar ... Baumeister, ich wollte, ich wäre in der Eifel. Was machst du heute abend?«

»Ich stelle mir vor, du wärst hier«, antwortete ich wahrheitsgemäß. »Habt ihr einen neuen Puter?«

»Nein, aber ein Karnickel. Ich mag kein Karnickel. Ich fühle mich ganz scheußlich.«

»Das legt sich. Wie geht es deiner Mutter?«

»Prima, soweit ich weiß. Sie hat eben länger geweint. Wenn sie an Weihnachten grundlos weint, geht es ihr immer gut. Ich ruf dich später noch mal an. Nimm das Telefon mit ins Bett.«

Ich hockte auf dem Badewannenrand und erklärte einem unsichtbaren Besucher: »So geht es Leuten, die behaupten, sie könnten Weihnachten ganz gut allein verbringen, verdammte Scheiße!« In diesem Augenblick kam von unten zunächst ein merkwürdiges Klatschen, dann ein Poltern, als sei etwas Schweres auf die Holzdielen gefallen, und ein merkwürdiger Laut zwischen heller Lebensfreude und tiefem Erschrecken. Ich verzog keine Miene, weil ich Kummer gewöhnt bin. Langsam und gefaßt stieg ich in das Erdgeschoß hinab, und ich ging ungeheuer lässig, damit die blöden Viecher nicht dachten, ich wollte sie überraschen. Tatsächlich fuhren sie arglos mit ihrem neuen Weihnachtsspiel fort.

Paul hatte etwas Faszinierendes entdeckt. Er sprang auf die Fensterbank, leckte sich hingebungsvoll und scheinbar traumverloren die Pfoten, um dann wie von der Sehne geschnellt in den Weihnachtsstrauß zu springen. Der lag längst auf dem Teppich, hatte sich von ungefähr vier Litern Wasser befreit und bildete ein entzückendes Arrangement von dunklem Grün und bunt glitzerndem Schmuck. Unter dem Strauß lag Momo auf dem Rücken und schien sich mächtig zu freuen, als Paul angesegelt kam. Sie balgten sich nach Herzenslust, fauchten und schienen viel Spaß miteinander zu haben.

»Ich hasse euch«, rief ich in eine plötzlich aufkommende Stille. »Ich hasse euch aus tiefstem Herzen.« Ich würdigte sie keines Blickes mehr, räumte das Chaos auch nicht auf, verzog mich in mein Bett. Ich grollte und las Nietzsche. Irgendwann schlief ich ein.

Als das Telefon schellte, war es drei Uhr. Ich nörgelte: »Wieso bist du noch auf?«, aber es war nicht Dinah, es war jemand, der mit kindlicher Stimme aufgeregt fragte: »Bist du dieser Journalist?«

»Ja«, bestätigte ich. »Fröhliche Weihnachten. Und wer bist du?«

»Ich bin Schappi«, sagte er. »Ole und Betty sind tot. Die sind am Brennen.«

»Langsam, bitte. Du bist also Schappi, und es ist drei Uhr nachts. Stimmt das?«

»Ja.«

»Und du hast nichts getrunken?«

»Nein.«

»Also gut. Und wer sind Ole und Betty?«

»Ole ist mein Bruder. Und Betty ist seine Frau, also seine Freundin.«

»Und die sind verbrannt?«

»Ja, die brennen immer noch.«

Panik kroch in mir hoch. »Warum weckst du dann nicht Nachbarn oder sonstwen? Und wieso rufst du hier an? Woher hast du meine Telefonnummer?«

»Mama und Papa stehen sowieso schon auf, die haben mich gehört. Ole hat gesagt, du heißt Baumeister und auf dich ist Verlaß. Sagt Ole.«

»Und von wo aus rufst du an?«

»Vom Birkenhof in Jünkerath.«

»Was brennt denn da genau?«

»Die Scheune. Da haben die sich zwei Zimmer gemacht. Das weiß doch wirklich jeder.«

»Warum rufst du mich an?«

»Weil Ole gesagt hat, er will sowieso alles mit dir besprechen.«

»Was will er besprechen?«

»Was so los ist. Kannst du mal kommen?«

Ich wußte nicht, was ich sagen sollte. Ich kannte ihn nicht, ich wußte nichts von Ole und Betty, und vom Birkenhof in Jünkerath hatte ich auch noch nie etwas gehört. Aber der Junge klang sehr ernst und aufrichtig.

»Guck genau nach, ob Papa und Mama schon auf sind, dann rufst du die Feuerwehr«, bestimmte ich schließlich. »Wähl die eins, eins, zwei und sage, daß es brennt. Ich komme.«

»Ist gut, Mann«, antwortete er erleichtert.

Ich hockte noch eine Weile auf der Matratze und dachte über diese Kinderstimme nach, ehe ich mich anzog und hinausging. Es war sehr kalt, der Himmel war ein schwarzes Loch, und durch den gelben Lichthof der Laterne fiel sanft der erste Schnee des Jahres. »Fröhliche Weihnachten«, sagte ich halblaut. Sicherheitshalber fügte ich hinzu: »Verdammter Mist!«

Ich fuhr über Hillesheim, weil ich es nicht riskieren wollte, zwischen Wiesbaum und Birgel bei Glätte von der Straße gefegt zu werden. In den großen Wäldern hinter Hillesheim konnte ich aufdrehen und zog zwei rabenschwarze Streifen durch den weißen Schnee. Auf *Radio RPR* dröhnte jemand mal wieder *White Christmas*, und ein gelangweilter Moderator erzählte, daß ihm seine Frau die dreißigste Krawatte geschenkt habe. Hinter Birgel ging es in die langgestreckte Rechts-Links-Kombination, und ich geriet ins Rutschen. Jenseits der Eisenbahnbrücke, wo die ersten Häuser Jünkeraths stehen, sah ich, was ich nicht hatte glauben wollen. Rechts in der Niederung der Kyll lag vor einem dichten Waldstück ein großer Hof. Neben diesem Hof, ungefähr zweihundert Meter entfernt, loderte ein gewaltiges Feuer, von dem ich wußte, daß es von einer Scheune Nahrung bekam. Merkwürdig, dachte ich, ich fahre vielleicht fünfzigmal pro Jahr diese Strecke und noch nie habe ich diese Häuser gesehen.

In Jünkerath weiß ich nie, wie ich am schnellsten über die Bahnlinie komme. Da entdeckte ich vor mir die blaublitzenden Lichter eines Feuerwehrwagens und folgte ihnen. Es wirkte gespenstisch, die Sirene war nicht eingeschaltet. Gleich darauf folgte mir das grellblaue Licht einer Funkstreife, die ihr Horn benutzte, dahinter ein zweites Feuerwehrauto. Wir rasten jetzt mit hoher Geschwindigkeit an dem Wald entlang und donnerten in voller Fahrt über den Hof des großen Bauernhauses. In den Augenwinkeln sah ich, wie Männer und Frauen heftig gestikulierten; sie rannten alle zu der brennenden Scheune, ihre Schatten tanzten grotesk.

Ich fuhr nicht bis an das Feuer heran, weil ich wußte, daß dort in kürzester Zeit alles durch Fahrzeuge verstopft sein würde. Ich lenkte den Wagen ein Stück in die Wiese hinein und stellte mich vor mein Auto, um zu beobachten, was es zu beobachten gab. Das Feuer war höllisch laut, weil die Scheune ganz aus Holz war, das in der Gluthitze mörderisch krachte. Ich schaute zu, wie die Feuerwehrleute sich schnell in einer Reihe formierten und ihnen jemand kurze, schnelle Befehle zubellte. Die Reihe löste sich auf, die Männer begannen, ihren Aufgaben nachzukommen.

Ein mächtiger Mann kam von links den Weg entlang gerannt und schrie im höchsten Diskant: »Ole! Ole! Ole!« Es schien, als wolle er direkt in das Feuer hineinlaufen. Einer der Feuerwehrleute stellte sich ihm in den Weg und wurde glatt und brutal umgestoßen. Ein uniformierter Polizist hielt den Rennenden schließlich auf und redete auf ihn ein. Irgendwo hatten die Männer inzwischen eine Pumpe angeschlossen, und das Wasser schoß aus drei Rohren in die Glut.

Eine Frau näherte sich dem Geschehen. Sie trug etwas lang wallendes Weißes, darüber einen dunklen Mantel. Sie ging behutsam, als hätte sie Angst, sie könne jemanden wecken. Sie ging wie in Trance und sie weinte ganz laut. Hinter ihr war ein kleiner Junge, den sie hinter sich her zerrte, als sei sie sich seiner Gegenwart nicht bewußt.

Der Polizist führte den mächtigen Mann beiseite und schrie: »Ich brauche einen Arzt!« Jemand antwortete etwas, das ich nicht verstehen konnte. Es schneite immer heftiger.

Ich zog den Wagen ein paar Meter vor, um besser sehen zu können, und setzte mich hinein. Ich zündete mir eine Pfeife an und paffte vor mich hin. Ole und Betty. Wer waren Ole und Betty? Und wieso wollte dieser Ole zu mir kommen, um etwas zu besprechen?

Ein zweiter Streifenwagen erschien auf der Bildfläche, ein dritter von der Feuerwehr, und dann, als habe sich eine Schleuse geöffnet, sehr viele Privatfahrzeuge. Am Brandherd setzten sie jetzt Schaum ein. Balken stürzten in einem grellen Funkenregen in das Inferno, Feuerwehrleute schrien sich Informationen zu, Polizisten versuchten, Neugierige abzudrängen. Irgendwann hatte ich Eisbeine und startete den Motor, um mich aufzuwärmen.

Da sah ich das Kind auf mich zukommen und war auf eine elende Weise fassungslos. Woher wußte dieses

Kind, wo ich stand, wer ich war? Ich öffnete die Beifahrertür. »Steig ein«, sagte ich.

Er war vielleicht zehn Jahre alt und dünn wie ein Hänfling. Er hatte hellblondes Haar über einem schmalen Gesicht mit ganz großen Augen und trug einen Schlafanzug, darüber einen Parka und an den Füßen Pantoffeln. Er wirkte zerbrechlich.

»Da ist Schokolade im Handschuhfach«, erklärte ich.

Er öffnete das Handschuhfach, nahm die Schokolade und brach ein Stück ab.

»Wann hast du gemerkt, daß es brennt?«

»Ich wollte eigentlich rüber zu Ole, wegen Weihnachten. Betty hat gesagt, ich darf kommen. Aber mein Vater hat es verboten, er meinte, ich soll mich nicht immer bei denen rumtreiben. Ich habe gewartet, bis alle schliefen, dann wollte ich rübergehen. Da brannte das aber schon.«

»Wieso glaubst du denn, daß Ole und Betty tot sind? Vielleicht leben sie, vielleicht sind sie einfach rausgelaufen.«

Der Junge schüttelte den Kopf. »Ole sagt immer, wenn sie viel Hasch rauchen, ist ihm alles egal. Und wenn er dann säuft, kriegt er gar nix mehr mit.«

»Du weißt ganz sicher, daß sie in der Scheune waren?«

Er nickte nur.

»Wie alt ist sind denn Ole und Betty?«

»Ole ist fünfundzwanzig, und wie alt Betty ist, weiß ich nicht. Aber ich schätze mal, sie ist auch fünfundzwanzig.«

»Und sie leben in der Scheune?«

»Ja.«

»Wie lange schon?«

»Sehr lange«, sagte er. »Als ich im Sommer mal Geburtstag hatte, da waren sie schon in der Scheune.«

»Aber wieso in der Scheune?«

»Weil Ole immer Krach mit Papa hatte. Und weil Papa immer sagt, Ole soll ihm aus den Augen gehen, sonst schlägt er ihn noch mal tot. Deswegen. – Ich glaube, da geht jetzt einer von den Feuerwehrleuten rein.« Seine Stimme überschlug sich plötzlich, und er öffnete die Tür und rutschte hinaus. Wieselflink rannte er durch den

Schnee, eine ganz schmale, verlorene kleine Figur, beladen mit der irrwitzigen Hoffnung, Ole und Betty könnten grinsend aus dem Feuer auftauchen und sich über ihn amüsieren – ihn aber auch in die Arme nehmen.

Radio RPR brachte in den Nachrichten die Meldung, daß der Heilige Abend in Jerusalem außergewöhnlich friedvoll verlaufen sei und daß der Heilige Vater in Rom die Hoffnung hege, diese Welt werde endlich ein ruhigerer Hort.

Zwei schnelle BMW erreichten das Gelände, schwarz lackiert, Blaulicht. Es waren sieben Männer, Brandexperten wahrscheinlich, vielleicht ein Teil der Mordkommission aus Wittlich. Es schneite in großen, dicken Flocken.

Unmittelbar vor der brennenden Scheune stand eine Gruppe zusammen; die Menschen diskutierten wild. Ihre tiefschwarzen Umrisse vor dem Feuer wirkten wie ein perfekter Scherenschnitt. Zwei Feuerwehrleute mit Atemschutzgeräten gesellten sich zu der Gruppe. Jetzt war nur noch schwer auszumachen, wer hier etwas zur Brandbekämpfung beitrug oder wer einfach nur Zuschauer war.

Aus den nächsten zwei Polizeiwagen stiegen acht Beamte, und sie begannen, die Zuschauer zurückzudrängen. Sie machten es langsam, freundlich, aber unerbittlich. Ich erblickte auch den massigen Mann wieder, der so verzweifelt nach Ole geschrien hatte. Er ging gebeugt auf die Frau im Nachthemd zu, legte ihr einen Arm um die Schultern und redete mit ihr. Er wirkte behutsam. Dann bewegten sie sich langsam von der brennenden Scheune fort und verloren sich auf dem Wiesenweg zu ihrem Hof. Der Kleine, der sich Schappi nannte, war nicht bei ihnen. Plötzlich sah ich ihn, wie er mit kleinen Schritten, sich dauernd zum Feuer umblickend, auf mich zukam.

Er öffnete die Beifahrertür. Sein Gesicht war ganz verschmiert von Asche und Ruß. Er weinte vollkommen lautlos, legte die Hände auf die Autokonsole und starrte hinunter auf seine Füße. Er konnte wohl das Feuer nicht mehr ertragen. Merkwürdigerweise sprach er so kühl, als gebe er einen sachlichen Kommentar.

»Sie sagen, sie holen jetzt Ole und Betty raus.«

»Das ist wohl so«, nickte ich.

»Verbrennen Menschen total?«

»Ich weiß es nicht.« Ich war plötzlich wütend auf Dinah, daß sie nicht neben mir hockte und den Jungen in die Arme nehmen konnte. »Soll ich dich nach Hause fahren? Zu deinen Eltern?«

Er schüttelte energisch den Kopf.

»Es wäre aber besser«, meinte ich. »Deine Mutter wird dich jetzt brauchen. Ole ist weg, aber du bist noch da, verstehst du.«

Feuerwehrleute trugen zwei lange schwarze Wannen herbei und stellten sie ab.

Ich startete den Motor. »Du frierst«, sagte ich. »Du holst dir den Tod.«

Ich fuhr aus der Wiese heraus und kurvte durch die geparkten PKW. »Weißt du denn, was Ole mit mir besprechen wollte?«

»Weiß ich nicht.«

»Aber irgend etwas muß doch los gewesen sein.«

»Na ja, wegen dem Holländer.«

»Ist der Holländer ein Freund? Wer ist der Holländer?«

»Weiß ich nicht. Papa sagt, er schlägt ihn tot, wenn er nochmal auf den Hof kommt.«

Wir kamen vor dem Wohnhaus an, ich ließ Schappi aussteigen und ging dann mit ihm. In jedem Raum des Hauses brannte Licht, zu hören war kein Laut. Da tauchte in einer Tür die Frau mit dem Nachthemd auf und strich an uns vorbei. Sie sah uns nicht, sie bewegte panisch schnell die Lippen, als spreche sie aufgeregt mit jemandem.

»Mama«, stammelte der Kleine.

»Komm mit«, sagte sie tonlos und streckte die Hand aus.

Der Kleine griff nach dieser Hand und ließ sich mitziehen. Ich wußte, daß es sehr schwer sein würde, erneut mit ihm zusammenzutreffen. Ich setzte mich wieder ins Auto und fuhr heim.

Zwei Stunden brauchte ich ungefähr, um das Weihnachtschaos meiner Katzen aufzuräumen. Früh am Morgen rief Dinah wieder an und berichtete, es gehe ihr besser und ihre Eltern hätten verständnisvoll reagiert, als sie ihnen von mir erzählt habe.

»Mama fragte natürlich sofort, ob wir heiraten. Ich habe ihr gesagt, daß wir an der Idee arbeiten. Und was war bei dir?«

»Nichts Besonderes«, log ich. »Laß dir Zeit, wir haben Weihnachten, und alle Menschen guten Willens sind friedlich.«

»Du bist richtig zärtlich, Baumeister«, sagte sie hell.

Ich ging schlafen, und als ich aufwachte, hatte ich stechende Kopfschmerzen. Ich duschte kalt und machte mir einen Kaffee. Das war am ersten Weihnachtstag gegen 16 Uhr. Wenig später rief ich den Arzt Tilman Peuster aus Jünkerath an und riskierte die Frage, ob er Patienten mit den Namen Ole und Betty habe.

»Habe ich«, antwortete er. »Aber eigentlich darf ich Ihnen keine Auskunft geben, da ist was passiert.«

»Ich weiß, aber die sind doch verbrannt, ich war da«, sagte ich. »War noch etwas übrig von denen?«

»Nicht sehr viel«, sagte er. »Sie haben sie in die Gerichtsmedizin nach Bonn gebracht.«

Eine Weile herrschte eine unnatürliche Ruhe.

»Ich weiß, daß Sie keine Auskunft geben dürfen, aber darf ich trotzdem fragen, ob ...«

Er unterbrach mich schnell. »Ich weiß, was Sie fragen wollen. Ich würde es so formulieren: die ersten Untersuchungen sind gelaufen. Die beiden waren tot, als das Feuer noch gar nicht ausgebrochen war. Das habe ich sozusagen als Bürger gehört, das hat mit meiner Schweigepflicht nichts zu tun.«

»Haben Sie die Leichen gesehen?«

»Kurz. Aber ich muß jetzt mit den Patientenunterlagen nach Bonn. Die Sache ist eine vertrackte Geschichte.«

»Etwas mit einem Holländer?«

»Davon höre ich zum erstenmal«, antwortete er. »Aber mir war auch neu, daß die beiden Heroin gespritzt haben sollen.«

»Heroin auf einem Bauernhof«, sagte ich verblüfft.

»Auch das kommt vor«, murmelte er melancholisch. »Es ist allerdings noch bestürzender zu erfahren, daß das Heroin in sie hineingespritzt wurde. Als sie schon tot waren, versteht sich. Aber vergessen Sie das wieder. Das verstößt nun wahrscheinlich gegen hundert Gesetze und Verordnungen über Behinderung der staatsanwaltschaftlichen Ermittlungen.«

»Wie waren sie denn, dieser Ole und diese Betty?«

»Tja, wie waren sie«, nuschelte Peuster. »Sie haben Jahre nach einem Lebensweg gesucht, nach einer Zukunft. Aber viele Chancen hatten sie nicht, eigentlich hatten sie gar keine. Ich muß los, Baumeister. Machen Sie es gut, essen Sie Ihre Weihnachtsplätzchen und erinnern Sie sich an Ihre Kindheit. Sie hatten doch eine, oder?«

Ich antwortete nicht mehr, hängte einfach ein. Zuweilen entwickelte der Arzt eine ziellose Ironie, der ich mich nicht gewachsen fühlte. Wie hatte Chandler seinem englischen Verleger geschrieben? – *Ich bin ein kleiner Mann in einer großen Welt, und mein Haar wird schnell grau.*

Draußen war es dunkel geworden, es schneite wieder, der Wind kam scharf aus Nordwest, die flirrend weißen Striche des Schnees lagen fast waagerecht, in den beiden Zügen des Kamins heulte es an- und abschwellend wie aus einer mißtönenden Orgel. Ich schlug Christoph Ransmayers *Morbus Kitahara* auf, entschlossen, Literatur zu saufen, und fand das Buch so gut, daß ich nach zwei Seiten aufhörte, weil es mich begeisterte, aber auch bedrohte. Vielleicht ist Weihnachten ungeeignet für hohe Kunst, vielleicht ist Weihnachten tatsächlich dem Kitsch der Götter vorbehalten, vielleicht ist Weihnachten ausschließlich die hohe Zeit der Laubsäge und der handgeschöpften Norwegerpullover. Ich war unruhig, ich wußte nicht, was ich tun sollte, das Haus war sehr still, die Katzen lagen eng aneinandergeschmiegt auf der Fensterbank zum Garten hin und hatten wohl beschlossen, mich zu übersehen, keine Streiche auszuhecken.

Da rief Rodenstock an und fragte, ohne jeden Gruß und ohne fröhliche Weihnacht: »Sag mal, kommst du dir auch so überflüssig vor?« Als könnte ich ihn beschimpfen oder ihm die Leviten lesen wollen, fuhr er schnell fort: »Ich weiß, daß Dinah bei ihren Eltern ist, Gott schütze die Eltern. Sag mal, was war das für ein Brand heute nacht? Ich meine den in Jünkerath.«

»Es hat zwei junge Leute erwischt. Sieht nach Doppelmord aus.«

»Mit anderen Worten, du recherchierst schon?« Er wirkte gierig.

»Nein. Und ich weiß nicht, ob ich einsteigen soll. Erst sind sie getötet worden. Wie, weiß ich nicht. Dann ist ihnen Heroin gespritzt worden. Warum, weiß ich nicht. Dann wurde ihnen die Bude überm Kopf angezündet. Frag mich nicht, was das alles soll. Wenn es einen Oscar für Dämlichkeiten geben würde, müßte dieser Täter einen kriegen. Das ist ja fast so dumm wie die Krimis im Fernsehen.«

»Wieso denn?« fragte Rodenstock gemütlich. »Vielleicht dient das alles nur der Verwirrung? Und die Toten? Was waren das für Leute?«

»Es waren keine Leute, es waren Leutchen. Junge Menschen, solche von der falschen Straßenseite, solche, mit denen anständige Eifler sich überhaupt nicht abgeben. Wo hast du eigentlich davon gehört?«

»*SWF drei*, *Radio RPR*, *WDR II*, die sind alle voll davon. Aber niemand sagt, daß es sich um Mord handelt. Ich vermute mal, das fällt unter die Kategorie ‚tragische Schicksale dicht am Weihnachtsbaum'. Was hältst du davon: komm her, und wir weinen zusammen!«

»Keinen Bock. Wer leitet die Mordkommission zur Zeit?«

»Ein Mann namens Sternbeck. Dem Vernehmen nach hat er anstelle eines Rückgrats ein Stück Naturgummi. Angeblich ist er ein fauler Hund, der seine Leute antreibt und gelegentlich willigen Sekretärinnen die Röcke hebt. Komm schon, Baumeister, schwing dich in dein Auto, und mach einen Besuch bei einem schweigsamen Rentner an der Mosel. Du kannst Dinah auch von hier aus nerven, falls es das ist.«

»Das ist es nicht, mein Lieber. Ich bin durcheinander, weil ich einem Kind begegnet bin, das zusehen mußte, wie die einzigen Menschen, die es liebte, verbrannt sind. Das schmeißt mich irgendwie. Ich komme mir überflüssig vor.«

»Weißt du, wie man Bratäpfel macht?«

»Was soll das?«

»Also, weißt du es oder nicht?«

»Na ja, Apfel aushöhlen, mit Nüssen und Rosinen füllen, ab in die Röhre. Nach ungefähr einer oder zwei Stunden ...«

»Alles falsch. Apfel aushöhlen ist richtig. Aber dann mußt du die Rosinen in Brandy tränken, ach so, du bist ja Abstinenzler.«

»Na gut. Komm schon her. Nein, warte, ich hole dich ab.«

»Endlich hast du begriffen, was mich bewegt.« Rodenstock krähte ziemlich fröhlich. Ich wußte, daß er Weihnachten immer an seine Frau dachte und sich dabei scheußlich fühlte. Seit sie gestorben war, lebte er in dem diffusen Gefühl, an ihrem Tod schuld zu sein.

Ich fuhr also über Walsdorf und Zilsdorf nach Daun, dann nach Mehren, querte die Autobahn und schoß über die Höhen der Mosel, als würde ich dafür bezahlt. Schwarz wie Tinte pulste der von Wasserbauern schlicht versaute Fluß durch das Tal, verströmte den Charme einer zu dicken Sopranistin im Hüftgürtel; sein Wasser murmelte nicht einmal, schlabberte dahin wie Öl.

Rodenstock hatte mittlerweile die dritte Flasche eines staubtrockenen Rieslings in Angriff genommen und war dabei etwas weinerlich geworden.

»Verdammt«, murmelte er leicht lallend, »dieses Weihnachten ist eine beschissene Zeit.«

Ich gab ihm recht und trug seinen Koffer. Wir waren noch nicht einmal an der Obergrenze der Weinberge, als er mit sattem Schnarchen kundtat, daß es ihm eigentlich verdammt gut ging. Vor Dreis-Brück fragte er dann plötzlich: »Wie alt ist denn das Kind?«

»Zehn Jahre, schätze ich. Der tote Mann war sein großer Bruder. Und der wollte angeblich mit mir über Probleme reden. Jetzt geht das nicht mehr.«

»Wer sagt das?«

»Das Kind. Ach, vergiß es. Es ist eine Scheißgeschichte unter Jugendlichen oder so.«

»Sieh mal da, ein Fuchs.«

»Wir haben viel zu viel Füchse. Manche von ihnen laufen nicht mehr weg, wenn du mit dem Auto vorbeikommst. Und auf die Vögel, die angeblich zum Überwintern nach Süden fliegen, ist auch kein Verlaß mehr. Die bleiben einfach hier. Wenn die Polkappen abschmelzen, sind wir hier Küstengebiet und müssen die Eifel zwischen uns, den Belgiern und den Holländern aufteilen. Wahrscheinlich sprechen wir dann niederländisch und haben ein Königshaus, das wir lieben dürfen. Und ...«

»Du bist schlecht drauf«, urteilte Rodenstock.

»Na und?«

»Vielleicht bekommt es dir nicht, ohne Dinah zu sein.«

»Hah! Ich bin erwachsen.«

»Seit wann?« Er lächelte. »Mach dir nichts vor, Weihnachten bringt uns alle um. Paß doch auf, du landest gleich im Graben.«

»Du denkst an deine Frau, nicht wahr?«

»Na sicher. Sie machte zu Weihnachten immer einen Truthahn. Aber das war es nicht. Es war auch nicht die Bescherung mit den Kindern. Es war unser wilder Tag. Am zweiten Weihnachtstag haben wir die Tür abgeschlossen, das Telefon ausgehängt und sind nicht aufgestanden. Im Bett gefrühstückt, gegessen, getrunken. Wir haben erzählt, Erinnerungen gehabt, Kniffel gespielt, einen Sekt aufgemacht, geschlafen, gegessen. Na ja, es war eben schön. Nun ist sie weg, und ich sollte Weihnachten wie ein vernünftiger Mensch verbringen. Kommt nicht in die Tüte.«

»Warum bist du nicht bei deiner Tochter?«

»Sie paßt irgendwie nicht zu mir. Sie ist so sauber, sie ist ewig so nett zurechtgemacht, niemals hat sie ungepflegte Hände, und immer riecht sie wie eine ganze Parfümerie. Hildegard Knef hat mal gesagt, sie hätte der deutschen Frau ihr Kernseifengesicht geklaut. Meine Tochter hat ein Kernseifengesicht. Aber sag niemandem, daß ich ihr Vater bin. Natürlich hat sie mich eingeladen, und es war ziemlich schwer, eine Ausrede zu finden.

Aber ich finde, es reicht, wenn ihr Mann mit ihr Weihnachten feiern muß.«

»Du bist giftig«, stellte ich fest. »Du bist genauso giftig wie ich.«

»Ruf deine Dinah an«, riet er sanft. »Laß dir die Stacheln ziehen, und schenk deinem Besucher gleich einen Kognak ein, servier ihm Kaffee, eine dicke Brasil und bittere Schokolade.«

»Darauf wäre ich nie gekommen«, sagte ich.

Ich war froh, daß Rodenstock da war. Als dann Paul auf seinen Schoß hüpfte, sich sechsmal drehte und selig seufzte, war es richtig nett.

Dinah hatte Käsecreme aus Roquefort hinterlassen. Wir füllten die Masse in halbe Birnen und mümmelten vor uns hin. Es war der Eifelhimmel.

»Kann ich mir morgen mal die Brandstelle ansehen?« fragte er.

»Selbstverständlich.«

»Haben schon Redaktionen angerufen?«

»Nein, es ist Weihnachten, und sie liegen vorübergehend im Halbschlaf.«

»Weiß Dinah davon?«

»Nein. Sie würde sofort kommen, und das wichtige Treffen mit ihren Eltern wäre zerstört. Nein, nein. Im übrigen ist doch noch nichts los. Das wird erst nach Weihnachten rundgehen.«

Ich irrte mich. Wir wollten gerade ins Bett gehen und lesen, als Dinah anrief und aufgeregt erzählte: »Eigentlich gefallen mir meine Eltern diesmal gut. Sie sind nicht muffig, sie wissen nichts besser, und sie verweisen auch nicht dauernd auf ihre ungleich größeren Lebenserfahrungen. Sie sind einfach nett.«

»Dann bleib doch noch ein paar Tage. Rodenstock ist hier. Warte, er will dir eine schöne Zeit wünschen.« Ich reichte ihm das Handy und hörte zu, wie er mit ihr sprach und sich darüber freute. Sie war für ihn die Tochter, die er nicht mehr hatte, und Dinah war sehr stolz darauf. Wir einigten uns, daß sie heimkommen würde, wenn ihr danach war, und ich versprach ihr, sie jeden Tag anzurufen.

»Du rufst mich morgens an, Baumeister, und ich dich abends. Und ich liebe dich.«

»Wollt ihr heiraten?« fragte Rodenstock, als ich das Gespräch beendet hatte.

»Wir arbeiten an der Idee. Kennst du noch jemanden bei der Mordkommission?«

»Ja, aber den werde ich nicht anrufen, der redet zuviel.« Er klemmte sich *Schlafes Bruder* unter den Arm und wünschte eine gute Nacht. »Vielen Dank, daß du mich geholt hast.«

»Selbstverständlich«, sagte ich. »Wenn dir kalt ist, in der Truhe liegen Wolldecken.«

Es war zehn Uhr an diesem Abend, als Gondrom anrief. Gondrom war einer jener Fernsehproduzenten, die ernsthaft der Meinung sind, ohne sie würden die Öffentlich-Rechtlichen verkommen. Er hatte stets mit gleichbleibender Begeisterung wahre Kunst im Blick, aber es kam sehr häufig vor, daß er nörgelte: »Du kannst diesen Serienhelden nicht plötzlich so intelligent machen. Das verwirrt unsere Zuschauer. Sie sind gewöhnt, daß der Mann unrasiert und bedeutungsschwanger in die Welt blickt. Aber sie sind nicht gewöhnt, daß er denken kann.« Es gab auch die weibliche Variante: »Also, wir haben einen verheirateten Manager. Der hat eine Frau, durchaus konservativ. Wieso, um Gottes willen, ist diese Frau bei dir plötzlich in einem Ausschuß der Stadt? Wieso mischt sie bei Greenpeace mit, wieso vertreibt sie Karten für UNICEF. Das ginge ja noch alles. Aber daß sie ihrem Mann aktiv hilft, ein Problem zu lösen, macht mir den Helden total kaputt. Verstehst du, die Frau sollte bestenfalls bei der Bahnhofsmission ein kleines Licht sein, aber ansonsten durch das Lösen von Kreuzworträtseln ihrem Ehemann eine Art Stichwortgeber sein. Wo kommen wir denn da hin, wenn wir die Frauen intelligenter machen als ihre Männer.« Das ist Gondrom live.

»Du sitzt doch sicher schon an dem Fall«, sagte er jubilierend. »Kann ich dein Material haben, kann ich das? Wir sollten ein Skript bei der Filmförderung einreichen. Ich denke an den Arbeitstitel ‚Liebe in den Zeiten der Kälte‘. Das wird Eindruck machen.«

»Wieso denn Liebe? Von Liebe ist doch gar keine Rede. Zunächst nur von einem Doppelmord.«

»Aber es klingt so gut. Und könnte man nicht einbauen, daß sie ein Kind von seinem Vater erwartet?«

»Wie bitte?«

Jemand schellte, dann donnerte jemand gegen meine altersschwache Haustür. Meine Dankbarkeit war ungeheuer.

»Ich kriege Besuch«, sagte ich hastig. »Ich ruf dich nach den Feiertagen an.«

»Aber vergiß es nicht«, drängte Gondrom. »Ich habe mir auch schon überlegt, ob der tote junge Mann nicht ein Superdealer ist und das Mädchen eine Undercover-Agentin des Bundesnachrichtendienstes.«

»Das ist phantastisch«, bestätigte ich und hängte ein. Bis heute weiß ich keine Antwort auf die Frage, warum ich Leuten wie Gondrom überhaupt zuhöre. Wahrscheinlich bin ich hoffnungslos gutmütig.

Unten vor der Tür stand Schniefke. Kein Mensch wußte mehr, warum er Schniefke genannt wurde, er selbst auch nicht. Er war um die 25 Jahre alt, ohne erlernten Beruf, verließ sich auf die Großzügigkeit seines Vaters, den er selbstverständlich haßte, und gab auf die Frage, was er denn könne, die lapidare Antwort: »Alles.« Es war ihm durchaus hilfreich, daß er daran glaubte. Er war klein, vierschrötig, mit einem beachtlichen Bauch versehen und hatte zwei bemerkenswerte Zahnlücken. Sein Haar war lang und dunkel und glänzte, als habe er seinen Kamm in Margarine getränkt. Er war ziemlich betrunken und hielt sich am Türrahmen fest. »Grüß dich, Siggi. Hast du einen Moment Zeit?«

»Um was geht es?«

»Um Ole und Betty. Die sind doch verbrannt, und man redet, irgendeiner hat die vorher umgebracht. Und ich war mittags mit denen zusammen. Wir haben ein halbes Hähnchen gegessen. Ich habe dreißig Gramm Haschisch bestellt und bezahlt. Wer gibt mir jetzt die Kohle wieder? Der Vater vielleicht?«

»Komm erst mal aus der Kälte raus«, erwiderte ich.

Er ging in eleganten Bögen den Flur entlang in das Arbeitszimmer und ließ sich in einen Sessel fallen. »Haste denn auch ein Bier?«

»Habe ich«, nickte ich. Ich lief die Treppe hinauf, öffnete Rodenstocks Zimmer und sagte: »Du solltest dir den ersten indirekten Zeugen anhören.«

»Wie schön«, strahlte er.

Ich stellte Schniefke eine Flasche Bier und ein Glas hin. Er verschmähte das Glas und nahm einen gewaltigen Zug. »Frohe Weihnachten denn auch«, sagte er und rülpste.

Rodenstock kam herein und grüßte ihn freundlich.

»Keine Sorge«, beruhigte ich Schniefke. »Das ist ein Freund.«

»Das ist korrekt«, sagte Schniefke. »Ich weiß ja, daß du gute Freunde hast. Also, was soll ich machen? Soll ich dem Vater 'ne Rechnung schicken? Schließlich habe ich drei Blaue gelöhnt.«

»Eine Rechnung würde ich für nicht so gut halten«, begann ich vorsichtig.

»Eine Rechnung wofür?« fragte Rodenstock nebenbei.

»Er hat bei Ole und Betty dreißig Gramm Hasch geordert und gleich bezahlt«, gab ich Auskunft.

»Viel Geld«, sagte Rodenstock ernsthaft.

»Und wie!« gab Schniefke ihm recht. »Und zwei Blaue habe ich von Friedbert gekriegt. Der will die Joints oder sein Geld zurück. Da sehe ich alt aus, sehr alt. Hast du noch ein Bier?«

»Wo hast du die beiden getroffen?« fragte ich.

»Bei der Hähnchenstation in Daun«, sagte er. »War kein Zufall, ich wollte das Zeug besorgen, und Ole hatte gesagt, sie wären gegen zwölf Uhr da.«

»Machten sie irgendwie einen komischen Eindruck. Ich meine, hatten sie Angst, oder war jemand hinter ihnen her?«

»Hinter Ole und Betty? Nicht doch, Junge. Die waren gut drauf, die waren wirklich gut drauf. Wir haben sozusagen einen Joke nach dem anderen gerissen. Dann kamen noch ein paar Kids und wollten Ecstasy. Aber das hatte Ole nicht.«

»Aber sie hatten Haschisch für Sie?« fragte Rodenstock.

Er nickte. »Hatten sie, hatten sie immer. Also, sie waren gut drauf, und Ole sagte, er würde im nächsten Jahr die Geschäfte besser machen. Ich fragte: Hast du denn keine Angst vor den Bullen? Er lachte nur und meinte, das ginge alles klar, die Bullen hätten andere Sorgen. Was ist jetzt, soll ich dem Vater sagen, ich kriege die drei Lappen zurück? Oder was?«

»Was passiert, wenn du das Geld nicht hast?« fragte ich.

»Ich komme in die Mangel«, murmelte er hellsichtig.

»Ich kann es Ihnen leihen«, schlug Rodenstock vor. »Wenn Sie mir eine Quittung unterschreiben.«

»Mach ich, mach ich«, sagte Schniefke dankbar. Er sah mich an und erklärte großartig: »Baumeister kann bezeugen, daß ich immer ehrlich bin. Egal, was passiert, ich bin immer ehrlich.«

Ich nickte, weil mir nichts anderes übrig blieb. Er nahm das Geld von Rodenstock, unterschrieb eine einfache Quittung und fragte: »Kannst du mir noch ein Bier für unterwegs mitgeben?«

Ich konnte. In der Tür bat ich: »Kann ich dich anrufen, wenn ich noch etwas wissen will?«

»Jederzeit«, antwortete er. »Die Nummer hast du ja.«

Schniefke zog auf dem Weg zu seinem Auto eine wunderbar ästhetische Linie in den Schnee. Zu Beginn meiner Zeit in der Vulkaneifel hatte ich immer protestiert, einfach gesagt, es sei unverantwortlich, in so einem Zustand noch Auto zu fahren. Das hatte ich längst aufgegeben, nachdem ich erfahren hatte, wie viele Menschen hier an jedem Wochenende betrunken ihr Vehikel bewegen. Ganz stolz war mir berichtet worden, es gebe einen Milchwagenfahrer, der seit zwanzig Jahren an jedem Wochenende vierzigtausend Liter einsammelt und dabei voll wie eine Haubitze ist.

»Er ist kein Zeuge, solange er besoffen ist«, sagte ich.

Rodenstock nickte und teilte mit, er werde erneut ins Bett gehen.

Es gab keinen Grund, daran zu zweifeln, daß Ole und Betty Schniefke mittags um 12 Uhr in der Hähnchenstation getroffen hatten. Am Heiligen Abend. Jemand mußte sie also danach getötet haben. Irgendwie. Dann mußte dieser Jemand Heroin in die Leichen gespritzt haben. Schließlich hatte er sie dann in ihre Scheune transportiert. Oder, sie waren schon dort gewesen.

Dann war das Feuer gelegt worden. Ich wußte, daß dieses Kind, Schappi, wahrscheinlich Antworten auf einige dieser Fragen hatte. Ich wußte auch, daß es schier unmöglich sein würde, an das Kind nochmal heranzukommen, ohne unangenehm aufzufallen.

Von oben rief Rodenstock laut: »Wir werden den ganzen Heiligen Abend rekonstruieren müssen.«

»Nicht nur den«, rief ich zurück. »Wir werden die Geschichte von Ole und seiner Betty verfolgen müssen. Die ganze gottverdammte Geschichte.«

»Wieso gottverdammt?« fragte er gutgelaunt.

»Weil Liebesgeschichten in der Eifel schweigend erledigt werden«, brummte ich. »Ehe dieses Bergvolk die Worte ‚Ich liebe dich' in den Mund nimmt, muß es entweder total besoffen sein oder total pleite. Die günstigste Voraussetzung ist geschaffen, wenn beide Zustände zugleich auftreten.«

ZWEITES KAPITEL

Wie ich sehr viel später erfuhr, hatte aus einem nicht nachvollziehbaren Grund die *Deutsche Presse Agentur* ungewöhnlich spät reagiert und war erst gegen Abend des ersten Feiertages groß eingestiegen. Das hatte zur Folge, daß Briebisch von der Hamburger Redaktion mich gegen sechs Uhr morgens aus dem Bett holte und mir lautstark erklärte, wieso er mich um sechs anrufe. Ob ich etwas von diesem mysteriösen Brand gehört habe und ob ich eventuell bereit sei, ein kurzes Memo für die Redaktion zu schreiben, aus dem hervorgehe, daß das alles nicht wichtig genug sei, jemanden zu schicken oder sonstwie größer einzusteigen.

»Es ist Weihnachten«, flehte er, »machen Sie mein spießbürgerliches Leben nicht kaputt!«

»Aber es ist ein Fall«, sagte ich rachsüchtig. »Es handelt sich um einen Doppelmord.«

»Ein einfacher Doppelmord ist aber nix für uns«, erklärte er erhaben.

»Aber es ist insofern eine interessante Geschichte, als daß die beiden eigentlich dreimal umgebracht wurden: Erst getötet, dann kriegten sie Heroin, dann wurden sie verbrannt.«

»Das ist doch unlogisch«, sagte er.

»Das ist deutsch«, erwiderte ich. Ich starrte in den Garten. Weiße Flocken ließen sich dort nieder.

»Haben Sie Fotos von dem Feuer?«

»Habe ich. Ich mache das Memo und verlange, daß ihr in 24 Stunden entscheidet. Wenn ihr nein sagt, kann ich das Material anderen verkaufen. Ist das okay?«

»Das ist sehr okay«, antwortete Briebisch erleichtert.

Rodenstock hatte einen leichten Schlaf und stand plötzlich in der Tür. »Hat sich der Mörder tränenblind gemeldet und will mit dir sprechen?«

»Nein. Es war eine Redaktion. Jetzt werden sie das Material sichten und anrufen, jetzt kann ich vorübergehend das Gefühl haben, wichtig zu sein. Kaffee?«

»Ja«, sagte er. »Ungefähr zwei Liter. Und dann hätte ich gern Ottens Leberwurst und zwei Scheiben von diesem Eifel-Vollkornbrot, das ich an der Mosel nicht kaufen kann.«

»Ich habe gesalzene Butter aus Mean-Havelange«, lockte ich.

»Ist das ein Luxusschuppen hier«, sagte er verächtlich. Dann grinste er unvermittelt und forderte: »Her mit dem Zeug.«

Wir hockten uns in die Küche und frühstückten eine geschlagene Stunde lang, wie es sein sollte, wenn man sich wohl fühlen will. Danach machten wir uns landfein, weil Rodenstock unbedingt die Brandstelle besichtigen wollte. Als es gegen acht Uhr zögerlich dämmerte und der Schnee nur noch sehr fein und dünn rieselte, verließen wir das Haus.

»Ich habe den Eindruck, als würdest du diesen Fall nicht mögen.«

»Das ist richtig«, sagte ich. »Einen Drogenfall zu recherchieren, ist sehr schwer. In diesem wertekonservativen Landstrich laufen Drogen erheblich verdeckter als in den Ballungsräumen, und du wirst stets und ständig belogen. Es gibt unglaublich viele Eltern, die bei Drogen die Augen ganz fest zukneifen und einfach nicht sehen wollen, was Realität ist. Das gleiche gilt für die Ortsbürgermeister. Beispiel: Da laufen in einem Dorf zwei Sozialhilfeempfänger zwei Kilometer weit bis zur nächsten Tankstelle, um die auszurauben. Sie wollen beide Geld für Heroin und werden erwischt. Der Ortsbürgermeister ist beim Verhör dabei, die Täter gestehen sofort. Zwei Stunden später behauptet der Bürgermeister in einem Gespräch mit mir, seine Gemeinde sei vollkommen clean. Und ich hatte die Wahnsinnsidee, daß er selbst an seine Worte glaubte. Du hast recht, ich würde mich drücken, wenn ich könnte.«

»Gibt es viele Drogen hier?«

»Jede Menge. Unglaubliche Mengen von Haschisch und Ecstasy. Auch Kokain, aber meistens schlechtes Zeug. Gott sei Dank wenig Heroin, aber es gibt verdammt viele Jugendliche, die irgendwelche Medikamente schmeißen, weil sie so leicht drankommen.«

»Und die Obrigkeit leugnet?«

»Nicht nur die Obrigkeit, vor allem die Eltern. Hier gab es einen leibhaftigen Kriminalbeamten, der behauptete, man wisse nicht, wie Ecstasy wirkt. Zum gleichen Zeitpunkt lagen auf der Intensivstation des Krankenhauses zwei Jungen, beide 18, deren Kreislauf kollabiert war. Sie hatten durchgehend von Freitagabend bis Sonntagabend Pillen eingeschmissen, und sie behaupteten steif und fest, man hätte ihnen gesagt, Ecstasy sei ausgesprochen harmlos. Das Einfachste ist immer noch, man streitet schlicht ab zu wissen, was Drogen sind, was sie bewirken. Jede betroffene Familie empfindet das als Schande und fragt sich vollkommen fassungslos, wieso das Kindchen denn das Zeug frißt. Auf die Idee, das Kindchen könne eventuell massive seelische Probleme haben, kommt kein Mensch. Das hat etwas damit zu tun, daß die Eifel immer schon ein verspottetes Gebiet war. Da will man sich nicht nachsagen lassen, daß es jetzt auch Drogen gibt.«

»Du bist ja richtig wütend«, stellte Rodenstock fest.

»Bin ich auch. Denn diese Kinder können selbstverständlich nur in den seltensten Fällen zu ihren Eltern gehen und um Hilfe bitten. Dazu kommt eine geradezu groteske Polizeiorganisation. Wenn ich ein Dealer wäre, würde ich vorwiegend in der Eifel arbeiten, denn hier kannst du das Zeug unverpackt in einer Schubkarre transportieren – du gerätst niemals in die Gefahr, einem Bullen zu begegnen. Hier ist bullenfreie Zone, hier ist die absolute Freiheit angesagt, hier ist der Himmel für Kiffer.«

»Du übertreibst.«

»Ich übertreibe nicht. Zwischen Wittlich und Koblenz sind zwei Kriminalbeamte für Drogen zuständig. Sie beackern ein Gebiet, das halb so groß ist wie das ganze Saarland. Das erste, was die Jugendlichen hier auswendig lernen sind, die Autonummern der Rauschgiftfahnder. Neulich hat sich ein Fahnder einen Wagen von einem Bekannten gepumpt. Als er von Wittlich die Mosel hinunterfuhr und dann in die Eifel abbog, wußten die Kids in Daun schon Bescheid und haben ihm freundlich zugewinkt. Der Mann soll knapp einem Nervenzusammenbruch entkommen sein. Ich weiß, was ich sage, ich habe Drogen recherchiert.«

»Bist du dafür, Haschisch zu legalisieren?«

»Ja. Und sofort bitte. Die Erwachsenen machen sich doch lächerlich. Handel verboten, Konsum erlaubt. Hast du dreißig Gramm bei dir, bist du nur kriminell, wenn der Stoff über 7,5 Gramm THC enthält. Und das entschied das oberste der in dieser Sache zuständigen Bundesgerichte. Haben die bei der Urteilsfindung gekifft? Wenn du Zeug von saumäßiger Qualität bei dir hast, darfst du wahrscheinlich einen halben Zentner im Handschuhfach transportieren und bleibst ein anständiges Mitglied der Gesellschaft. Mich ärgert, daß Erwachsene die Jugend so wenig ernstnehmen, mich ärgert, daß diese Erwachsenen so dämlich sind, sich ständig zu blamieren, und im gleichen Atemzug für sich in Anspruch nehmen wollen, respektiert zu werden.«

»Ich wußte gar nicht, daß du zum Prediger taugst.« Er grinste.

»Ach, Scheiße!« sagte ich.

Wir rollten mittlerweile zwischen Wiesbaum und Birgel die schmale Straße entlang, und das Land lag in schweigsamer Pracht unter der weißen Decke. Ich ärgerte mich über meine Redseligkeit mit Zeigefinger, ich war nicht einverstanden mit Leuten, die so tun, als könnten sie der Nation etwas beibringen, als wüßten sie alles besser.

»Entschuldige«, murmelte ich.

»Schon gut«, erwiderte Rodenstock. »Du hast ja recht. Glaubst du, wir bekommen heraus, was Ole und Betty Heilig Abend gemacht haben?«

»Schwierig wird's auf jeden Fall. Vor allem deshalb, weil diese jungen Leute ständig mit dem Auto unterwegs sind. Und sie sind verdammt schnell unterwegs, zudem ist die Reihenfolge der Punkte, die sie anfahren, niemals logisch. Wir müssen so schnell wie möglich an Freunde von ihnen heran.«

»Kennst du welche?«

»Nein.« Ich erreichte die Kreuzung an der B 421 und mußte eine Weile warten, weil zwei Fahrer funkelnagelneuer PKW ausprobiert hatten, welches Fahrzeug die härtere Schnauze besaß. Sie standen da im Nieselschnee und schrien sich an. Der eine von ihnen trug Pantoffeln und etwas, das ich eindeutig eine lange Unterhose nennen würde. So ist die Eifel, so ist das Leben hier.

Als wir dicht an ihnen vorbeirollten, schrie die Unterhose gerade mit vor Zorn hochrotem Gesicht: »Du bissene Lappes, bis du!«

»Hatte dieser Ole einen Beruf? Und Betty?«

»Ich weiß es nicht, Rodenstock. Ich weiß eigentlich noch gar nichts.«

Als wir im Eingangsbereich von Jünkerath waren, hielt ich an und zeigte auf die verbrannte Scheune jenseits des Kylltals. »Links davon ist der Hof der Eltern, also Schappis Zuhause.«

»Wenn jemand zu Ole und Betty in die Scheune wollte, mußte er also über den Hof des Vaters?«

»Nicht unbedingt. Ich habe es noch nicht nachgeprüft, aber der Kleine hat gesagt, daß Ole und sein Vater nicht gerade in biblischer Friedfertigkeit miteinander lebten. Die Jungs, die ihren Vater nicht mögen, haben immer einen zweiten Weg. Wahrscheinlich kommt ein Waldweg von hinten an die Scheune heran, oder es gibt einen Wiesenweg von der anderen Seite durch das Tal. Wir werden sehen.«

Die Brandstelle qualmte noch, der rieselnde Schnee hatte das Feuer nicht ganz löschen können.

»Hast du ein Fernglas?«

»Na, sicher«, sagte ich und kramte das Glas aus dem Handschuhfach.

Rodenstock nahm es und richtete es auf die verbrannte Scheune ein. »Da sind zwei Männer«, murmelte er dann. »Sie nehmen Proben. Vielleicht ist es besser, wir lassen uns jetzt nicht sehen. Sie müssen ja nicht wissen, daß wir mitspielen wollen.«

»Dann laß uns die Schleichwege des Ole suchen.«

Ich quälte mich also durch die Längsachse Jünkeraths, die seit Jahren in einem gleichmäßig saumäßigen Zustand glänzt. Wir bogen nach Esch ab, querten die Eisenbahnlinie auf der Überführung und hielten uns rechts. Ich machte den Fremdenführer: »Dort ist das Gelände der Eisenbahnfreunde Jünkerath, dann folgt Mannesmann. Übrigens ist dies eine Gegend Deutschlands, in der seit mehr als zweitausend Jahren Eisen verhüttet wird. Es gibt hier ein Museum, in dem uralte Takenplatten gezeigt werden und äußerst kunstvolle Gußöfen, die du heute nicht mehr bezahlen könntest.«

Offensichtlich hatte Rodenstock kein Wort verstehen wollen, denn er fragte versunken: »Glaubst du, daß die beiden eine Bedrohung wahrgenommen haben?«

»Das ist unwahrscheinlich. Nichts wäre einfacher gewesen, als schlicht ein paar Tage zu verschwinden. Hier geht die Straße nach Feusdorf hoch, hier ist der Punkt, wo der Weg zum Birkenhof abzweigt. Ich fahre also den Berg hoch, und du bist so gut und achtest auf einen möglichen Waldweg.«

Zweihundert Meter weiter mündete einer. Ich hielt kurz und schaltete den Allradantrieb ein. Es ging in einem weit geschwungenen Bogen durch dichtes Tannengehölz, dann kam in einer engen Kehre der Übergang zu Birken- und Erlenbestand. Die Biegungen waren scharf, die Räder zogen eine schmierige, tiefe Spur durch den Matsch. Ganz unvermittelt tauchte links von uns die Brandstelle auf.

»Das wäre Nummer eins«, sagte ich. »Hierfür braucht man aber einen Jeep. Es muß also noch eine Nummer zwei geben.« Ich drehte und lenkte den Wagen bergauf. Sehr versteckt war dort eine weitere Abbiegung. Dieser Weg war wesentlich besser ausgebaut und härter aufgefüllt, und es machte nicht die geringsten Schwierigkeiten, in weniger als drei Minuten unten im Tal anzukommen. Die Reste der Scheune lagen jetzt rechts von uns in etwa einhundert Metern Entfernung.

»Das hätte mich auch gewundert«, meinte ich. »Also konnte niemand im Haupthaus kontrollieren, wann Ole und Betty in ihrer Scheune waren und wann nicht.«

»Wie muß ich mir das eigentlich vorstellen?« fragte Rodenstock pingelig. »Sie können doch nicht so einfach in einer Scheune gehaust haben, zwischen Bretterwänden, durch die der Wind pfiff.«

»Ich weiß nicht, wie sie das technisch gelöst haben.«

»Laß uns hier verschwinden«, sagte er. »Vielleicht können wir irgendwo einen Kaffee kaufen.«

»Kaffee um diese Zeit am zweiten Weihnachtstag gibt es nicht«, beschied ich ihn. Ich drehte, und wir verschwanden wieder im Schutz des Waldes. »Ich zeige dir jetzt was typisch Eiflerisches.«

Ich fuhr nicht nach Jünkerath zurück, sondern nach Feusdorf die Steigung hoch. Hier lag der Schnee doppelt so hoch wie unten im Kylltal. Oben bog ich links nach Esch ein, dann ging's wieder scharf nach rechts, wo wir die schmale Straße zurück nach Jünkerath erreichten. Es war ein Traumweg. Links und rechts Hochwald, links und rechts von schwerem Schnee behängte Weißtannen, eine Traumlandschaft. Ich fuhr in die Mündung eines Waldweges, hielt an und stopfte mir die *Silke Brun* von *Stanwell*, die Dinah mir geschenkt hatte und auf die ich so stolz war.

»Das ist etwas für das romantische deutsche Herz«, sagte ich.

Rodenstock sagte nichts, nickte nur und sah starr geradeaus.

Ich merkte erst nach einer Weile, daß ich einen Fehler gemacht haben mußte, denn er schneuzte sich plötzlich geräuschvoll und wischte sich über die Augen. »Weihnachten ist eben große Scheiße«, sagte er.

Wir standen eine halbe Stunde dort, und niemand kam vorbei.

»Laß uns fahren«, meinte er endlich mit belegter Stimme. »Wir werden auch das kaputtkriegen, wir Menschen kriegen alles kaputt.«

Wir fuhren hinunter nach Jünkerath und ließen uns beim Türken ein Gläschen Tee geben. Sonderlich überraschend war das nicht, daß der Laden auf hatte. Er war so etwas wie der Marktplatz der Türken, lebensnotwendiger Treffpunkt, Mittelpunkt einer kleinen, höchst lebendigen Gemeinschaft. Überdies, so versicherten sämtliche Hausfrauen, bot das Geschäft das beste Gemüse an.

Der Tee war rabenschwarz und gut.

Wenig später versuchten wir es erneut über den Wiesenweg. Die Brandexperten waren verschwunden. Wir ließen den Wagen im Wald stehen und gingen die wenigen Meter zu Fuß.

Rodenstock blieb vor dem Chaos der Zerstörung stehen und rührte sich nicht. Ich wußte, daß er allen Tatorten in seinem Leben so begegnet war: stumm und mit höchster Konzentration. Wahrscheinlich sah er auf diese Weise mehr als alle anderen, die neugierig und hektisch den Ort des Geschehens zehnmal umrundeten. Jemand hatte mal von Rodenstock gesagt: »Er war der stillste Leiter einer Mordkommission, den man sich vorstellen konnte. Aber deswegen war er auch der beste.«

»Was siehst du?« fragte ich nach einer Weile.

»Technisch geschickt gemacht«, murmelte er. »Sie haben sich in der Scheune eine fast perfekte Zwei-Zimmer-Wohnung mit Bad und Küche gebaut. Hatte Ole Ahnung vom Bauen?«

»Wahrscheinlich. Alle Bauern haben Ahnung, und alle Bauern bauen alles selbst. Und sie können auch alles. Ole hatte wahrscheinlich Kumpel genug, die ihm geholfen haben.«

»Die Unterkunft hatte nur einen Nachteil«, sagte er und bewegte sich immer noch nicht. »Sie hatten keine Fenster. Aber sie wollten wahrscheinlich keine Fenster, sie wollten ihre kleine Welt mit niemandem teilen, und sie wollten die Welt auch nicht sehen. Sieh mal, die Öfen da. Holz hatten sie genug, sie hatten es immer warm. Hast du eigentlich diesen Arzt, diesen Peuster gefragt, ob Betty schwanger war?«

»Nein. Wie kommst du darauf?«

»Ich denke mir, daß diese etwas ungewöhnliche Behausung so etwas wie eine wunderbare Höhle war, in der sie sich verbargen und sich liebten. Aber wahrscheinlich denke ich zu romantisch, oder?«

»Kann sein. Wir werden es aber erfahren, denke ich. Deine Höhlentheorie klingt gut.«

Wir standen am Rand des tiefschwarzen riesigen Flecks, der einmal die Wohnung von Ole und Betty gewesen war.

»Wer, um Gottes willen«, fragte Rodenstock leise, »gibt sich die Mühe, solch junge harmlose Leute auf diese Weise zu töten?«

»Ein Irrer vielleicht«, versuchte ich zaghaft.

Er schüttelte den Kopf. »Nein. Viel zu aufwendig für einen Irren. Erst töten, dann Heroin spritzen, dann verbrennen. Jeder, wirklich jeder, der ein wenig Ahnung hat, wird wissen, daß Heroin nachweisbar ist und der Eintritt des Todes vor dem Brand auch. Nein, nein. Trotzdem muß die sehr komplexe Tat eine Bedeutung haben. Vielleicht sollte jemand gewarnt werden, vielleicht will der Täter ein Zeichen geben.«

»Vielleicht, vielleicht, vielleicht ...«

Hinter uns fragte plötzlich eine helle Stimme: »Entschuldigung, sind Sie von der Polizei?«

Wie aus einem Mund antworteten wir beide: »Nein«, und drehten uns um.

Es war eine junge Frau, vielleicht 25 Jahre alt. Sie trug einen Rollkragenpullover und darüber eine dicke weiße Wolljacke. Dazu Jeans und Snowboots. Auf dem Kopf hatte sie eine feuerrote Nikolausmütze, wie sie in diesem Jahr plötzlich Mode geworden war. Sie fror trotzdem, sie hatte eine rote Nase und ihre Stimme kam zittrig. Sie stand da und wußte nicht weiter, wahrscheinlich hatte sie fest damit gerechnet, daß wir Polizeibeamte waren.

»Ich war nachts an der Brandstelle«, sagte ich behutsam. »Ich war hier, als das passierte. Es hat mich sehr mitgenommen. Deshalb sind wir hier. Kannten Sie Ole und Betty?«

Sie nickte.

»Sind Sie mit ihr zur Schule gegangen?« fragte Rodenstock unschuldig.

»Ja, klar. Erst sind wir zusammen zur Grundschule, dann später zum Gymnasium, noch später zur Berufsschule, als wir Lehrlinge waren. Wir haben im gleichen Betrieb gelernt.

»Ich wußte gar nicht, daß Betty einen Beruf gelernt hatte«, meinte Rodenstock.

»Oh doch«, sagte sie. »Wir haben beide Friseuse gelernt. Aber sie hat die Lehre geschmissen, sie wollte nicht mehr. Und Ole wollte auch nicht, daß sie arbeitet. Er sagte immer, Arbeit wäre die blödeste Tätigkeit, die man sich aussuchen könnte.« Sie kicherte einen Hauch lang. »Er war schon ein Verrückter.«

»Was hatten die beiden denn vor?« fragte Rodenstock.

»Deswegen bin ich eigentlich hier.« Sie suchte umständlich in ihren Hosentaschen, kramte dann zerknüllte Papiertaschentücher heraus und schneuzte sich lautstark die Nase. »Ich mußte einfach hierherkommen, ich kann immer noch nicht glauben, daß sie verbrannt sind. Na ja, jetzt ist sowieso alles zu spät ...«

»Sie müßten sich an die Polizei wenden, wenn Sie etwas wissen«, riet Rodenstock beinahe gemütlich.

»Oh, das tue ich nicht«, entgegnete sie lebhaft. »Bestimmt nicht. Hinterher steht mein Name in der Zeitung, und ich kriege nichts als Schwierigkeiten. Nein, auf keinen Fall, das tue ich nicht. Außerdem ist das alles vielleicht doch nicht so wichtig, und die Polizei wird es sowieso erfahren.«

»Gab es Probleme bei den beiden?« fragte Rodenstock gefährlich freundlich.

»Nein, das denn nicht«, sagte sie versonnen. »Es geht ja niemanden was an, aber eigentlich sollten sie heute von Frankfurt aus nach Kanada fliegen. Sie wollten erst mal mit einem Drei-Monats-Visum zu alten Freunden aus der Eifel, die irgendwo bei Montreal leben. Dann wollten sie sich umsehen und sich Arbeit besorgen. Die waren schon seit Wochen selig, sie waren gar nicht mehr von dieser Welt, sie wollten es in Kanada packen.«

»Ach, du lieber Gott«, meinte Rodenstock betroffen, »das ist ja richtig tragisch. Wußten denn Oles Eltern davon?«

»Die hatten keine Ahnung«, erwiderte sie ohne sonderliches Interesse. »Ich glaube, bis auf ein paar Bekannte wußte niemand, daß sie abhauen wollten. Sagen Sie mal, sind Sie nicht der Journalist, der für solche Magazine schreibt?«

»Der bin ich«, nickte ich. »Wie heißen Sie denn?«

»Prümmer, Gerlinde Prümmer«, sagte sie. »Wollen Sie darüber berichten?«

»Das weiß ich nicht, das wird sich herausstellen.«

»Ich heiße Rodenstock«, stellte sich Rodenstock vor.

Eine Weile schwiegen wir.

»Waren Sie mal in dieser Wohnung?« fragte Rodenstock dann.

»Na sicher. Ich kam hier immer her, wenn Betty die Haare geschnitten haben wollte. Ich war ihre Friseuse, und sie erzählte mir, was alles so los war.«

»Besteht die Möglichkeit, daß die beiden jemals Heroin gedrückt haben?« fragte ich.

Gerlinde Prümmer bekam große Augen. »Heroin? Niemals. Betty hat gesagt, wenn sie Heroin spritzt, kann sie ein Baby vergessen. Und sie wollte immer ein Baby mit Ole haben. Sie hat gesagt: In Kanada wird das was!«

»Ich habe eine etwas verrückte Frage«, sagte ich. »Ich weiß auch gar nicht, ob die Frage Sinn macht. In der Nacht, als es brannte, hat der kleine Schappi mich angerufen. Ich bin sofort hierher gefahren. Natürlich habe ich kurz mit Schappi geredet, aber der war so ... so voller Trauer, daß es unmöglich war ...«

Sie unterbrach mich. »Schappi war Bettys Liebling. Und Betty und Ole waren Schappis Lieblinge. Ich denke die ganze Zeit, seit ich es gehört habe, darüber nach, was das Kind jetzt tut. Der muß verrückt werden. Er hat von morgens bis abends nur von Ole und Betty geredet.«

»Es ist sicher keine faire Frage«, begann ich vorsichtig, »aber Schappi hat gesagt, sein Vater will jemanden totschlagen. Ist so etwas wörtlich zu nehmen?«

Sie überlegte. »Hm, der Vater, also Herr Mehren, ist schon ... also ziemlich brutal. Ole ist oft geschlagen worden. Das hörte erst auf, nachdem er einmal seinen Vater verprügelt hat. Das muß so vor zwei, drei Jahren passiert sein. Aber nicht, daß Sie darüber schreiben und sagen, sie hätten das von mir.«

»Keinesfalls«, beruhigte ich. »Hat Herr Mehren auch Schappi geschlagen?«

Sie nickte. »Jedenfalls solange, bis Ole gedroht hat, wenn er das nochmal tut, geht er nicht nur zum Jugendamt, sondern auch zum Staatsanwalt.« Gerlinde Prümmer starrte auf ihre Stiefel im Schnee.

»Wo wohnen Sie denn?« fragte ich. »Haben Sie Telefon? Sind Sie damit einverstanden, daß ich Sie eventuell anrufe und Ihnen weitere Fragen stelle? Ich meine, es könnten noch welche auftauchen. Und ich garantiere Ihnen, daß niemand wissen wird, daß ich Sie überhaupt kenne.«

Es war zu sehen, daß sie jetzt in Verlegenheit war. Sie druckste herum. »Meinem ..., also meinem Mann wäre das gar nicht recht. Wenn er das weiß, dann verbietet er mir, aus dem Haus zu gehen. Kann ich Sie nicht anrufen?«

»Natürlich.« Ich fummelte eine Visitenkarte aus der Lederweste und gab sie ihr. »Ich werde Sie nicht anrufen«, versprach ich. »Aber können Sie sich in den nächsten Tagen bei mir melden?«

»Ich muß übermorgen zu meinen Eltern«, nickte sie. »Das ginge.«

»Dann bleibt nur eine Frage noch«, Rodenstock nuschelte ein wenig. »Mein Freund Baumeister hat mit Schappi gesprochen, und der erwähnte etwas von einem Holländer. Kennen Sie einen Holländer?«

»Ja, sicher. Damit meint er bestimmt den Jörn van Straaten. Das ist ein Bekannter von Betty und Ole. Schon seit Jahren kennen die sich. Er ist schon etwas älter, so fünfzig würde ich mal schätzen. Der war manchmal hier bei denen. Und sie hatten immer viel Spaß. Betty hat mir gesagt, der Mann wäre ohne Familie und sehr einsam. Komisch, jetzt fällt mir auf, daß sie niemals erwähnte, wo sie den kennenlernt hat. Aber vielleicht war er ja auch ein Bekannter von Ole.«

»Und Oles Vater hat den Holländer nicht gemocht?«

»Das weiß ich nicht«, sagte sie nach kurzem Nachdenken. »Aber Oles Vater mochte sowieso niemanden, der hier zu Ole und Betty in die Scheune kam.«

»Wieso?«

»Weil Schappi meinte, sein Vater würde wahrscheinlich auch den Holländer totschlagen«, erklärte ich.

»Wenn er betrunken ist, will er die ganze Welt totschlagen«, sagte sie. »Egal, ob Kirmes ist oder Feuerwehrfest oder Disko, wenn er getrunken hatte, will er die ganze Welt totschlagen. Also, wenn Sie mich fragen, ist er ein ... ja, ein widerlicher Kerl.«

»Noch etwas«, bat Rodenstock. »Alle Welt hält es für normal und selbstverständlich, daß Ole und Betty kifften und das Haschisch auch verkauften. War Ole in Sachen Drogen dann schon vorbestraft?«

»Nein.« Sie schüttelte den Kopf. »Ich weiß, daß im letzten Sommer was lief, Betty hatte furchtbare Angst. Sie sagte: Wenn du in den Knast mußt, kann ich aus der Scheune ausziehen, weil dein Vater mich mit der Pferdepeitsche vom Hof prügelt. Das klingt ziemlich furchtbar, aber ich glaube, sie hatte recht. Das traue ich dem Mehren zu. Jedenfalls passierte dann gar nichts. Seine, also ich meine, Oles Verhandlung war angesetzt. In Wittlich. Aber dann kam zwei Tage vorher ein Schreiben vom Gericht, daß sie die Anklage fallenlassen. Weshalb sie das taten, stand nicht drin. Betty sagte immer wieder: Es ist ein Wunder geschehen, es ist ein Wunder geschehen.«

»Weshalb sollte er denn vor Gericht?« fragte Rodenstock.

»Wegen LSD hat Betty gesagt. Wegen fünfzig Portionen LSD.«

»Fünfzig Portionen?« Meine Stimme klang sehr schrill.

»Wir danken Ihnen sehr«, sagte Rodenstock schnell und reichte ihr die Hand.

»Aber bitte nichts sagen«, bat sie.

»Kein Wort«, versprach ich erneut.

Gerlinde Prümmer stapfte davon, sie nahm den Waldweg, auf dem wir gekommen waren.

»Ich sehe, wie deine Maschine da oben drin rattert«, sagte Rodenstock leise. »Denkst du an die fünfzig Portionen LSD?«

Ich nickte. »LSD ist ziemlich gefährlich, kann sofort zur Psychose führen, ist das letzte Scheißzeug und völlig unberechenbar. Wenn er mit 50 Portionen erwischt worden ist, bedeutete das todsicher Knast. Es bedeutete langen Knast. Und plötzlich wird das Verfahren eingestellt. Was soll das?«

»Ole hat zu Schniefke gesagt, die Bullen hätten andere Probleme, als ihm Angst zu machen. Was kann das bedeuten? Kanada paßt irgendwie. Die beiden sahen hier keine Chance. – Ich habe Kontakt zur kanadischen Botschaft«, knurrte Rodenstock. »Laß uns fahren, wir müssen telefonieren.«

»Mir fällt gerade ein, daß wir nicht einmal den Familiennamen von Betty kennen«, stellte ich verblüfft fest.

Wir fuhren heim und kamen gerade rechtzeitig, um zu verhindern, daß Paul den Eisschrank ausräumte. Entweder hatten wir vergessen, das Möbel zu schließen, oder er hatte es selbst geöffnet. Jedenfalls stand es sperrangelweit auf, und man sah Paul an, wie er intensiv überlegte, was er als erstes genußvoll zwischen die Zähne nehmen sollte.

Während Rodenstock telefonierte, schleppte ich Kohlen und Holz für den Kaminofen und heizte kräftig ein. Mittlerweile lag der Schnee gute dreißig Zentimeter hoch, und der Wetterbericht meldete, daß die Kälte in den nächsten Tagen halten würde. Das ist das Phantastische an der Eifel: es gibt noch richtige Jahreszeiten.

Rodenstock gab Auskunft: »Es ist richtig. Sie hatten sich Visa besorgt. Ein Visum für den Besuch bei alten Freunden. Betty heißt übrigens Sandner.«

»Fällt das nicht unter Datenschutz?«

»Du lieber Himmel«, seufzte er. »Wenn ich den Datenschutz ernst nehme, fange ich niemals einen Mörder. Ich habe einen Bekannten bei den Kanadiern, der Zugang zu den Computern hat. Er war so freundlich nachzusehen. Und ich wäre so freundlich, für ihn nachzusehen, wenn ich Herr des Computers wäre. Datenschutz ist ein phantastischer Bluff für Otto Normalverbraucher. Ich kenne kaum einen Kriminalbeamten, der nicht zwei- bis zwanzigmal im Monat gegen den Datenschutz verstoßen muß, weil sonst jeder Erfolg doppelt und dreifach so lange auf sich warten lassen würde. Ich dachte, du wüßtest das.«

»Ich weiß es ja auch. Aber manchmal hoffe ich eben, daß es nicht so ist«, erwiderte ich.

»Du bist ein Träumer«, seufzte er.

»Zu Befehl«, grinste ich.

»Nach Schniefkes Schilderung«, überlegte Rodenstock, »waren Ole und Betty am Mittag des Heiligen Abend sehr gut drauf. Sie haben offenbar von der Gefahr nichts geahnt. Nach Schniefkes Schilderung waren sie sogar übermütig. Wahrscheinlich wegen des bevorstehenden Fluges nach Kanada. Wie können wir erfahren, wohin sie gefahren sind, nachdem sie die halben Hähnchen verlassen haben? Wer könnte das wissen?«

Ich gab keine Antwort, weil ich keine hatte.

»Wir müssen schnellstens herausfinden, wer außer dieser kleinen Friseuse noch weitere Kenntnisse über unser Pärchen hat. Eigentlich hätten wir die Friseuse danach fragen müssen, war aber nicht möglich, weil wir sie sonst konfus geredet hätten. Merke dir: Geh vorsichtig mit wichtigen Zeugen um. Sie sind eine Kerze, die an beiden Enden brennt.«

»Noch so ein Spruch, und du hast eine Woche frei«, unterbrach ich.

»Ruf dein Mädchen an«, befahl er. »Ihr Herz wird warten.«

»Für den Spruch zahlst du einen Hunderter Bußgeld«, lachte ich. Aber ich konnte Dinah nicht anrufen, weil das Telefon vorher klingelte.

Es war der Arzt Tilman Peuster. »Tach auch.«

»Guten Tag. Was gibt es? Hat man den beiden zur Sicherheit vielleicht noch Strychnin eingeflößt?«

»Das ist es nicht«, murmelte er. »Man, also ich meine, die Polizei hat einen Mörder.«

»Das gibt es nicht«, rief ich. Etwas nahm mir die Luft.

»Doch, doch«, sagte er. »Es ist, vorsichtig ausgedrückt, ein ausländischer Mitbürger. Aber ich will Sie nicht unnötig raten lassen. Die Fahnder der Polizei sind auf einen Türken gestoßen, der mit Ole einen Heidenkrach gehabt hat. Der Türke soll behauptet haben, Ole hätte seinem Sohn Haschisch verkauft. Privat sage ich Ihnen, das kann durchaus sein. Aber jetzt kommt's: Vor dem Haus, in dem der Türke wohnt, ist es vor vier Tagen zu einem wüsten, lauten Streit gekommen. Dabei muß der Türke geschrien haben: Du Schwein müßtest für diese Sache mit meinem Sohn brennen, jawohl brennen! Jetzt haben sie den Mann zum Verhör nach Wittlich geschafft und verbreiten stolz die Meldung, sie hätten den Täter wahrscheinlich ...«

»Und Sie glauben natürlich kein Wort davon«, stellte ich fest. »Noch etwas: Wußten Sie, daß die beiden nach Kanada fliegen wollten?«

»Ja«, antwortete er einfach. »Ich wußte das. Und an den türkischen Vater als Doppelmörder glaube ich nicht. Zu dem Zeitpunkt, als die beiden umgebracht worden sind, also am Nachmittag des Heiligen Abend, war der Mann bei mir, und ich habe seinen Hintern mit einem Messer attackiert. Er hatte ein Furunkel und konnte nicht mehr sitzen. Anschließend konnte er erst recht nicht mehr sitzen. Er lag in meiner Praxis auf dem Bauch auf einer Liege und hatte sich eine türkische Tageszeitung mitgebracht. Und weil ich Dienst hatte, Junggeselle bin, nichts von Weihnachten halte und überhaupt, habe ich mit ihm geschwätzt. Mindestens bis neun Uhr abends. Außerdem ist der Mann zwar sehr temperamentvoll und aufbrausend, aber viel zu klug, um Ole und Betty etwas anzutun.«

»Was wollen Sie jetzt tun?«

»Ich rufe jetzt die Polizei an«, sagte er ruhig. »Ich dachte, Sie sollten das wissen. Die Festnahme zeigt diese Mordkommission nicht gerade im strahlenden Glanz.«

»Die Information ist Gold wert«, gab ich zu. »Danke.«

Ich erzählte Rodenstock, was Peuster berichtet hatte, und wiederum war es so, als höre er mir nicht zu, weil etwas anderes ihn fesselte. Er drehte sich zu mir und sagte langsam. »Wenn Ole und Betty die Gegend hier mit Stoffen versorgt haben, dann müssen sie doch aus so etwas wie Nachfolger haben. Also Leute, die für sie einspringen, wenn sie selbst aus irgendeinem Grund ausfallen. Wir müssen also herausfinden, bei wem sich Drogenkonsumenten melden, wenn sie etwas haben wollen – heute! Dealer achten immer scharf darauf, daß das Geschäft problemlos läuft. Die beiden wollten auswandern. Frage: Wem haben sie ihr Geschäft vererbt?«

»Man könnte glatt zu der Meinung kommen, du würdest als Kriminalist was taugen«, sagte ich. »Wir sollten versuchen, an Mario heranzukommen. Mario ist klug, Mario weiß alles, und Mario hat alles an Drogen probiert, was es hierzulande gibt.«

»Wie alt ist denn dieser Wunderknabe?«

»Sechzehn, glaube ich. Er hat es mal fertiggebracht, einen Doppelschluck LSD einzuschmeißen. Und das mitten in Daun vor der Post. Er behauptet seitdem, einen unfehlbaren Einblick in die Psyche der Ureinwohner zu haben. Die Telefonnummer, habe ich die Telefonnummer? Ich habe sie.«

»Wenn er sechzehn ist, taugt er möglicherweise nur bedingt als Zeuge«, murmelte Rodenstock skeptisch.

»Heh«, widersprach ich, »du bist pensioniert, du bist jetzt Amateur.«

Er lächelte flüchtig: »As time goes by.«

Mario wohnte in einem Flecken namens Niederstadtfeld, wo immer das war. Sein Vater meldete sich mit einem gestreßten bulligen: »Ja, bitte?«

»Baumeister hier. Kann ich Mario sprechen?«

»Ich habe keine Ahnung, wo der sich jetzt rumtreibt«, muffelte er.

»Ist er denn zu Hause?«

»Müßte eigentlich. Aber ich weiß sowieso nie, was hier läuft. Ich schreie mal, Moment.«

Ich hörte ihn laut und deutlich rufen. Dann war er wieder am Hörer: »Der Flappmann kommt gleich.«

»Wieso Flappmann?«

»Weil er dauernd Ameisen im Hirn hat«, stöhnte der gequälte Erzeuger. »Jetzt will er ein Apartment in Gerolstein. Und raten Sie mal, wer ihm das finanzieren soll?«

Dann war Mario am Telefon: »Eh, hallo, Baumeister, gut. Was willste denn?«

»Ich muß mit dir sprechen, wenn es geht.«

»Na sicher. Wann und wo?«

»Wie wäre es, wenn ich jetzt vorbeikomme und dich aufsammle.«

»Ja, eh, ist gut, Mann. Komm vorbei. Bis gleich.«

»Er redet immer wie im Kino«, teilte ich Rodenstock mit. »Aber er ist ein Seelchen, ein richtig netter Kerl.«

»Und was schluckt er zur Zeit?«

»Das weiß ich nicht. Aber wenn er versöhnlich gestimmt ist, wird er uns das sagen.«

»Was macht der Vater?«

»Der hat einen leitenden Posten beim Finanzamt.«

Ich fuhr über Walsdorf bis Dreis und rollte dann gemächlich durch die schöne verschneite Waldstrecke nach Rengen. Der Himmel war an manchen Stellen blau, es war minus fünf Grad, und überall standen holländische, belgische und deutsche PKW in den Mündungen der Waldwege. Ihre Besitzer waren auf und davon in die winterliche Pracht.

»Hey«, sagte Mario erfreut, als er in den Wagen stieg. »Das ist ja richtig super, dann brauche ich keinen Truthahn zu essen.« Dann sah er Rodenstock und zögerte.

»Das ist mein Freund«, erklärte ich. »Ein Ex-Bulle, damit gleich klar ist, um was es geht. Du hast doch nichts dagegen?«

»Warum soll ich was dagegen haben?« fragte er. »Ex-Bulle ist doch gut. Die ohne Ex machen einem Streß, das sind die doofen.«

»Wie nett«, seufzte Rodenstock und schaute in den Autohimmel.

Ich gab Gas. »Es ist so, daß wir uns in aller Ruhe mit dir über Drogen unterhalten wollen, nachdem das mit Ole und Betty passiert ist.«

Mario hockte hinter uns, hatte sich genau in die Mitte gesetzt, so daß ich sein Kindgesicht im Spiegel hatte. »Weißt du schon, daß die schon tot waren, als das Feuer ausbrach? Und daß die angeblich Heroin drinhatten?«

»Sicher wissen wir das. Woher hast du es?«

»Das geht so rum.«

Ich wußte genau, daß es bei dieser Antwort keinen Sinn machte, weiter zu fragen. Er würde nicht mehr erzählen, und er würde niemals jemanden preisgeben.

»Baumeister ist der Meinung, daß wir dir vertrauen können«, setzte Rodenstock an. »Zuerst wurden die beiden umgebracht, dann spritzte jemand Heroin in sie hinein, und zum Schluß zündete jemand die Bude an.«

»In dieser Reihenfolge?« fragte er mit ganz schmalen Augen.

»In dieser Reihenfolge«, bestätigte Rodenstock.

»Und das ist kein Gequatsche, Mann?«

»Kein Gequatsche«, sagte Rodenstock. »Wir haben erfahren, daß die beiden mittags in Daun an der Hähnchenstation den Schniefke getroffen haben. Wir wissen aber nicht, wo sie getötet wurden und wann. Wir müssen also den Heiligen Abend rekonstruieren.«

»Das sehe ich ein«, nickte er ernsthaft. »Oles Vater muß ein Schwein sein.«

»Das hörten wir auch«, erwiderte ich. »Aber hier in der Eifel laufen verdammt viel Gerüchte, und für viele Gerüchte gibt es keine Beweise. Sag mal, Ole und Betty haben doch gedealt, das können wir als gegeben voraussetzen. Hast du eine ungefähre Ahnung, wieviel sie im Monat umgesetzt haben?«

»Im Monat? Wozu braucht ihr das?«

Vorsichtig, Baumeister, heißes Pflaster. »Wir brauchen es, weil wir die Szene verstehen wollen, weil wir uns einen Überblick verschaffen müssen. Es kann sein, daß sie aus Drogengründen getötet wurden. Es kann aber auch sein, daß das Motiv ganz woanders liegt. Also, wie hoch schätzt du ihren Umsatz?«

»Ich habe mit Ole geredet. Auch über Umsätze. Er setzte pro Woche zuletzt an die zehntausend um. Eh, Mann, ich weiß, das glaubst du nicht, aber es war so, es war wirklich so.«

Eine Weile herrschte Schweigen, und ich bog von Oberstadtfeld auf Neroth zu, um am Scharteberg vorbei auf Kirchweiler zuzufahren.

»Was blieb denn dabei für ihn übrig?«

»Ungefähr ein Viertel, also im Monat um die Zehntausend, sagte er.«

Ich hatte plötzlich eine Idee. »Sag mal, als du erfahren hast, daß die beiden ermordet worden sind, was war dein erster Gedanke?«

»Sowas wie: das darf doch gar nicht wahr sein. Sie wollten ja heute eigentlich nach Kanada. Sie wollten Freunde besuchen, die da drüben leben und die vorher in Stadtkyll gelebt haben. Ole hat gesagt, wenn alles glatt läuft, bleiben sie in Kanada. Ich weiß nicht, ob ...«

»Wir wissen das selbstverständlich«, nickte Rodenstock. »Wenn ich dich also richtig verstehe, dann hat Ole dir angeboten, das Geschäft zu übernehmen. Stimmt's?«

Es war still. Der Sendeturm auf der rechten Seite ragte majestätisch in ein blaues Himmelsloch. Jemand hatte eine Kurve zu eng genommen und war im Straßengraben gelandet. Er hatte das Auto einfach stehengelassen. Links brach ein Eichelhäher aus einer Krüppeleiche, und ein Fischreiher querte mit mächtigen Schwingen die Straße.

»Es ist so, Mario«, sagte ich und sah ihn im Spiegel an. »Wir werden alles herausfinden, was wir herausfinden müssen, um diese Schweine zu erwischen. Du kannst uns die Sache vereinfachen, du kannst einfach beschließen, uns zu helfen.«

»Bringt das was?«

»Selbstverständlich. An was hast du gedacht?«

»Ich hab ja Ferien, Mann. Können wir einen Tagessatz ausmachen? Ich will nämlich auch wissen, welches Schwein das war. Mensch, eh, das mußt du dir mal vorstellen: Da haben die endlich einen Weg nach Kanada, da haben die ein Visum, da haben die eisern Geld gespart und die Tickets gekauft, da freuen die sich ein Bein ab. Und dann das.«

Da hockte er und konnte das Leben in all seiner Ungerechtigkeit nicht begreifen. In jedem Ohr eine silberne Sicherheitsnadel von gewaltigen Ausmaßen, in jedem Nasenflügel einen beachtlichen Brillanten, an den Zeigefingern der linken und rechten Hand je einen silbernen

Totenkopfring mit kleinen grünen Steinen als Augen. Er trug einen geradezu sagenhaft dreckigen Pullover und eine tarnfarbene Hose aus Bundeswehrbeständen. Er war ein einziger, schmaler, energischer Protest gegen diese Erwachsenenwelt, und sein blaugefärbter Hahnenkamm wirkte wie eine Flamme der Verachtung.

»Du schuldest mir eine Antwort«, mahnte ich.

Ich kam auf der kleinen Kreuzung an und bog nach links ab auf Gerolstein zu. Er hockte zwischen uns, und seine Augen waren ganz weit weg. »Ich habe es nicht glauben wollen«, sagte er.

Also eine andere Fährte, dachte ich. »Kennst du diesen Holländer, diesen Jörn van Straaten?«

»Klar, jedenfalls dem Namen nach. Persönlich nicht. Muß aber eine tolle Type sein, hat Betty immer gesagt. Sind die vollständig verbrannt?«

»Na ja, nicht ganz«, gab ich Auskunft. »Der Rest reichte für die Gerichtsmedizin. Woher kommt denn dieser Holländer? Amsterdam, Utrecht, Eindhoven oder woher?«

»Aus s'Hertogenbosch«, teilte Mario mit. »Ole und Betty waren ein paar Mal da. Sie hatten immer viel Spaß.«

»Ist dieser van Straaten ein älterer Mann, der sich langweilt?« fragte Rodenstock sanft.

»Wenn ich das richtig verstanden habe, ja. Aber, wie gesagt, ich kenne den Mann nicht.«

»Wer hat Ole und Betty beliefert?« fragte ich.

»Verschiedene Leute. Für Haschisch gibt es eben andere als für Ecstasy und so. Wer das war, weiß ich nicht, kann ich mir auch nicht vorstellen. Ich deale nicht. Woran sind sie denn nun wirklich gestorben?«

»Das wissen wir nicht«, sagte Rodenstock. »Es gibt noch einen anderen fragwürdigen Punkt. Die Kripo hat in diesem Jahr, wohl im Sommer, Ole mit fünfzig Portionen LSD erwischt. Ein Gerichtstermin in Wittlich war schon angesetzt, und er hätte todsicher in den Knast gemußt. Dann wurde das Verfahren eingestellt. Bei fünfzig Portionen LSD wird das Verfahren nie eingestellt. Was ist da passiert?«

»Das weiß ich nicht«, sagte Mario viel zu schnell.

»Das glaube ich dir nicht«, erwiderte ich ruhig. »Jeder hier wußte von der Geschichte. Es wurde darüber geredet. Was hast du also gehört?«

»Darüber spreche ich nicht so gern. Das mußt du verstehen, Mann.«

»Das ist akzeptiert«, nickte ich. »Keine Frage mehr in diese Richtung. Hast du eine Freundin?«

»Na sicher. Sie geht in die Parallelklasse, sie ist aus Hillesheim und heißt Vera. Sie ist nicht auf Stoff, falls ihr das fragen wollt. Sie raucht nicht mal und ißt nur vegetarisch. Heh, Leute, habt ihr was dagegen, wenn ich mir einen Joint baue?«

Ich schaute Rodenstock von der Seite an. Er nickte sanft, und ich hörte, wie er murmelte: »Mach nur, mein Junge, wenn es dir schmeckt.«

»Wie ist die Situation mit den Bullen hier?« fragte ich.

»Bullen finden überhaupt nicht statt, Mann«, antwortete Mario. »Seitdem sie Kripo anders organisiert haben, siehst du Uniformierte, aber du siehst ganz selten nur Kripoleute. Die kommen ja kaum noch, wenn irgendwo eingebrochen wurde. Die haben keine Zeit und keine Leute. Ich habe neulich den Kremers getroffen, der hier in Daun für Eigentumsdelikte und so tätig ist. Was meinst du, Mann, was der sich geleistet hat. Eh, das ist nicht zu fassen, ist das. Also, wir treffen uns vor der Rosenapotheke, und er fragt mich, ob ich Lust habe, mit ihm im *Lo Stivale* 'ne Pizza zu essen. Sicher, sage ich. Also marschieren wir ins FORUM und hocken uns in eine Ecke. Da sagt er plötzlich, ich könne hin und wieder was verdienen, wenn ich ihm Bescheid stoße, wann Stoff nach Daun gebracht wird, wer den Stoff bringt und was für Stoff. Ich frage ihn, Mann, eh, du machst doch gar nicht Drogen, und er sagt, das spielt keine Rolle, er müsse alles machen, was anfällt, weil sie nicht genügend Leute haben und weil das Verhältnis zu den uniformierten Bullen scheiße wäre. Er sagt: Ein Anruf kostet dich aus einer Zelle dreißig Pfennig, und ich gebe dir jedesmal für deine dreißig Pfennig einen Blauen.«

»Du bist nicht darauf eingegangen«, stellte Rodenstock fest.

»Ich? Mann eh, bin ich wahnsinnig? Der Arsch kann mich mal. Du wirst nicht erleben, daß ich wen hinhänge. Dieser Kremers ist doch ein Arschficker, ist das. Der ist so doof, daß ihn die Schweine beißen. Irgendwie ist er auch schmierig, weil er sein Grinsen nicht mehr abstellen kann. Nein, Herr Kremers, habe ich gesagt. Und dann wollte er meine Pizza nicht bezahlen.«

Ich fuhr die 410 ein Stück nach rechts, dann durch Pelm hindurch die Nebenstraße zum Adler- und Wolfspark hoch. Mario öffnete ein kleines Stück zusammengefaltetes Seidenpapier und schüttete etwas von den braungrünen Krümeln, die darin lagen, auf den Tabak, mit dem er das Zigarettenblättchen gefüllt hatte. Er drehte ganz locker und selbstsicher, steckte sich die Tüte zwischen die Lippen, nachdem er sie der Länge nach mit der Zunge naß gemacht hatte. »Es ist grüner Afghan«, erklärte er. »Das ist ein gutes Zeug, das du normalerweise hier nicht kriegst.«

»Und woher hast du das?« fragte Rodenstock.

»Extra für Weihnachten und Sylvester«, sagte er befriedigt. »Kostet das Doppelte, ist aus Holland, aber lohnt sich auch. Jimmy hat das mitgebracht.«

»Wer ist Jimmy?« fragte ich. Sein Joint roch stark nach Vanille.

»Kennst du sowieso nicht«, wehrte Mario ab. »Jimmy ist ein Kumpel. Er hat sich einen Dreier-BMW mit dem Zwei-Liter-Motor gekauft. Damit die Finanzierung glattgeht, saust er einmal im Monat rüber nach Amsterdam und kauft gut ein. Jimmy ist fast immer gut drauf, obwohl er sein eigenes Zeug nicht raucht, und noch nie E geschmissen hat.« Er grinste. »Jimmy ist eben ein guter Handelsmann.«

»Gibt es viele solcher Typen?« fragte Rodenstock.

»Ich denke doch. Ich kenne einen, der ist nicht von hier, der verdoppelt jeden Monat sein Taschengeld durch E und zwei, drei Kilo Hasch. Was habt ihr über Betty rausgefunden?«

»Nicht viel«, sagte ich. »Eigentlich nur etwas vom Lebenslauf und so. Wie war die Story zwischen Ole und Betty? Weißt du da was drüber?«

»Ja, aber nicht viel. Anfangs war es ja so, daß sie sich gehaßt haben. Betty machte mit allen möglichen Makkern rum, und sie war auf jeder Scheißdisko, egal ob in Trier oder Koblenz oder irgendwo auf dem Dorf. Das muß so vier, fünf Jahre her sein. Damals wurde geredet, daß sie ... daß sie es eben für Geld macht. Ole wollte nichts mit ihr zu tun haben, aber sie war scharf auf Ole. Damals passierte auch die Geschichte mit ihrem Vater ...«

»Moment, was war das für eine Geschichte?« unterbrach Rodenstock.

»Der kam vor den Kadi«, sagte Mario trocken. »Sie hat ihn angezeigt, sie hat ihren eigenen Vater angezeigt, sie hat behauptet, er hat sich besoffen und sie dann geschlagen und, na ja, eben hergenommen.«

»Selbstverständlich Freispruch«, vermutete ich.

»Scheiße, Mann«, sagte er mit einem kleinen Triumph, »der Alte mußte in den Knast.«

»Wenn ich dich richtig verstehe, hat die Betty mit vielen Männern geschlafen. Und das, nachdem ihr Vater verurteilt worden ist, wegen ...«

»Moment, nicht ganz so«, sagte er sachlich. »Sie hat einwandfrei als Nutte gearbeitet. Sie hat die Macker bezahlen lassen. Sie hat mir mal gesagt, das wäre die einzige Möglichkeit gewesen, ein paar Groschen für sich selbst zu haben. Sie war zwanzig, da kriegte sie sonntags fünf Mark Taschengeld. Sie wollte immer von zu Hause weg, und wenn damals der Blödeste ihr gesagt hätte, er würde sie heiraten – sie hätte ihn geheiratet, bloß um wegzukommen. Tja, und dann kam eben Ole. Er hat ihr gesagt, daß sie es nicht nötig hätte. Er würde für sie sorgen, und da brauchte sie es nicht mehr zu tun.«

»Und«, fragte Rodenstock sehr scharf, »hat sie es nicht mehr getan?«

Ich sah Marios Gesicht im Spiegel, ich beobachtete, wie er plötzlich rot wurde, wie sein Blick abirrte, wie er verzweifelt nach einer Antwort suchte, wie er sagte: »Das weiß ich nicht. Woher soll ich denn sowas wissen, Mann?«

»Du mochtest sie sehr gern, nicht wahr?« fragte ich nach.

Jetzt antwortete er nicht, er hatte sich in sein Schneckenhaus zurückgezogen und war nicht mehr bereit, etwas zu sagen, er mochte uns plötzlich nicht mehr. Er rutschte auf dem Sitz zurück, er rutschte in die Ecke und starrte hinaus.

»Du hast mit Betty geschlafen«, bemerkte Rodenstock beinahe gemütlich. »Das heißt, sie hat mit dir geschlafen. Wahrscheinlich war sie die Frau, die dir zeigte, wie das ist – mit einer Frau zu schlafen.« Er schien nicht unsicher, er hatte keinen fragenden Unterton in der Stimme, er stellte nur etwas fest, und ich gestehe, daß ich ihn wegen seiner gottverdammten Arroganz in diesem Augenblick maßlos bewunderte.

Er wandte sich mir gelassen zu. »Ich bin ein alter Mann mit vielen Erfahrungen. Es geht hier um Mord, und das ist kein Wettbewerb im geschickten Lügen. Könntest du mich zu Hause absetzen?«

»Selbstverständlich«, nickte ich und hatte ein wenig Mitleid mit Mario, der sich jetzt sicher gelinkt vorkam. Ich gab also Gas, um den Druck auf Mario nicht allzu intensiv werden zu lassen. Ich fuhr über Hillesheim nach Hause, setzte Rodenstock vor der Tür ab. Knapp verabschiedete er sich von Mario: »Mach es gut, junger Mann.«

Dann fuhr ich weiter.

»Was will der eigentlich?« fragte Mario aufgebracht. »Mann, eh, ich würde wirklich gern wissen, was der Arsch sich einbildet. Das geht ihn doch gar nichts an, was zwischen Betty und mir war, oder? Mann, eh, das ist ein Arsch, dieser Opa.«

»Quatsch«, widersprach ich fröhlich. »Der Mann war sein halbes Leben lang Leiter einer Mordkommission. Und er ist einer der besten, das kannst du glauben. Er hat dir auf die Zahn gefühlt. Und weil er recht hatte, warst du so verdattert, daß es dir die Sprache verschlagen hat. Was ist denn dabei zuzugeben, daß eine gute

Type dir das Bumsen beibrachte. Das ist ihm genauso ergangen und mir auch. Also, was soll's?«

»Na ja, ich kann diese alten Knacker nicht leiden, die immer ganz genau wissen, wie das Leben so spielt. Die sind ja wie mein Vater. Der behauptet auch immer, nichts wäre ihm fremd, alles weiß er, alles kann er steuern. Aber daß meine Mutter mit dem Verkäufer von der Tiefkühlkost rummacht und sich auf der Tischtennisplatte ... na ja, davon hat er wirklich keine Ahnung.«

»Mein Freund Rodenstock ist einfach sauer«, sagte ich behutsam. »Er ist ein Typ, der immer auf der Seite von Leuten wie Ole und Betty war. Und er kann es nicht vertragen, wenn jemand hingeht und diese Leute einfach umnietet. Er haßt Gewalt.«

»Wieso behauptet er dann einfach, daß Betty mit mir geschlafen hat, obwohl er keine Ahnung hat und nicht dabei war?«

»Er spürt dein Gefühl für Betty«, erklärte ich.

»Aber wenn es nicht so war?« Er schrie fast.

»Sieh mal, Mario«, murmelte ich. »Es war aber so. Und es war ja auch richtig so. Hat Ole davon erfahren?«

Er schwieg unendlich lange. »Er wußte es nicht«, gab er schließlich heiser zu. »Und sie hat ja auch nie mehr Geld genommen. Ach, Scheiße ist das alles. Ich habe Betty gewarnt, daß das mit dem Dealen schiefgehen kann. Aber sie wollte nicht hören, sie wollte nur mit Ole nach Kanada. Sie sagte immer: Ich liebe Ole, und wenn es das Letzte ist, was ich tue: Ich liebe ihn in jeder Sekunde.«

»Und was hat Ole über Betty gesagt?«

»Du hast ja Ole nicht gekannt«, er hatte plötzlich ein leichtes Stottern in der Stimme. »Ich habe mal erlebt, wie Ole total besoffen war und die Nerven verlor und sie anschrie: Mach meine Liebe nicht kaputt. Das ist das Einzige, was ich besitze. Immer wieder schrie er, daß das das Einzige sei und heulte dabei. Stell dir das vor, Mann, eh, er heulte wirklich Rotz und Wasser. Und ein anderes Mal hat sie gesagt, er würde seinen verdammten Manta mehr lieben als sie. Da bremste er die Karre, fuhr rechts ran und legte sich unter die Karre. Er ließ das Öl ab. Das

Ganze, ohne zu reden, verstehst du? Und dann startete er und fuhr ein paar Kilometer. Da waren fünfzigtausend Mäuse im Arsch. Ich sage dir, der war ein Wahnsinniger.«

»Mario, ganz ernsthaft: Hast du eine Idee, wer für diese Sauerei verantwortlich sein könnte?«

Er starrte an mir vorbei durch die Windschutzscheibe, und Tränen liefen aus seinen Augen. »Ich weiß es nicht, Mann, ich habe keine Ahnung. Ich kann an gar nichts anderes mehr denken. Ich habe gedacht, vielleicht war es jemand, der diese Szene hier übernehmen will. Aber da sehe ich keinen. Ich habe auch gedacht, daß es vielleicht sein Vater gewesen ist. Der hat immer gewollt, daß Ole den Hof übernimmt. Das ist ja ein Riesenhof. Aber Ole ist abgesprungen und hat gesagt, er wäre keiner, der auf einer Zugmaschine sitzt, pflügt und den Mähdrescher fährt und solche Sachen. Ich habe alles mögliche gedacht, Mann, eh, wirklich alles mögliche. Ich komm nicht weiter.«

»Dauerte deine Geschichte mit Betty lange?«

Wieder Ruhe, wieder Spannung, wieder Druck.

»Es war doch keine Geschichte«, murmelte er. »Ich hatte damals noch nie ... na ja, ich hatte noch nie mit einer Frau geschlafen. Und da ergab es sich so, daß Ole in Belgien oder in Holland war. Und ich war bei ihnen ...«

»Moment mal, in der Scheune?«

»In der Scheune«, bestätigte er. »Wir haben was getrunken, Betty und ich. Und ich habe ihr gesagt, daß ich ..., also, daß ich keine Erfahrung habe und so. Da sagte sie: Moment mal, das haben wir gleich, und ...«

»War es schön?« fragte ich.

Er nickte, dann schwieg er, bis wir vor seinem Elternhaus standen. »Jetzt muß ich doch diesen Scheiß-Truthahn essen.« Mario sah mich an. »Du hattest recht. Ole wollte, daß ich sein Geschäft übernehme. Ich will das aber nicht.« Er starrte in die Luft. »Ich bin zu jung, und ich kann das meinem Vater nicht antun. Und Vera sagt, wenn ich was mit Stoff habe, kann ich sie gleich abschreiben. Sie schläft nicht mit einem, der dealt. Mach's gut, Baumeister.«

»Mach es gut, Mario.« Ich wollte ihm einen Vorsprung geben, einen Vorsprung von drei oder vier Sekunden. Peter Falks *Colombo* hat eines blendend umgesetzt: die wirklich wichtigen Fragen kommen spät, fast zu spät. Mario hatte die kleine Treppe vor der Haustür schon hinter sich und fummelte die Schlüssel aus der Jeans. »Sekunde«, rief ich laut. »Da hätte ich fast etwas vergessen.«

Er drehte sich und kam zurück an den Wagen. »Ja klar, Mann, wir haben vergessen, zu welchem Tagessatz ich mitmachen kann.«

»Richtig. An was hast du gedacht?«

»Können wir einen halben Blauen pro Tag machen?«

»Wieviel Tage?«

»Na ja, solange ihr mich braucht.«

»Einverstanden. Aber noch was: Wieso kam Ole überhaupt auf die Idee, dir das Geschäft anzubieten?«

»Na ja, er kennt mich lange, zwei, drei Jahre. Er weiß, daß ich den Mund halte und daß ich keinen bescheiße. Er weiß auch, daß ich niemals zuviel kiffe und daß ich kaum E schmeiße oder andere Pillen. Wir haben ja auch oft geredet. Jedenfalls hat er das gesagt.«

»Er hat dich am Heiligen Abend gefragt, nicht wahr? Er ist von der Hähnchenstation in Daun zu dir gekommen? Komm schon, Mario, hilf mir.«

»Er ist nicht zu mir gekommen, wir haben uns getroffen. Auf Platz drei.«

»Was ist Platz drei?«

»Die BP-Tankstelle in Daun. Da ist immer viel Betrieb. Wir tankten und sahen Öl nach und Frostschutzmittel und so.«

»Wieviel Uhr war es, Mario?«

»Es war Punkt ein Uhr mittags. Ich weiß das deshalb so genau, weil meine Eltern sauer waren, daß ich nicht pünktlich zum Essen kam. Wir haben das ein bißchen gezogen, das Treffen meine ich. Irgendwie war das bescheuert, weil ich sie ja nie wiedersehen würde. Sie hatten die Tickets nach Kanada, sie wollten heute fliegen. Und Ole war komisch drauf. Er sagte: Mensch, Kleiner, du wirst uns fehlen. Du mußt uns unbedingt besuchen, Kleiner. Er sagte immer Kleiner zu mir. Er war die ganze

Zeit kurz davor zu heulen. Dann stieg Betty aus und machte was Komisches. Du kannst an der Tankstelle auch Blumen kaufen. Die kriegen die jeden Tag aus Holland. Betty kaufte einen Strauß Tulpen. Sie gab sie mir, und sie weinte. Scheiße war das.«

»Noch etwas zum Schluß: An wen wenden sich die Kids denn jetzt, wenn sie Stoff wollen? Wer macht Oles Geschäft?«

»Das weiß ich nicht, Mann. Ich weiß es wirklich nicht.«

»Dann solltest du heute noch versuchen, Stoff zu kaufen«, schlug ich vor.

Mario grinste. »Das ist Anstiftung, Mann. Aber ich hätte das sowieso getan.« Er nickte mir freundlich zu, wie lebenserfahrene Opas das so tun.

»Hat Ole an der Tankstelle denn nicht gesagt, wohin sie anschließend fahren wollten?«

»Daran mache ich doch schon rum, Mann. Ole mit Sicherheit nicht. Betty hat was gesagt. Sie müßten noch was aufnehmen.«

»Was heißt das deiner Meinung nach?«

»Sie haben irgendwo wen getroffen, um Stoff zu übernehmen. Und darin waren sie Klasse. Sie trafen sich niemals richtig, sie machten Stipvisitendeals. Sie fuhren ihre Karren auf einem Wirtschaftsweg oder einer Nebenstraße aneinander vorbei, machten die Fenster auf und kriegten das Zeug in den Wagen geschmissen.«

»Und das Geld.«

»Das Geld läuft immer getrennt. Das kriegt man dann, wenn man sich zum nächsten Mal trifft. Und man kriegt es auf die gleiche Tour. So kannst du niemals was nachweisen, die Bullen könnten hundert Meter entfernt stehen, sie hätten keinen Beweis.«

»Und du hast auch keine Ahnung, wer ihnen Stoff brachte, was das war und woher es kam?«

»Nichts«, sagte er und schüttelte den Kopf. »Man sieht sich, Mann«, meinte er dann und sprang die Treppe hinauf.

Ich fuhr heim. Rodenstock war dabei, Holz aus der Garage zu schleppen. »Es zieht an«, erklärte er, »es wird wirklich kalt. Wir haben minus acht. Wie war es?«

»Viel Gefühl«, sagte ich. »Ole, Betty und Mario waren eine Familie, und sie meinten es verdammt ernst.«

Rodenstock ging vor mir her durch den Flur und legte den Arm voll Holz auf den Korb neben dem Ofen.

»Etwas macht mir Kummer, Baumeister«, murmelte er. »Du hast den Humor verloren. Ständig sieht man deinen Zeigefinger. Du dozierst über Drogen wie ein Oberlehrer. Du bist wie ein beschissener Pädagoge, der die Nation belehren will.«

»Ist das wirklich so schlimm?«

»Noch viel schlimmer«, muffelte er.

»Ich bin Alkoholiker, Rodenstock, ein blütenreiner Suffkopp. Ich habe ein Jahrzehnt meines Lebens versoffen, ich weiß nicht mehr, was damals war. Wenn es um Drogen geht, raste ich aus.«

Er starrte mich an und lächelte dann. »Wie lange ist das her?«

»Zehn Jahre. Aber es ist noch immer wie gestern. Tut mir leid. Komm her, ich habe rohen Schinken und einen uralten Gouda.«

»Das ist gut«, nickte er. »Also riechst du, wenn jemand süchtig ist?«

»Ja. Schwule riechen sich. Ich rieche Süchtige.«

»Ist Mario süchtig?«

»Mit Sicherheit nach dem Leben. Nicht nach irgendeinem Stoff.«

»Du siehst jetzt, wozu es gut war«, murmelte er. »Wie schlimm ist denn Haschisch wirklich?«

»Verdammt harmlos im Vergleich zu Alkohol. Das ist auch ein Punkt, der mich aufregt. Die braven Eltern fürchten Haschisch wie der Teufel das Weihwasser. Aber sie sind nicht bereit zu akzeptieren, daß die Suchtpotenz bei Alkohol tausendmal gefährlicher ist. Es gibt keinen Haschischtoten auf dieser Welt, aber allein 60.000 Alkoholtote pro Jahr in diesem kleinen Land.« Ich mußte grinsen. »Das war das Wort zum Sonntag.«

Rodenstock hockte sich an den Küchentisch. »Ehe ich es vergesse, Dinah ist auf dem Weg hierher. Sie rief eben an und hatte nur eine einzige wütende Frage. Und die lautete: Recherchiert ihr etwa schon? Sie hat es im Fernsehen gesehen, sie wird viel Gas geben.«

»Das ist gut«, sagte ich. »Das ist sehr gut.«

DRITTES KAPITEL

»Würde denn jemand wie Ole, oder anders gefragt, würden Ole und Betty in jedem Fall versuchen, einen Ersatzmann für das Geschäft zu finden?« fragte ich Rodenstock.

»In jedem Fall«, antwortete er. »Meiner Ansicht nach sind sie todsicher keine Bürokraten und wahrscheinlich alles andere als pingelig oder ordnungsliebend. Aber eines werden sie sich überlegt haben: es war durchaus nicht sicher, daß sie in Kanada bleiben konnten. Sie haben bestimmt damit gerechnet, daß etwas schiefgehen könnte. Beispielsweise bestand die Gefahr, daß sie keine Arbeitserlaubnis bekommen würden. Für diesen Fall mußten sie die Möglichkeit haben zurückzukehren, wenigstens für einen bestimmten Zeitraum. Sie mußten also einen Ersatzmann finden, um das Geschäft nach ihrer eventuellen Rückkehr sofort wieder übernehmen zu können. Ist doch logisch?«

»Das ist sehr logisch«, sagte ich. »Aber selbst Mario scheint nicht zu wissen, wer der neue Dealer sein könnte.«

»Das glaube ich nicht«, bemerkte Rodenstock kühl. »Das glaube ich absolut nicht. Zumindest hat er einen Verdacht.«

»Nun gut, wir werden ihn sozusagen schluckweise weiter befragen.«

Rodenstock säbelte sich eine Scheibe von dem hartgeräucherten Schinken ab. »Hast du dir überlegt, daß Mario vielleicht in Gefahr schweben könnte? Wenn das Motiv in Drogen zu suchen ist, dann ...«

»Wir können doch nicht alle Jugendlichen, die Ahnung von der Szene haben, in Schutzhaft nehmen. Dann haben wir hier zwanzig Leute zu verpflegen und ersticken im Haschqualm.«

»Wir müßten wissen, was meine Kollegen von der Kommission tun«, sinnierte er. »Wir haben enorm viele lose Enden. Wir haben den kleinen Jungen, den Schappi, wir haben die Jugendfreundin Prümmer, wir haben Mario, wir haben die Mordkommission, wir haben diesen Arzt, wir haben diesen Holländer.«

Ich griff nach dem Handy und wählte noch einmal Marios Nummer. Seine Mutter war schlechtgelaunt. »Stundenlang kocht man das Essen, dann hauen sie es sich in zwanzig Minuten rein, und du stehst da im Chaos der Küche. Warten Sie, ich hole ihn – falls er noch da ist.«

Er war noch da. »Mann eh, Baumeister, ich wollte gerade los. Mit dem Moped bei dieser Saukälte.«

»Wo willst du denn hin?«

»Ich habe eine Idee.«

»Wo du Stoff kriegen kannst?«

»Roger.«

»Machst du eine Andeutung?«

»Na ja, es läuft so in die Richtung, was ich dir mal im Sommer erzählt habe, als wir uns am Gemündener Maar getroffen haben. Erinnerst du dich?«

»Ist das dein Ernst?«

»Warum denn nicht? Die Welt ist doch sowieso komisch. Dann ist mir noch was eingefallen, was ich fragen wollte. Haben die an der Brandstelle Geld gefunden?«

»Das wissen wir nicht, wir kennen die Untersuchungsergebnisse nicht. Aber wenn Geld da war, wird es logischerweise verbrannt sein.«

»Vermutlich nicht«, sagte er mit leiser Heiterkeit in der Stimme. »Ole hatte da einen Trick. Er wußte ja, daß Bullen bei Hausdurchsuchungen immer erst nach Bargeld suchen. Eigentlich ist Bargeld ja sowas wie ein ... Wahrzeichen? Na ja, jedenfalls läuft nix ohne Bargeld. Und Ole hatte eine Kassette, so eine aus Stahl, wie man sie in Warenhäusern kaufen kann. Aus Stahl und abschließbar. Die hatte er aber nie in der Wohnung, die war immer irgendwo dicht am Haus. Ich denke mal, daß die Bullen die bis jetzt nicht gefunden haben, oder?«

»Und du hast keine Ahnung, wo er die versteckt hat?«

»Keine. Ging mich ja auch nichts an. Wenn er Bares brauchte oder Bares wegschaffen wollte, ging er raus.«

»Kannst du dich daran erinnern, wie lange so etwas dauerte?«

»Drei, vier Minuten mindestens. Er hatte die Kassette nicht in der Scheune. Man hörte nämlich immer die Scheunentür klappern.«

»Du bist richtig gut«, lobte ich. »Kannst du mir sicherheitshalber sagen, wohin du jetzt fahren willst?«

»Warum denn, hast du etwa Angst?«

»Angst? Weiß ich nicht. Aber vielleicht mischen Leute mit, die sehr schnell bereit sind, Gewalt auszuüben. Deshalb.«

»Der doch nicht. Denk an die Geschichte vom Sommer. Mach's gut, Alter.«

»Die Geschichte vom Sommer, Mario erinnerte mich an den Sommer. Er scheint jetzt jemanden zu treffen, von dem er erfahren will, ob er das Dealen übernommen hat beziehungsweise wer den Job jetzt macht«, berichtete ich Rodenstock.

»Und was war im Sommer?«

»Eine komische Sache. Du kennst Mario ja jetzt. Klein, schmächtig, liebenswert, in beiden Ohren zwei Sicherheitsnadeln, Klamotten, die mindestens vier Jahre die Waschmaschine nicht gesehen haben, alte Springerstiefel, die so aussehen, als seien sie für den Krieg 70/71 gebaut worden. Dieser Mario wird von beinahe allen Leuten automatisch mit Haschisch und weiß der Teufel was in Verbindung gebracht. Und gleiches gilt für die drei oder vier Kumpels, die er hat. Im Sommer haben sie sich mal mit zwei Mopeds auf die Socken nach Wittlich gemacht. Das ist so ähnlich, als würdest du versuchen, mit deiner Badewanne den Nordpol zu suchen. Sie waren ziemlich lange unterwegs, gingen ins Kino und machten dann die Tour zurück. Unterwegs trafen sie einen jungen Mann in einem Golf, dem das Auto verreckt war und der keine Ahnung von Technik hatte. Das haben wir gleich, sagten sie. Sie reparierten die Karre. Der junge Mann fragte dann, wie er sich denn erkenntlich zeigen könnte. Och, antworteten sie, vielleicht mit einem Kasten Bier? Macht einen Zehner. Aber er gab ihnen keinen Zehner. Er sagte strahlend: Ich glaube, ich habe was Besseres für euch. Dann machte er das Handschuhfach auf, holte etwas heraus, das in Packpapier eingewickelt war. Es war ein brauner etwas schmieriger Brocken. Sah aus wie Wochen altes Bratfett. Er rupfte ungefähr zwanzig, dreißig Gramm davon ab und gab es ihnen. Es war Hasch. Mario hat sich noch beschwert und gesagt, Bier wäre ihnen wirklich lieber. Aber der junge Mann sagte nur im Ton eines Grundschullehrers: Ach geht mir weg, ich kenne doch Typen wie euch. Dann setzte er sich in seinen Golf und rauschte ab. Soweit so gut. Wenige Tage später holte sich Mario mitten in Daun beim *EDEKA* eine Dose Cola. Als er bezahlte, stand dieser junge Mann hinter ihm. Diesmal in Uniform. Er war bei der Bundeswehr, er war Leutnant. Wenn er jetzt sagt, ich soll mich an die Geschichte erinnern, dann muß er eine Spur in Richtung Bundeswehr gemeint haben, oder?«

Rodenstock nickte und zückte sein eigenes Telefon. »Hoffentlich geht das nicht in die Hose, hoffentlich ist diese Geschichte für den Mario nicht zehn Nummern zu groß. Gib mir mal die Nummer von diesem Arzt!«

Ich diktierte sie ihm. »Er heißt Peuster.«

»Herr Peuster? Rodenstock hier, Sie erinnern sich. Können Sie mir sagen, wie die beiden getötet worden sind?«

Er hörte eine Weile zu, sagte dann artig »Danke und auf Wiederhören« und unterbrach die Verbindung. »Es sieht so aus, als hätte man ihnen schlicht und einfach das Genick gebrochen. Es gibt Leute, die das draufhaben. Sie fassen den Kopf, winkeln ihn leicht an und drehen dann mit einem gewaltigen Ruck. Wenn das stimmt, haben wir es mit Profis zu tun, zumindest mit Leuten, die äußerst brutal vorgehen.«

»Was bedeutet das für uns?«

»Daß irgend etwas im Hintergrund eine Rolle spielt, von dem wir noch keine Ahnung haben«, sagte er düster. »Ich sollte mit der RG 25 im Bundeskriminalamt sprechen. Aber ich weiß nicht, wer die Abteilung leitet.«

»Kannst du das für den zweiten Bildungsweg übersetzen?«

»RG bedeutet Rauschgift. Die Nummer 25 meint die sogenannte Rauschgiftlage. Das kann nur Deutschland betreffen oder aber Europa oder andere Teile der Welt. Die Jungs sind gut, sie wissen ziemlich genau, welche Stoffe an welchen Punkten konzentriert oder gar nicht auftreten, sie kennen die Situation an den Grenzen, sie können ziemlich genau sagen, was in der Eifel, im Hunsrück, im Westerwald gebacken wird. Das ist praktisch Geheimdienstarbeit. Ich möchte mich an die heranrobben.« Er nahm das Handy, das auf dem Brettchen mit dem Schinken lag, und lächelte schmal: »Ich versuche das jetzt mal.«

Dann ging er hinaus. Immer, wenn etwas bei Telefonaten unsicher schien, wollte er allein sein. Ich hörte, wie er im Flur zu Paul sagte: »Nun bete mal zu deinem Katzengott, daß ich Erfolg habe.«

Ich dachte darüber nach, was Mario über eine mögliche Geldkassette gesagt hatte, und ganz automatisch fiel mir Thomas Schwarz ein. Er war ein langer Lulatsch, ein dürrer großer Mann, vielleicht 30 Jahre alt. Er sagte von sich selbst, er sei ein Schrottmann. Schon während seiner Jugend war er mit seiner Mutter vom heimischen Mehlem aus in die Eifel gefahren. Er war zum Sammler geworden. Erst sammelte er Steine, dann zu Steinen gewordene Fossilien, später alte Flaschen. Schließlich hatte er bei der Sprengmittelräumung zu arbeiten begonnen, hatte im Bereich des eiflerischen Hallschlag geholfen, die Uraltmunition einer Fabrik zu orten, und gehörte zu jenen, die wütend sagten: »Da liegt noch alles voll, da liegt noch Giftgasmunition.« Da aber die Gesetzeshüter sich entschlossen hatten, alte Munition nur auf dem Fabrikgelände zu vermuten und nicht auf den Äckern nebenan, fühlte sich Schwarz zuweilen wie ein Rufer in der Wüste, der unnütz heiser wird. Es gab auch Leute, die Thomas Schwarz den »Immergrün-Mann« nannten, weil er zusammen mit den Archäologen herausgefunden hatte, daß auf altem und uraltem menschlichen Siedlungsgelände in der Eifel vor allem Immergrün wächst. Ehemalige Weiler und Dörfer, die während des Dreißigjährigen Krieges brandverheert für immer verschwunden waren, oder Dörfer, deren Einwohner wegen bitterer Armut im 18. und 19. Jahrhundert ausgewandert waren und deren Häuser andere Dörfler abgerissen hatten, um eigene zu bauen, konnte Thomas Schwarz orten: Es gab dort massenhaft Immergrün. Er war ein Sachensucher, und seit er bei einem Unternehmen für Sicherheit angeheuert hatte, suchte er seine Sachen zumeist mit einem Metalldetektor.

Ich rief ihn an und erwischte ihn sofort, mußte allerdings warten, bis er zu Ende gehustet hatte.

»Entschuldigung«, keuchte er, »ich habe eine Bronchitis, und Uli hat eine Grippe. Eigentlich müßten wir Antibiotika schlucken, aber die Apotheken in Bonn sind leer gekauft. Was kann ich für dich tun?«

»Könntest du mit einem Detektor eine Metallkassette finden? So etwa in der Größe eines Schuhkartons?«

»Kein Problem. Bei dir in der Gegend gab es zwei Tote bei einem Brand, nicht wahr? *RTL* hat eben in den Nachrichten gesagt, es war wohl Doppelmord.«

»Es geht um diesen Fall«, bestätigte ich. »Und ich werde nicht warten können, bis ihr beide wieder gesund seid.«

»Das mußt du doch auch nicht«, sagte Thomas. »Ich vermute sowieso, daß die Krankheit ziemlich psychosomatisch ist. Ich fahre in einer halben Stunde los, okay?«

»Das ist wunderbar«, verkündete ich.

Ich brüllte Rodenstock zu: »Ein Kumpel mit einem Metalldetektor kommt, wir können die Ole-Kassette suchen gehen.« Gleichzeitig versuchte er mir zu verklickern: »Die RG 25 ist nicht im geringsten erstaunt, daß es in Sachen Drogen einen Doppelmord gegeben hat.« Ich wurde schriller und setzte hinzu: »Einer muß den Thomas Schwarz begleiten«, und Rodenstock nickte, als habe er mir ernsthaft zugehört, und murmelte: »Das ist doch verrückt: Die behaupten, hier in der Eifel herrscht ein Drogenkrieg.«

Eines der Telefone gab Laut, und zufällig war ich gemeint. Ein Mann namens Meier oder Mayer oder Mayr, jedenfalls jemand, der sich Staatsanwalt nannte, fragte aggressiv: »Man hat Sie an der verbrannten Scheune gesehen. Sie recherchieren also. Haben Sie etwas am Brandherd gefunden und mit sich weggetragen?«

»Mit sich was?« fragte ich.

»Haben Sie etwas entwendet?« wiederholte er.

»Nicht die Spur«, brüllte ich zurück. »Warum sollte ich so etwas tun?«

»Das weiß ich auch nicht«, erwiderte er. »Halten Sie sich bitte raus.« Dann hängte er unvermittelt ein, als habe er die Lust verloren, mit mir zu sprechen, und ich sagte zu Rodenstock: »Der Staatsanwaltschaft geht der Arsch mit Grundeis.«

Der murmelte: »Das mußt du dir einmal vorstellen! Das Bundeskriminalamt hat diese Brutalitäten erwartet.«

Ich dachte in diesem Augenblick intensiv an Schappi und fragte: »Ob dieses Kind jemanden hat, der ihm wirklich zuhört und es ernst nimmt?«

Wir benahmen uns wie Erstkläßler, und Rodenstock hauchte plötzlich mit großen Augen: »Was hast du da eben gesagt?«, während ich erklärte: »Ich weiß von nix, ich habe dir nicht zugehört.«

»Ich dir auch nicht«, gab er zu. »Vielleicht sollten wir einen Kaffee machen und uns selbst nicht so wichtig nehmen?«

»Das wäre eine Möglichkeit«, nickte ich. »Glaubst du wirklich, daß Mario gefährdet ist?«

»Ja«, sagte er einfach.

»Dann bin ich dafür, daß wir zum Markus Schröder nach Niederehe fahren, eine Forelle essen und warten, bis der Anfall vorbeigeht.«

»Das ist eine blendende Idee. Sag den Forellen, wir kommen.«

Wir schrieben auf einen Zettel für Dinah: *Sind bei Markus!!* und machten uns auf den Weg.

Einige höchst ehrbare Mitglieder des Golfclubs saßen samt Familien im Schankraum und warteten auf die Fütterung. Eine Kollegin vom *RTL*-Fernsehen hatte offensichtlich die Mutter eingeladen, die in einer unglaublichen Explosion von rosafarbenen Stoffen prangte und alles mit einem violetten Hut gekrönt hatte. Sie lehnte steif wie ein Plättbrett vor der dunklen Täfelung und sah sich unentwegt um: Seht her, ich bin die schier unglaubliche Mutter diese ungeheuer toughen, der Nation so teuren jungen Dame.

Wir bekamen den Vierertisch vor dem Zigarettenautomaten und orderten zwei Forellen in Mandeln samt Zubehör. Rodenstock bestellte sich die beste Zigarre des Hauses, schnitt mit seinem Taschenmesser die Spitze ab, führte das Rauchopfer zum rechten Ohr und drehte es, um zu prüfen, ob der Tabak die richtige Feuchte hatte.

»Wir müssen uns vielleicht austauschen«, schlug er vor.

»Ich habe nichts Besonderes erfahren. Etwa in einer Stunde kommt ein Freund namens Thomas Schwarz. Er besitzt einen Metalldetektor. Wir können nach der Kassette von Ole suchen. Und du?«

»Das Bundeskriminalamt war sehr entgegenkommend. Hier in der Eifel herrscht ein im Verborgenen geführter Drogenkrieg, weil einige Strukturen durch den Ausfall von Leuten und durch Verhaftungen zerbrochen sind. Leute aus Köln wollen die Eifel, aber auch Leute aus der Eifel selbst. Der Mann war nicht einmal erstaunt, als ich von einem Doppelmord sprach, er sagte nur lapidar, die Szene werde immer brutaler, die Polizei hier sei entschieden unterbesetzt und sie hätten keine Hoffnung, daß der Markt zerschlagen werden könne. Haschisch kommt im wesentlichen aus Holland und Belgien, Ecstasy aus Holland, Polen und den baltischen Staaten, die mittlerweile auch alle Tricks draufhaben. Die wirklich scharfen Sachen wie Kokain, Heroin und bestimmte Metamphetamine kommen in der Regel entweder aus Koblenz die Mosel hoch oder aus Köln oder aus Holland. Es läuft hier keine Bauerndisko mehr ohne Ecstasy. Ich habe natürlich gefragt, was für Gruppierungen diesen Krieg führen. Er sagte, das sei nicht klar, vor allem nicht klar beweisbar.«

»Das ist ein Scheißfall«, meinte ich. »Wir schwimmen, wir können nicht einmal beweisen, daß Ole und Betty aus Drogengründen umgebracht wurden. Ich möchte

Mäuschen spielen können und hören, was dieser seltsame Vater sagt.«

»Und wenn wir ihn fragen?«

»Das müssen wir sowieso. Aber vielleicht schlägt er uns tot.«

»Wir müssen auch nach s'Hertogenbosch wegen dieses Jörn van Straaten.« Rodenstock grinste. »Ich war so lange nicht mehr in Holland.«

»Da ist noch etwas«, erzählte ich. »Ein Staatsanwalt rief an und forderte, wir sollten uns da raushalten. Es war merkwürdig, der Mann wirkte fahrig, hängte dann auch einfach ein, nachdem er uns zunächst verdächtigt hatte, etwas an der Brandstelle geklaut zu haben.«

»Die werden rotieren«, sagte er nachdenklich. »Staatsanwälte sind erstaunlicherweise auch nur Menschen, obwohl sie ständig den Eindruck zu machen versuchen, als seien sie eine sehr besondere Unterart des homo sapiens. Jetzt laß uns den Fall eine Forelle lang vergessen.«

Ungefragt bekamen wir einen Teller mit köstlicher Kartoffelsuppe, so ist der Markus nun einmal. Als wir die Löffel beiseite legten, war Dinah hinter mir und verdeckte mit ihren Händen meine Augen. »Von drauß vom Walde komm ich her«, sagte sie und umarmte dann Rodenstock. Sie wollte keine Forelle, sie wollte einen staubtrockenen Riesling und ein Stück Fleisch. Markus nickte väterlich und ging in die Küche an seine Werkbank.

Rodenstock berichtete Dinah, was passiert war, und er machte es sehr konzentriert und kurz. »Du siehst also, es gibt einen erstklassigen Doppelmord. Und es hat zwei Leutchen erwischt, die normalerweise einen solchen Aufwand gar nicht wert sind. Aber aus irgendeinem Grund mußten sie aus dem Weg geräumt werden. Ich persönlich vermute, sie wurden getötet, weil sie etwas wußten, was sie nicht wissen durften. Baumeisters momentane Einschätzung kenne ich allerdings nicht.«

»Ich glaube alle fünf Minuten etwas anderes«, murmelte ich. »Es kann genauso gut möglich sein, daß diese schrecklichen Tode mit Drogen überhaupt nichts zu tun haben. Für mich scheint nur klar, daß beide Elternpaare versagt haben, Oles Eltern und Bettys Eltern. Die Tragik liegt darin, daß die beiden ausgerechnet heute nach Kanada fliegen wollten, um endlich aus der Eifel herauszukommen und etwas Neues zu versuchen.«

»Ich hasse Drogen«, meinte Dinah. »Ich habe mal ein Stück Pflaumenkuchen gegessen, auf das Haschisch gestreut war. Es war furchtbar, ich kam stundenlang nicht mehr richtig zurecht und habe nur noch blöde in die Gegend gegrinst. Was kann ich jetzt machen?«

»Wir müssen uns sowieso teilen«, sagte ich. »Vielleicht solltest du versuchen, mit Oles Eltern zu sprechen und dabei gleichzeitig eine Brücke zum kleinen Schappi zu schlagen.«

»Das ist sehr gut«, nickte Rodenstock. »Baumeister kann sich auf Mario konzentrieren, und ich stoße bösartig auf meine Kollegen nieder und versuche herauszufinden, was sie herausgefunden haben.«

»Tragen deine Eltern meine Existenz mit Fassung?« erkundigte ich mich.

»Na ja.« Dinah grinste leicht. »Es wurde Zeit, daß ich verschwinde. Gestern abend streikte der Fernseher, und Mutter machte Vater persönlich dafür verantwortlich. Er behauptete, genügend Ahnung von Technik zu haben, um die Kiste zu reparieren. Das dauerte erst einmal drei Stunden, und morgens gegen zwei gab es einen zischenden Laut, und das Ding sprühte Funken. Die Hauptsicherung flog raus, und mein Vater erklärte, die deutsche Industrie sei auch nicht mehr das, was sie mal war. Jedenfalls war der Fernseher total hinüber, und wenn es nach meiner Mutter gegangen wäre, hätte Vater nachts noch einen neuen kaufen müssen. Sie haben heute morgen beim Frühstück nicht mehr miteinander geredet. Ich habe ihnen ein Foto von dir gezeigt, Baumeister. Und mein Vater knurrte sichtlich befriedigt: Der sieht aber alt aus!«

»Ich fühle mich auch so«, sagte ich.

Wir hockten noch eine Weile gemütlich beisammen und erzählten Schwänke aus unserem Leben, bis Rodenstock mahnte, wir müßten gelegentlich an die Arbeit denken. Wir fuhren heim und kamen gerade rechtzeitig, um zu erleben, wie Thomas Schwarz in einem uralten

Mitsubishi Colt auf den Hof rumpelte und dann entsetzlich quietschend anhielt.

Wenn Thomas Schwarz aus einem Auto steigt, hat man immer den Eindruck, er müsse Qualen ausstehen, bis er sich entfaltet hat. Er wird in Sekunden jeweils um etwa dreißig Zentimeter größer und endet schließlich irgendwo bei zwei Meter. Ihm zur Seite stand seine Uli, eine junge Frau mit rabenschwarzen kurzen Haaren, von denen sie eine Art Fuchsschwanz hatte stehenlassen, was äußerst dekorativ wirkte.

»Kann man jetzt im Dunkeln etwas machen?« fragte ich.

»Ja«, nickte er, »schließlich habe ich eine Taschenlampe.«

»Ich will die abgebrannte Scheune sehen«, forderte Dinah.

»Ich werde telefonieren und meinen Charme spielen lassen«, verabschiedete sich Rodenstock.

Wir fuhren mit zwei Wagen, weil es unzweckmäßig war, die ganze Technik von einem Auto in das andere zu verladen. Es wurde eine schnelle Reise, die Straßen waren sauber und trocken, und erst als wir in Jünkerath waren, begann es erneut, leicht zu schneien. Da wir dem Auto des Schwarz nicht trauten, lud er nun doch ein paar geheimnisvolle Teile um, und wir begannen den Abstieg.

»Es ist so«, erklärte ich. »Der Mann hat nach einer Zeugenaussage niemals Bargeld im Haus gehabt. Aber Drogen bedeuten Bargeld. Er ging stets hinaus, um welches zu holen oder zu verstecken. Da er ein Bauernsohn ist und also mit der Natur gelebt hat, vermute ich, daß er in unmittelbarer Nähe der Scheune ein Versteck hatte. Der Hang ist steinig, es ist eine Tufformation, also vulkanisch. Das Versteck mußte lediglich wassersicher sein.«

»Wenn das so ist, finde ich es«, sagte Thomas lapidar. »Was ist, wenn dort noch andere Leute sind?«

»Dann drehen wir um und hauen wieder ab«, bestimmte ich.

Es war niemand da.

Der Detektor war eine besenstiellange Einrichtung, die in eine Metallplatte mündete. Daran waren mehrere Skalen befestigt, die sofort heftig zu zittern begannen, als Thomas einen Hebel umlegte. Er nahm eine kleine Taschenlampe und steckte sie sich der Einfachheit halber in den Mund.

Dann ging er los.

Das Licht der Taschenlampe tanzte zwischen den Bäumen am Fuß des Hangs. Es waren Krüppeleichen und einzeln stehende junge Birken, ungefähr acht Jahre alt. Der Detektor summte kaum hörbar.

»Hier ist was«, meldete Thomas ruhig. »Komm mal mit dem Spaten her.«

Ich ging zu ihm. »Wieso funktioniert das so schnell?«

Er grinste. »Das ist ganz einfach. Ich gehe davon aus, daß er die Kassette nicht vergraben hat. Das wäre dumm, weil dann immer wieder neue Spuren entstünden. Er hat die Kassette unter einen Tuffvorsprung gesteckt und dann einfach faulendes Laubwerk und kleine Äste davor gehäuft. Einfach und wirksam. Sieh genau hin und faß dann mit dem Blatt des Spatens flach am Boden der Höhlung nach.«

Ich bekam mit der ersten Bewegung die Kassette auf den Spaten. Sie war nicht sonderlich schwer, eine Standardausführung, wie sie für einen halben Hunderter in jedem Kaufhaus zu haben ist. Die Farbe war Eierschale.

»Wir hauen ab«, sagte ich. »Der Schlüssel wird sowieso durch das Feuer geschmolzen sein.«

»Diese Schlüssel schmelzen nicht bei einem normalen Feuer«, erklärte Thomas. »Aber das Ding ist leichter zu öffnen als eine Heringsdose.«

Wir waren vierzig Minuten später an meinem Haus, und Thomas nahm die Kassette, ging hinüber in die Küche und machte sich etwa zwanzig Minuten dran zu schaffen. Dann rief er: »Das ist ein schönes Weihnachtsgeschenk!«

Die Kassette enthielt 18.000 kanadische Dollar, 12.800 holländische Gulden, 7.800 DM und einen Verrechnungsscheck über 46,80 DM, ausgestellt von der Allianzversicherung.

»Das sind unter anderem die Ersparnisse für Kanada«, sagte ich. »Das fotografieren wir, die Kassette muß dann sowieso zur Staatsanwaltschaft.«

»Die werden dich verfluchen«, sagte Dinah.

»Das werden sie nicht«, widersprach ich. »Wenn sie selbst nicht auf die Idee gekommen sind, werden sie insgeheim dankbar sein für dieses Geschenk.«

Während ich fotografierte, fragte Thomas: »Wie sind sie denn wirklich getötet worden? Im Fernsehen heißt es, daß man es noch nicht weiß.«

»Doch, doch«, antwortete Rodenstock. »Ihnen ist das Genick gebrochen worden.«

»Iihh«, Uli schüttelte sich.

»Ein Schnaps steht im Eisschrank«, sagte ich. Ich stürzte mich auf eine Handvoll weicher Aachener Printen.

Da klingelte das Telefon, und eine Frauenstimme fragte: »Baumeister?«

»Ich bin dran«, meldete ich mich. »Wer da, bitte?«

»Ich bin die Prümmer, Sie wissen schon, die Freundin von Betty. Also, ich weiß nicht, ob es stimmt, aber ...« Sie begann laut zu schluchzen.

»Seien Sie ganz ruhig«, murmelte ich.

»Scheiße, das ist nicht so einfach«, schniefte sie. »Ich bin in einer Telefonzelle am Bahnhof, ich habe gesagt, ich muß mal an die frische Luft. Also, ich habe hintenrum gehört, daß Betty schwanger gewesen ist. Angeblich im dritten oder vierten Monat. Ist das nicht furchtbar?«

»Das ist furchtbar. Können Sie mir sagen, wie ich an Sie herankomme?«

Sie wurde ein wenig klarer. »Ich habe darüber nachgedacht. Mein Mann ist so irre eifersüchtig. Wenn vielleicht eine Frau ... haben Sie eine Frau?«

»Habe ich.«

»Dann sollte die mich zu Hause anrufen und ganz einfach fragen, ob ich bereit bin, mich mit Ihnen über Ole und Betty zu unterhalten. Dann würde mein Mann sicher nicht so ...«

»Schon kapiert«, sagte ich. »Wir rufen Sie dann an. Noch eine Frage: Von wem haben Sie das mit der Schwangerschaft gehört?«

»Von einer Frau, die hier immer nur die Ratsche genannt wird. Sie weiß alles und sie trägt alles weiter, aber meistens stimmt, was sie behauptet.«

»Bis später dann«, verabschiedete ich mich. Ich rief Tilmann Peuster an. »Ich habe noch eine Frage. Ist es richtig, daß die Betty schwanger war?«

»Stimmt«, bestätigte er. »Ich weiß das erst seit gestern abend. Woher haben Sie das?«

»Ein Gerücht, gestreut von einer Frau in Jünkerath. Ich kenne sie nicht. Ist der Türke, der unter Verdacht stand, wieder frei?«

»Selbstverständlich«, sagte Peuster. »Wir müssen jetzt nur dafür sorgen, daß alle erfahren, daß der Mann als Täter niemals in Frage kam. Das Furchtbare ist, daß sich Jünkerath auf ihn als Täter schon richtig eingeschossen hatte.«

»Ich werde es jedem erzählen«, versicherte ich und bedankte mich bei ihm.

Als Thomas Schwarz und seine Uli gefahren waren, meinte Rodenstock: »Wir sollten wegen der Kassette sofort die Staatsanwaltschaft in Trier anrufen. Die mögen es nicht, wenn man etwas zu lange für sich behält.«

»Dann tu das«, sagte ich.

Er ging telefonieren, kam sofort wieder in die Küche und seufzte: »Das war nicht so gut. Ich soll das Ding sofort nach Wittlich bringen. Ich mußte zusagen.«

»Ich fahre dich«, bot sich Dinah sofort und ungefragt an. Sie sah mich an und murmelte sehr offen: »Du solltest dich vielleicht ausruhen, bis wir zurück sind.«

»Zielst du auf unsittliche Handlungen ab?«

»Selbstverständlich«, nickte sie. »Abschalten kannst du woanders.«

»Gute Aussichten«, befand ich.

Rodenstock pumpte sich einen Rollkragenpullover von mir, und sie machten sich auf den Weg. Ehrlich gestanden, war ich dankbar, eine Weile allein zu sein. Dieses Weihnachten war an mir vorbeigerauscht, ohne auch nur im geringsten weihnachtlich zu sein. Weil ich aber ein hoffnungsloser Romantiker bin, legte ich *Queen* ein und hörte andächtig zu, wie Freddy Mercury jubelte

It must be heaven ... Anschließend gab es von Oscar Peterson *Swingin Piano*. Ganz langsam hielt Ruhe Einzug in meine strapazierte Seele, bis Dr. Ralf Siepmann von der *Deutschen Welle* anrief und fröhlich sagte: »Einen schönen Weihnachtsbaum denn auch. Ich habe hier einen unserer Redakteure für Sie. Kann der Informationen haben über diese grausliche Doppelmord-Geschichte? Wird bezahlt.«

»Gegen Geld kann er fast alles haben«, antwortete ich. »Her damit.«

»Mein Intendant läßt Sie schön grüßen.«

»Grüßen Sie zurück.«

Der Redakteur war ein junger Mann, der knappe und präzise Fragen stellte und mich nicht länger als zwanzig Minuten aufhielt. Von unseren privaten Fährten und Ermittlungen erzählte ich ihm nichts. Dann kochte ich mir einen Tee und kramte in meiner Erinnerung nach dem schönsten Weihnachtsfest, das ich erlebt hatte. Beruhigt stellte ich fest, daß es eine ganze Reihe davon gegeben hatte, als meine Eltern noch lebten und meine Großeltern ihren weihnachtlichen Besuch bei uns abstatteten. Meine Großmutter, die Klara, hatte jedesmal darauf bestanden, mit uns Skat zu spielen, und jedesmal hatte sie heftig gemogelt. Sie hatte mir gestanden, Skat ohne Mogeln sei eine höchst langweilige Sache. Mein Großvater hatte sich auch nach fünfzig Jahren Ehe nicht an die Schummeleien seiner Frau gewöhnen können und hielt ihr jedesmal einen furchtbaren Vortrag über die Notwendigkeit der Deutschen, endlich zu begreifen, daß es ohne Fairplay nun einmal nicht gehe.

Meine Großmutter Klara pflegte dann hoheitsvoll zu antworten: »Ich bin keine Deutsche, ich bin aus Essen-Kupferdreh!«, worauf mein Großvater hohnlachend mindestens dreimal »Hah!« sagte und dann schmollte. Ich dachte, daß es gut war, solche Großeltern gehabt zu haben, ich dachte, daß ich allen Grund hätte, zufrieden zu sein. Aber dann schob sich Schappis Gesicht vor alle diese Bilder meiner Vergangenheit, und ich glaubte zu hören, wie er schluchzte und nach Ole und Betty seufzte.

Ich rief die Auslandsauskunft an und fragte nach Mijnheer Jörn van Straaten in s'Hertogenbosch. Sie gab mir die Nummer, und ich wählte sie sofort.

Er hatte eine volltönende, sehr energische Stimme.

»Meine Bitte ist ungewöhnlich«, begann ich. »Sie hatten hier Freunde in Jünkerath. Ich recherchiere den Fall Ole und Betty als Journalist und möchte Sie fragen, ob ich Sie besuchen darf?«

»Aber selbstverständlich«, sagte er in einwandfreiem Deutsch. »Tja, das wühlt in meiner Seele.«

»In meiner auch. Wäre Ihnen einer der nächsten Tage recht?«

»Natürlich. Rufen Sie mich vorher an. Kommen Sie in die Verweerstraat 78. Das ist im Zentrum. Trinken Sie Kaffee oder Tee?«

»Tee«, sagte ich.

»Ich freue mich«, behauptete er. »Ich denke nur, ich werde wenig hilfreich sein.«

»Das sehen wir dann«, tröstete ich ihn.

Ich hockte mich auf das Sofa, und sofort war Momo links und Paul rechts. Sie waren eifersüchtig aufeinander und knurrten sich über meinen Bauch hinweg an. Es ist ein gutes Gefühl, mit einer so intakten Familie zu leben.

Als das Telefon erneut schellte, war es zwanzig Minuten nach zehn, die Nacht war rabenschwarz, es schneite sehr heftig, der Wind kam aus Nordost, die Temperatur lag bei minus zehn Grad. Ich dachte, es sei Dinah oder Rodenstock mit der Mitteilung, sie kämen jetzt heim, aber es war eine männliche Stimme, gänzlich atemlos.

»Mein Mario stirbt, oh Gott, mein Mario stirbt.« Es war Marios Vater.

»Was ist passiert?«

»Das wissen wir nicht.« Er weinte jetzt. »Intensivstation im Maria-Hilf in Daun. Sie wissen nicht, ob sie ihn durchkriegen, und ich drehe hier langsam durch ...«

»Warum sind Sie nicht im Krankenhaus?«

»Die ... die ... sie haben mich gefeuert, weil ich ... weil ich ausgeflippt bin ...«

»Und Ihre Frau?«

»Sie ist hier bei mir, die haben mir eine Spritze gesetzt, ich denke, ich drehe ...«

»Ich fahre hin«, sagte ich hastig. »Sagen Sie denen im Krankenhaus, ich komme jetzt.«

Dicke, große Flocken fielen vom Himmel, und es war sehr kalt. Als ich die schmale Straße durch die Felder nach Walsdorf hinüberfuhr, rauschte ich kurz vor der alten, kleinen Brücke auf das Bankett, durchbrach einen Zaun und landete auf einer Wiese. Ich war so kopflos, daß ich einfach einen Bogen fuhr und erneut durch den Zaun brach, um wieder auf die Straße zu kommen. Aus irgendeinem Grund, wahrscheinlich weil ich auch wütend war, gelang das sogar. Wo die schmale Fahrbahn um einen weit vorspringenden Buchenwald kurvt, kam ich erneut ab, blieb diesmal gleich auf der Wiese und gab einfach Gas. Ich wurde erst wieder vernünftig, als ich die Schnellstraße von Kerpen nach Walsdorf erreichte, erst dann begann ich wieder normal zu atmen und nahm wahr, daß ich mit dem Auto unterwegs war.

Ich glaube, ich redete ganz laut mit mir selbst, ich glaube, ich sagte: »Kann sein, daß wir das verbockt haben. Kann sein, daß wir den Mario nicht hätten einspannen dürfen.« Aber dann wußte ich, daß Mario in jedem Fall selbst recherchiert hätte, ganz einfach, weil er Betty und Ole geliebt hatte, weil er selbst hatte wissen wollen, was da geschehen war.

»Lieber Gott, mach keinen Scheiß«, betete ich. »Das kannst du nicht machen.« Ich bin nicht sicher, daß der alte Mann mir zuhörte.

Der Nachtpförtner zeigte mir den Weg zur Intensivstation, und ich mußte eine Weile warten, ehe sich eine Krankenschwester um mich kümmerte.

»Ich komme wegen Mario«, erklärte ich zitternd. »Der Vater hat mich angerufen. Was ist mit dem Jungen?«

Eine furchtbare Sekunde lang dachte ich, sie würde sagen: »Er ist nicht mehr«, oder irgend etwas in dieser Richtung. Statt dessen antwortete sie: »Na ja, so doll ist der nicht dran.«

»Was haben Sie denn festgestellt?«

»Es ist noch ein bißchen früh«, entgegnete sie energisch. »Aber Sie können ihn sehen. Er ist bei Bewußtsein, aber er steht unter starken Medikamenten.« Sie ging vor mir her in einen hohen Raum, in dem nur ein Bett stand. »Aber nicht so lange«, mahnte sie.

Er lag auf dem Rücken und stierte an die Decke. Er war mit zahllosen Drähten an irgendwelche Maschinen angeschlossen, und rechts und links waren ihm Infusionen gelegt worden. Aber er hatte immerhin keinen Nasenschlauch.

»Heh«, grüßte ich.

Er bewegte nicht einmal die Augen.

»Du machst vielleicht Sachen«, sagte ich hilflos.

Er bewegte noch immer nicht die Augen, sagte aber mit sehr leiser und spröder Stimme: »Ich konnte gar nichts machen, das ging alles viel zu schnell. Jedenfalls war er nicht da.«

»Wer war nicht da? Der, mit dem du dich treffen wolltest?«

»Ja, der.«

»Du mußt mir sagen, wer das war«, meinte ich. »Du mußt das jetzt, denn du wirst eine Weile hierbleiben müssen. Was hast du eigentlich abgekriegt?«

»Weiß ich nicht. Ich habe nicht mal Schmerzen. Ich nehme an, sie haben mich mit Valium oder sowas vollgestopft.«

»Das haben sie sicher. Also, wen wolltest du treffen?«

»Diesen Leutnant, der uns damals das Hasch geschenkt hat.«

»Und der war nicht da?«

»Nein.«

»Wo sollte das Treffen sein?«

»Wenn du von Daun aus Richtung Rengen und Kelberg fährst, geht es links ab nach Kradenbach. Kein Baum, kein Strauch. Zweihundert Meter hinter der Abbiegung wollte er stehen. Da stand auch ein PKW, aber es war nicht seiner. Ohne Licht. Plötzlich schoß er los. Ich hab noch versucht, von der Straße wegzukommen. Ab ins Feld. Aber es langte nicht mehr. Er erwischte mich voll.«

»Es war also Absicht?«

»Das war astrein Absicht, aber das wird mir kein Mensch glauben.«

»Woher war das Auto? Hast du die Nummer gesehen?«

»Kölner Kennzeichen.« Seine Sprache wurde undeutlicher, er nuschelte und verschluckte ganze Silben und sein Gesicht war jetzt schneeweiß.

»Schon gut, schon gut«, sagte ich hastig. »Ich brauche den Namen von dem Leutnant.«

»Westmann«, murmelte Mario.

»Und dein Moped ist Schrott?«

»Ja.« Er grinste. »Aber versichert.«

»Ich fahre so bald wie möglich zu diesem Holländer. Ist dir zu dem noch etwas eingefallen?«

Er nickte und schloß die Augen, er war sehr erschöpft. »Mir ist aufgefallen, daß Betty und Ole eigentlich nicht wollten, daß man den kennenlernte. Es war so, als wollten sie sagen: Der gehört allein uns! Kann sein, daß das Schwachsinn ist, aber so sehe ich das. Hast du von Heinrich Mann *Der Untertan*?«

»Ja klar.«

»Kannst du mir das pumpen, ich habe ja jetzt Zeit. Und das wollte ich schon immer mal lesen. Die Angela Schüll vom Buchlädchen in Daun hat gesagt, ich müßte außerdem unbedingt *Schiffsmeldungen* lesen, von einer Kanadierin.«

»Das stimmt, ein wirkliches Klassebuch. Ich besorge dir das. Vielleicht solltest du jetzt schlafen?«

»Das kann ich noch genug«, lallte er. Doch er schlief schnell ein, und es wirkte seltsam beruhigend, daß er übergangslos leise zu schnarchen begann.

Ich schrieb auf einen Zettel: *Halt die Ohren steif, wir brauchen dich noch!* und ging hinaus. Draußen stand, auf den Zehen wippend, ein Weißkittel, vielleicht vierzig Jahre alt. Er lächelte freundlich. »Mein Name ist Grundmann, ich bin der Arzt von dem Mario. Er hat was Komisches gesagt. Die Leute reden manchmal Unsinn, wenn sie zu uns eingeliefert werden.

Der Unsinn vom Mario ist so sehr Unsinn, daß ich mich frage, ob da etwas dran sein kann.«

»Was ist es denn?«

»Während wir ihn untersuchten, sagte er plötzlich, ohne daß wir gefragt hätten, er wäre absichtlich von einem PKW mit Kölner Kennzeichen umgefahren worden. Ist das möglich?«

»In diesem Fall war das mit ziemlicher Sicherheit so. Ich wollte Sie ohnehin bitten, den Mario so schnell wie möglich in ein Zimmer zu legen, das nicht jedermann erreichen kann.«

Der Arzt war betroffen, er druckste herum. »Darf ich erfahren, was dahintersteckt?«

»Natürlich. Das hängt mit dem Brand und dem Doppelmord in Jünkerath zusammen. Vermutlich eine Drogengeschichte. Sie sollten auch die Staatsanwaltschaft in Trier anrufen.«

»Das müssen wir bei diesen unklaren Unfällen sowieso«, nickte er. »Normalerweise wäre dieser Junge sicherlich tot. Daß er noch lebt, verdankt er der Tatsache, daß er sich wegen der Eiseskälte so dick angezogen hat. Der PKW hat ihn stumpf an der rechten Flanke getroffen. Mit ungeheurer Wucht. Er hat ein Schädel-Hirn-Trauma. Das ist in solchen Fällen normal. Aber ich fürchte, wir können seinen rechten Fuß nicht retten.«

Ich konnte nichts sagen.

»Wissen Sie, ob er ein ... nun sagen wir gefestigter Charakter ist?«

»Ich weiß, daß er zwar höchst sensibel, aber seelisch wohl sehr stark ist. Doch wer ist schon stark, wenn er einen Fuß verliert? Er ist sehr jung.«

»Sagen Sie dem Vater bitte nichts«, bat er. »Das möchte ich selbst tun.«

»Klar«, versprach ich. Ich bedankte mich und machte mich auf den Heimweg. Ich fuhr ganz trödelig und überlegte, wie Mario damit fertig werden würde, daß er nur noch einen Fuß hatte.

Dinah und Rodenstock waren inzwischen wieder zu Hause. Ich berichtete ihnen, woher ich kam, und Rodenstock fluchte wild, als mache er sich Vorwürfe.

»Das ist ja schrecklich«, hauchte Dinah tonlos. »Und er weiß nichts davon?«

»Nichts. Was sagt die Staatsanwaltschaft zu der Kassette?«

»Sie waren einfach sauer, daß wir auf die Idee gekommen sind und sie nicht«, lächelte Dinah. »Aber sie konnten sich schlecht beschweren. Irgendwie habe ich den Eindruck, daß sie der Mordkommission nicht allzuviel zutrauen.«

Ich legte mir *Moon over Bourbonstreet* auf, Rodenstock war schon im Bett verschwunden, Dinah hockte mir gegenüber in einem Sessel. Da gab das Faxgerät ein Klingelzeichen, und ich beobachtete, wie sich die Nachricht aus Hamburg malte: *Wir möchten die Story exklusiv für die übernächste Ausgabe. Geht das? Und haben Sie Fotos?*

Alles klar! faxte ich zurück.

»Du bist ganz schön fertig, nicht wahr?« fragte Dinah.

»Ja« gab ich zu. »Die Geschichte schmeißt mich. Hinterher wird sich herausstellen, daß diese Tode schrecklich nutzlos waren – wie immer.«

»Gehst du mit mir ins Bett?«

»Ja. Aber ich werde nicht ...«

»Ich auch nicht«, sagte sie schnell.

Im Bett fragte sie plötzlich: »Hättest du eigentlich was dagegen, ein Kind zu kriegen?«

»Ich kriege so selten eines«, entgegnete ich. »Nein, ich hätte nichts dagegen.«

»Du brauchst mich auch nicht zu heiraten, Baumeister.«

»Das weiß ich«, sagte ich. »Aber ich bin in dieser Beziehung schrecklich konservativ. Wenn du einen dicken Bauch bekommst, heirate ich dich.«

»Wenn es ein Mädchen wird, soll es Sophie heißen«, sie hatte eine sehr träumerische Stimme, lag auf dem Rücken und bewegte sich nicht.

»Und ein Junge?«

»Da habe ich noch keinen Namen. Vielleicht Siggi II?«

»Um Gottes willen, nicht sowas. Der Junge wird sein Leben lang leiden.«

Nach einer Weile murmelte sie zufrieden: »Wir können ja noch darüber nachdenken. Schlaf gut, und ich liebe dich.«

»Schöne Träume«, wünschte ich ihr. Dann starrte ich gegen die Decke und dachte darüber nach, wo der oder die Mörder Ole und Betty den Hals gebrochen haben könnte. Wahrscheinlich in der Scheunenwohnung. Wenn es wirklich Profis gewesen waren, dann hatten sie es bestimmt vermieden, mit zwei Leichen im Kofferraum durch die Hügel zu kurven. So dämlich würde kein Profi sein.

Das Telefonklingeln unterbrach meine Gedanken. Ich fluchte unterdrückt und beeilte mich. Die Kinderstimme, die ich mein ganzes Leben lang nicht mehr vergessen werde, sagte: »Hier ist Schappi, und ich wollte mal fragen, was du so herausgefunden hast.«

»Nicht viel«, sagte ich. »Es ist mitten in der Nacht, kannst du nicht schlafen?«

»Kann ich nicht, ich muß immer denken.«

»Das wird sich bessern. Paß mal auf, eigentlich ist es gut, daß du anrufst. Ich brauche deine Hilfe. Kannst du mir sagen, wann Ole und Betty am Heiligen Abend in der Scheune angekommen sind? Du hast mir erzählt, Betty hätte gesagt, du darfst am Heiligen Abend bei ihnen sein. Wann hat sie dir das gesagt?«

»Ja, also, als sie wiederkamen. Ich weiß nicht, wann das war.«

»Sie kamen von Daun, oder?«

»Weiß ich nicht. Ich habe gesehen, wie sie kamen. Dann bin ich zu denen hin, und Betty sagte, sie fände es schön, wenn ich abends komme. Aber ich durfte ja nicht.«

»Was hast du denn alles gemacht am Heiligen Abend? Ich meine, vor der Bescherung zu Hause. Hast du Geschenke für deine Mama und deinen Papa eingepackt?«

»Ja, das habe ich auch gemacht. Das war, als ich bei Ole und Betty gewesen bin. Ich mußte dann ja in die Kirche, ich mußte in die 18-Uhr-Messe, ich bin Meßdiener.« Er klang stolz.

»Gut, du bist also in die Kirche gegangen.«

»Nein, mein Papa hat mich hingefahren. Das macht er immer.«

»Das ist aber nett. Hast du bei Ole und Betty ein fremdes Auto stehen sehen?«

»Nee, das fremde Auto war erst da, als wir zurückgekommen sind.«

»Da hast du das gesehen?«

»Ja, genau.«

»Was für ein Kennzeichen hatte das denn, und was war das für ein Auto?«

»Es war ein C 230 von Mercedes, das weiß ich, weil ich die Bilder sammele. Und er war aus Köln. Aber ich bin nicht hingegangen, weil Ole gesagt hat, ich soll niemals kommen, wenn er Besuch hat.«

»Wann hat er das gesagt?«

»Das hat er oft gesagt, das hat er immer gesagt.«

»Weißt du, warum er das gesagt hat?«

»Nein, weiß ich nicht.«

Er wollte dich schützen, dachte ich fiebrig. Er wollte dich vor bestimmten Menschen bewahren. »Bist du auch niemals dabei gewesen, wenn dieser Holländer zu Besuch war? Dieser Jörn van Straaten?«

»Doch, einmal war ich dabei. Aber da war Ole nicht da, und ich kam rein, und Betty und der Holländer waren am Ficken.«

»Wie bitte?« fragte ich schrill.

Mit der Unschuld eines Kindes, das feststellt, daß alle Erwachsenen dämlich sind, sagte er: »Na also, die haben gefickt. Wieso?«

Mir fiel nichts anderes ein, als: »Och, nur so.« Dann sprach ich rasch weiter: »Wann war denn das?«

»Das weiß ich nicht mehr.«

»Kannst du dich erinnern, ob das abends oder tagsüber war? Und was für ein Hemd hast du getragen?«

Er überlegte eine Weile. »Sommer«, entschied er dann. »Weil, ich war mittags mit Betty mit nackten Beinen unten in der Kyll.«

Jetzt kommt es, Baumeister, sei vorsichtig, behandle ihn wie ein rohes Ei. »Sag mal, wollte dein Bruder die Betty eigentlich heiraten?«

»Weiß ich nicht. Sie haben gemeint, man müsse nicht heiraten. Betty hat ja erzählt, sie kriegt jetzt endlich ein Kind. Da habe ich gesagt, daß die meisten heiraten, wenn sie ein Kind kriegen. Ole hat nur gelacht.«

»Hat er sich auf das Kind gefreut?«

»Ja klar. Er hat ... also, ich war dabei, als Betty beim Frauenarzt war. Ich mußte im Wagen warten. Dann sind wir nach Hause gefahren, und Ole hat gerade den Pajero gewaschen. Betty hat gerufen: Du wirst Vater! Da hat er gebrüllt, und ich dachte erst, er schimpft oder so. Aber er hat sich gefreut und gesagt, wenn es ein Junge wird, soll er so heißen wie ich.«

»Wie heißt du denn? Du heißt doch nicht Schappi.«

»Mein Name ist Michael«, erklärte er. »Ich heiße Schappi, weil das das erste Wort war, das ich gekonnt habe, als ich noch ganz klein war. Ole hat auch zu mir gesagt, wenn das Kind kommt, bist du der jüngste Onkel in Jünkerath.«

»Deine Eltern schlafen jetzt wahrscheinlich, oder?«

»Ja, die schlafen. Die haben beide ziemlich viel getrunken. Sie weinen auch viel.«

»Das kann ich gut verstehen. Sag mal, weißt du eigentlich, was Ole und Betty so vorhatten in nächster Zeit?«

»Na, sie wollten doch nach Kanada. Und dann sollte ich nachkommen und bei ihnen leben. Sie haben gesagt, da wäre auch der Niagara-Wasserfall. Stimmt das?«

»Das stimmt. Hast du deinen Eltern von Kanada was erzählt? Und hast du ihnen auch erzählt, daß Betty und der Holländer gefickt haben?«

»Ich habe meinen Eltern nie was von Ole und Betty verraten. Ich habe doch Ole und Betty mein Ehrenwort gegeben. Und ich habe Betty nichts von Ole gesagt und Ole nichts von Betty. Ich bin ja jetzt schon größer, und Ole meinte, ich soll mich nie einmischen und ich soll auch niemals tratschen.«

»Sind Ole und Betty eigentlich oft nach Holland gefahren zu dem Holländer?«

»Ja, ich glaube schon, aber genau weiß ich das nicht. Ich war ja nie mit. Einmal ist Betty allein hingefahren, da war Ole sauer, und er hat sie fast geschlagen. Aber Ole ist auch allein zu dem Holländer gefahren, das weiß ich genau. Und dann war da ja auch noch der Kremers, das ist ein Zivilbulle. Der kam auch manchmal. Ole hat mir gesagt, daß Betty davon nichts wissen sollte. Aber sie hat es trotzdem irgendwie mitgekriegt, und dann hatten sie Qualm in der Küche. Betty hat gesagt, der Kremer ist ein mieser Bulle, und jedes zweite Wort ist gelogen.«

»Moment mal, du meinst den Kriminalpolizisten aus Daun?«

»Klar, das ist der aus Daun. Den hat Ole getroffen. Und einmal war ich dabei, aber sie haben mir gesagt, ich müßte im Wagen bleiben. Das war Ende der Sommerferien, das war im belgischen Supermarkt, wenn man nach Kronenburg fährt und dann etwas weiter.«

»Der belgische Supermarkt in Losheim, gleich nach der Kreuzung?«

»Ja, der. Die haben immer so gute Schokolade, und Ole hat da immer Zigaretten gekauft und so Sachen. Kaffee auch.«

»Wirst du eigentlich nicht müde?« fragte ich, um ihn ein wenig abzulenken.

»Ich kann sowieso nicht schlafen, weil ich immer an das Feuer denken muß. Kannst du mal vorbeikommen. Ich meine, einfach so?«

»Das tue ich«, versprach ich. »Das tue ich ganz sicher.«

»Kann ich dich denn auch mal besuchen? Ich habe auf der Karte nachgeguckt, wo du wohnst. Ist ja nicht weit.«

»Es ist nicht weit«, bestätigte ich. »Aber jetzt mußt du schlafen gehen. Tust du das?«

»Ja, das tue ich. Darf ich noch mal anrufen?«

»Jederzeit. Gute Nacht, Schappi.«

Als ich in das Schlafzimmer zurückkam, begann Dinah sich zu räkeln und fragte träge: »Was ist denn los?«

»Schappi hat angerufen«, berichtete ich. »Er hat massive Schlafprobleme. Ein Bulle mischt in der Geschichte auch mit.«

»Schöne Aussichten«, murmelte sie und schlief wieder ein.

VIERTES KAPITEL

Als ich aufwachte, hockten Dinah und Rodenstock längst in der Küche und frühstückten.

»Der Kripobeamte Kremers, der in Daun stationiert ist, hatte anscheinend engen Kontakt zu Ole«, sagte ich. »Sie trafen sich im belgischen Supermarkt vor Losheim.«

»Steht das ohne Zweifel fest, daß Ole diesen Kremers traf?« fragte Rodenstock.

»Schappi erzählte das heute nacht. Und ich glaube ihm.«

»Gibt es Fotos von Kremers?« fragte Dinah.

»Die müßte es geben. Sartoris vom *Trierer Volksfreund* müßte welche haben, das Blatt zitiert den Bullen öfter. Ich glaube, er heißt Dieter mit Vornamen.«

»Das erledige ich«, murmelte Dinah. »Und zwar jetzt. Wir müssen es beweisen, oder? Sonst glaubt uns kein Mensch. Kremers wird niemals bestätigen, daß er Ole traf.«

»Wir brauchen das Foto«, nickte Rodenstock. »Gute Reise.«

Sie verschwand, und ich versuchte mittels Kaffee wach zu werden. »Wir müssen heute noch an die Gerlinde Prümmer ran, diese Freundin von Betty. Die Gute scheint es ja streckenweise ziemlich schlimm getrieben zu haben. Da fällt mir ein: Ole fuhr einen Mitsubishi Pajero. Das ist ein Jeep. Wo ist der eigentlich?«

»Kann man klären«, meinte Rodenstock. »Ich rufe die Staatsanwaltschaft an.« Er verschwand ebenfalls, und ich begrüßte in Ruhe meine beiden Katzen, die um meine Beine strichen. »Hallo, ihr Schönen. Weihnachten ist vorbei, der Alltag hat uns wieder, alles geht von vorne los.«

Sie schnurrten und schienen das normal zu finden.

Nach einer Weile kam Rodenstock zurückgeschlurft und nörgelte: »Die Staatsanwaltschaft ist auch nicht mehr das, was sie mal war. Pajero? fragte der Mensch.

Pajero? Pajero? Und dann sagte er: Vielen Dank für den Hinweis. Nein, der ist uns noch nicht untergekommen. Mit anderen Worten, sie haben Oles Auto vergessen, oder besser gesagt, sie haben gar nicht daran gedacht, sich danach zu erkundigen. Ich habe dann auch noch Oles Familie in Jünkerath angerufen. Die sagen, der Pajero sei nicht da, und sie hätten gedacht, die Polizei hätte ihn längst sichergestellt.«

»Es stimmt mich heiter, daß andere Leute auch nur Menschen sind. Mit anderen Worten, das Vehikel ist weg.«

»Richtig«, lächelte er. »Wahrscheinlich geklaut. Es ist meine wilde Hoffnung, daß das der entscheidende Fehler ist, den die Täter begingen. Ein Alleintäter scheidet sowieso aus. Nicht bei zwei Leichen, bei Heroin und einem Brand.«

Er begann, das Frühstücksgeschirr abzuräumen, und ließ Spülwasser einlaufen. »Ich denke, wir sollten diesen Kremers anrufen. Und zwar jetzt, und zwar mit Tonaufzeichnung. Einverstanden?«

»Klar.«

Ich stellte den Telefonapparat auf Aufzeichnung, rief dann Rodenstock zum Mithören und wählte die Nummer der Polizei in Daun. »Dieter Kremers, bitte«, verlangte ich.

»Kremers hier. Was kann ich für Sie tun?« Er hatte eine für einen Mann ungewöhnlich hohe Stimme.

»Mein Name ist Siggi Baumeister, ich bin Journalist. Sie haben doch normalerweise nichts mit Drogen zu tun, oder?«

»Nicht die Spur«, bestätigte er fröhlich. »Das machen die Kollegen in Wittlich.«

»Nun wird aber gemunkelt, Herr Kremers, daß Sie den Kleindealer Ole, mittlerweile eine Leiche, häufig getroffen haben. Stimmt das?«

Ohne eine Sekunde zu zögern, antwortete er mit nicht nachlassender Fröhlichkeit: »Das stimmt natürlich nicht. Wer behauptet denn das?«

»Ich schütze meine Informanten. Aber Sie kennen beziehungsweise kannten Ole doch, oder?«

»Selbstverständlich. Jeder auf dieser Wache kennt Ole.«

»Nun sagt meine Informantin aber, daß sie persönlich diese Treffen zwischen Ihnen und Ole beobachtet hat. Präzise gesagt, im und am belgischen Supermarkt vor Losheim.«

»Es ist also eine Frau«, bemerkte Kremers aufgeräumt. »Ich kenne den belgischen Supermarkt in Losheim natürlich. Aber ich habe dort niemanden getroffen, bestenfalls Kaffee gekauft. Das trifft aber für jeden dritten Einwohner im Kreis Daun zu, oder?«

»Das ist richtig«, gab ich zu. »Wenn Sie es nicht waren, muß das also eine Reinkarnation von Ihnen gewesen sein, oder jemand hat Sie geklont.«

»Mal eine Frage, Herr Baumeister«, sagte er. »Wie oft soll ich denn diesen Ole getroffen haben?«

»Mindestens viermal«, log ich.

Kremers seufzte. »Du lieber Himmel, da hat Sie aber jemand aufs Kreuz gelegt. Sagen Sie mir den Namen der Frau, und ich bringe das in Ordnung.«

»Das geht nicht. Informantenschutz«, entschied ich.

»Können wir keinen Handel abschließen? Sie sagen mir den Namen, und ich gebe Ihnen einen bisher unveröffentlichten Bericht über Betrügereien und Einbruch mit Hehlerei im Kreis Daun.«

»Nein, danke«, lehnte ich ab.

»Sie wissen ja, es wird viel geredet, wenn der Tag lang ist«, kalauerte er.

»Es war ja nur eine Frage«, sagte ich. »Vielen Dank denn auch.« Ich hängte ein.

»Du hast ihn unruhig gemacht«, überlegte Rodenstock. »Er wird versuchen herauszufinden, welche Frau ihn verpfiffen hat. Aber im Grunde taugt seine Aussage nicht, um irgend etwas darauf aufzubauen.«

Mein Handy schrillte, und eine kräftige Männerstimme sagte bedächtig: »Hier ist Grundmann vom Krankenhaus in Daun. Könnten Sie schnell herkommen?«

»Irgendwas mit Mario?« fragte ich ängstlich.

»Mit dem auch. Er ist heute morgen operiert worden. Der Fuß war nicht zu retten. Es ist etwas anderes passiert, Sie sollten wirklich kommen.«

Ich kannte das. Dieser totale Abbruch der gewohnten Rhythmen im Leben, diese Hilflosigkeit angesichts all der Brutalitäten machte Menschen zu äußerst präzise arbeitenden Informanten. Es war so, als könnten sie durch ihre Informationen den Fall schneller zum Abschluß bringen, als sei nichts wichtiger, als alles vergessen zu können.

»Ich komme«, sagte ich und wandte mich an Rodenstock. »Es gibt Arbeit, du bist keine kleine Hausfrau mehr.«

»Was ist?«

»Sie haben dem Mario den rechten Fuß amputieren müssen. Heute morgen. Und der Arzt hat was für uns.«

»Das ist ja furchtbar«, murmelte er. »Der Junge wirkte so aufgeweckt, richtig helle.«

»Laß uns fahren«, forderte ich.

Dr. Grundmann stand beim Pförtner und sah schmal und blaß aus. »Es ist etwas ganz Verrücktes passiert.«

»Das ist mein Freund Rodenstock«, sagte ich. »Absolut ein Freund.« Sie reichten sich kurz die Hand.

»Wir gehen am besten in mein Büro«, schlug Grundmann vor. Er ging mit weit ausholenden Schritten voran, sein Büro war ein kleines Kabuff, in dem kaum Platz war für uns drei.

»Ich erzähle Ihnen den Fall und muß Sie gleichzeitig um absolute Diskretion bitten. Ich habe mich entschlossen, Sie einzuweihen, weil ich vermute, daß das alles irgendwie mit Mario zusammenhängt und den Gerüchten über Drogen hier im Landkreis.« Er setzte sich umständlich und murmelte plötzlich: »Ich werde eine Zigarette rauchen.« Er beugte sich über ein Fach seines Schreibtisches. »Hier müssen doch welche liegen. Ah ja, da sind sie.« Es waren Gauloises.

Ich nahm die *Zenta* von *Georg Jensen* und stopfte sie mir.

»Wir sind hier natürlich nicht auf Drogen spezialisiert«, begann er. Er paffte, er konnte gar nicht rauchen. »Aber immerhin haben wir bei Drogenfällen Aufnahmepflicht, und wir haben junge Ärzte gezielt zur Weiterbildung geschickt. Wir wissen also, was zu tun ist, wenn ein Drogenfall eingeliefert wird. Und die Fälle häufen sich in der letzten Zeit in einem bedrohlichen Umfang. Nun zu dieser Sache jetzt. Ein Sproß einer sehr bekannten, sehr wohlhabenden Familie aus Gerolstein hängt seit Jahren an der Nadel. Heroin. Eigentlich ist er ein Polytoxiko-man, er nimmt also alles, was ihn an- und abtörnt ...«

»Halt, stop«, sagte Rodenstock schnell, »wie alt ist der Knabe?«

»Sechsundzwanzig.«

»Seit wann süchtig?«

»Das wissen wir nicht. Er selbst spricht von drei Jahren, ich nehme an, es sind mindestens sechs.«

»Können wir den Klarnamen haben?« fragte ich.

Grundmann schüttelte den Kopf. »Das geht nicht, aber ich gebe Ihnen Hinweise. Der junge Mann ist auf dringende Bitten seines Vaters freiwillig zunächst in das Krankenhaus nach Gerolstein gegangen. Zur körperlichen Entgiftung. Er hatte versprochen, anschließend nahtlos in eine stationäre Therapie nach München zu verschwinden. Nur dann macht ein solches Verfahren Sinn. Aber dann passierte etwas, das nicht eingeplant war: der junge Mann bekam dermaßen viel Besuch, daß der Kollege in Gerolstein die Verantwortung nicht mehr übernehmen wollte. Er hatte Angst, daß einer dieser Besucher seinem Patienten irgendwelche Stoffe mitbringen würde. Die erste kritische Phase der körperlichen Entziehung war zu dem Zeitpunkt abgeschlossen. Der Kollege aus Gerolstein rief also mich an und bat, ob wir den jungen Mann aufnehmen könnten. Ich sagte selbstverständlich unsere Hilfe zu, aber ich stellte eine Bedingung: Der Kollege in Gerolstein sollte jedermann die Auskunft erteilen, der Patient sei auf eigenen Wunsch nach Süddeutschland verlegt worden und der Name der Klinik sei aus Datenschutzgründen nicht zu nennen.

Nun gut, der Patient wurde also mitten in der Nacht hierher verlegt.«

»Wann war das?«

»Vorgestern«, sagte der Arzt tonlos, und ich ahnte Böses. »Gestern nun passierte folgendes: morgens gegen elf Uhr tauchte ein Besucher bei der Stationsschwester auf und sagte, er sei Drogenberater bei der Behörde und wolle den Patienten besuchen. Der Mann war ungefähr dreißig Jahre alt, trug einen Anzug, Krawatte, sehr ordentlich, ein richtiger Beamter. Die Stationsschwester hielt das alles für völlig normal und zeigte dem Mann das Zimmer des Patienten. Der Mann bedankte sich und ging hinein. Ungefähr eine Stunde später kontrollierte die Stationsschwester routinemäßig vor dem Mittagessen den Patienten. Sie fand ihn nahezu bewußtlos, und er war voll mit Stoff. Ich weiß nicht, ob Sie jemals erlebt haben, wie Heroin bei Entzug wirkt. Der Körper des Patienten wird von wilden Zuckungen erschüttert. Buchstäblich so, als hätte er ein Schlangennest im Magen. Wir wissen nicht, ob er durchkommt, es ist mehr als kritisch.«

»Heiliger Strohsack!« hauchte ich

»Und es ist Heroin?« fragte Rodenstock.

Grundmann nickte. »Kein Zweifel.« Er war aufgeregt, wütend und traurig. »Vielleicht war es ein Dealer, vielleicht ein Freund. Wir wissen es nicht, wir konnten ihn bisher nicht identifizieren. Kremers von der Kripo hat uns versprochen, die Sache unauffällig und sofort zu untersuchen.«

»Dieter Kremers?« fragte ich.

»Ja. Er wußte von mir, daß wir den Patienten übernommen hatten. Er mußte es wissen, er wollte den Mann nämlich verhören, sobald der einigermaßen gesund war.«

»Sieh an«, murmelte Rodenstock.

»Offene Frage«, bolzte ich los. »Warum erzählen Sie uns das?«

»Es ist wegen Mario. Sie haben doch gesagt, sein Unfall war kein Unfall und steht in Zusammenhang mit der Drogenszene hier im Landkreis. Und mein Patient ist heroinabhängig und wird im Krankenhaus unter Stoff gesetzt. Deshalb.«

»Danke«, sagte ich und meinte es so.

»Ist der Patient noch hier?« fragte Rodenstock.

»Selbstverständlich nicht. Wir haben ihn nach Mainz in die Uniklinik fliegen lassen. Sie sagen, es ist kritisch, aber da sie gut sind, hoffe ich, daß sie ihn durchkriegen. Ich frage mich fassungslos, wie diese Leute herausgefunden haben, daß der Patient hierher verlegt worden ist. Gewußt hat es in Gerolstein nur der behandelnde Arzt, nicht einmal seine Schwestern hat er informiert. Gewußt hat es außerdem die Besetzung des Krankenwagens vom Deutschen Roten Kreuz. Aber die schwören, kein Sterbenswörtchen gesagt zu haben. Hier wußte ich davon und die Stationsschwester, sonst niemand. Nicht einmal die stationäre Aufnahme von der Verwaltung, weil die an den Weihnachtstagen selbstverständlich gar nicht gearbeitet haben. Hat also etwa der reiche Papi, der Chemieunternehmer, geschwätzt? Sowas ist doch unvorstellbar, oder etwa nicht?«

»Bleibt noch der Kriminalbeamte«, erinnerte Rodenstock.

»Gut, habe ich auch schon dran gedacht, aber das erscheint mir abenteuerlich, denn der unbekannte Besucher hatte Heroin in einer Spritze bei sich. Schickt Kremers einen Dealer mitsamt Heroin?«

»Unwahrscheinlich«, murmelte ich und kratzte meine Pfeife aus, sie zog nicht.

Rodenstock wollte etwas sagen, schwieg dann aber.

»Sie sollten das wissen«, murmelte Grundmann. »Machen Sie damit, was Sie wollen, aber sagen Sie niemandem, daß Ihr Wissen von mir stammt.«

»Wir versprechen es«, nickte Rodenstock. »Ist ... ist Mario schon vernehmungsfähig?«

»Nein. Er liegt noch im Tiefschlaf, und wir wollen diese Phase ausdehnen. Das wird noch schwer genug.«

Wir gingen. Im Aufzug meinte ich: »Kremers hat eine Schweinerei am Bein.«

»Das ist das Phantastische an der Situation eines Beamten«, schimpfte Rodenstock aufgebracht. »Er kann alles abstreiten bis zum Abwinken, er braucht keinerlei Auskunft zu geben. Er sagt, er hat mit Drogen nichts am Hut, er kennt Ole nicht persönlich. Er hat den Gesetzgeber und seinen Staatsanwalt vollkommen hinter sich, wenn er alles abstreitet, im Gegenteil: Er muß es geradezu abstreiten. Verstehst du seinen paradiesischen Zustand?«

»Ja, natürlich«, sagte ich betroffen. »Ich verstehe, was du sagen willst. Aber hältst du die Sache nicht für komisch?«

»Sie ist nicht nur komisch, sie stinkt geradezu«, seufzte er. »Das ist es, was mich so wütend macht. Und wer bitte ist diese Chemie-Sippe?«

Ich mußte grinsen. »Das ist die typische Eifler Art, höchst wichtige Informationen weiterzugeben, ohne Namen zu nennen. Es ist klar, wen er meinte. Und was machen wir jetzt?«

»Halt, stop. Wer ist denn der Süchtige nun? Hat der einen Namen?«

»Hat er. Jonny. Und jetzt?«

»Wir kümmern uns ganz nebenbei um meinen Kollegen Dieter Kremers«, sagte er leichthin.

Wir fuhren nicht direkt nach Hause, sondern nahmen den Weg über Gerolstein und fielen im *Poseidon* ein, um Gouwezi zu essen, geschmortes Schweinefleisch mit dikken Bohnen.

»Was macht dieser Chemievater eigentlich?« fragte Rodenstock.

»Ich weiß nicht genau«, sagte ich. »Die Sippe gilt als sehr reich und steckt mit ihrem Kapital in allen möglichen Unternehmen der Eifel. Der Sippenälteste gilt als autoritär und absoluter Herrscher. Wenn er sagt, daß morgen früh die Sonne nicht über der Eifel aufgehen soll, wird der liebe Gott sich danach richten.«

»Haben wir einen Kontakt in diese Richtung?«

»Ja«, nickte ich. »Melanie heißt die Dame. Sie ist hübsch, langbeinig und absolut ohne Moral. Sie lacht dreckig, hat eine Gauloises-Stimme und säuft Schnaps wie andere Leute Gerolsteiner. Sie ist ein ganz besonderes Schätzchen. Jonny hat sie in Köln aufgegabelt.«

»Nimm dein Handy und ruf sie an.«

Ich gehorchte. »Melanie, Schöne, ich grüße dich. Der Siggi Baumeister braucht dich mal eine halbe Stunde.«

»Wozu?« fragte sie und lachte.

»Zum Reden«, sagte ich.

»Wann?«

»In einer halben Stunde«, bestimmte ich. »Wo?«

»In meinem Apartment«, schnurrte sie. »Das ist ...«

»Ich weiß, wo das ist«, entgegnete ich.

So wurde das Gouwezi nur eine kurze Erholung, weil wir wegen des Termins sehr schnell schlingen mußten. Der Wirt sah besorgt zu und fragte: »Schmeckt es nicht?« Wir versicherten, es sei köstlich, und verschwanden beinahe im Laufschritt.

»Diese Eifel bringt mich noch mal um«, keuchte Rodenstock.

»Alle Leute behaupten, hier ist nichts los«, sagte ich triumphierend.

Melanie war eine weißblonde Schönheit von etwa einem Meter achtzig. Wie sie da in ihrer Apartmenttür stand, wirkte sie locker wie zweieinhalb Meter. Sie trug grüne Leggins zu einem fatal ausgeschnittenen hemdartigen Oberteil, und ihre Beine hörten überhaupt nicht auf. »Hallo!« sagte sie. Dann sah sie hinter mir Rodenstock und grinste: »Aber es wäre doch nicht nötig gewesen, gleich den Papi mitzubringen!«

»Das freut mich aber«, murmelte Rodenstock und reichte ihr die Hand.

Ich wurde umarmt und bekam einen Kuß auf die Wange gehaucht. »Kommt rein, setzt euch, was zu trinken?«

»Nix«, sagte Rodenstock.

»Was liegt an?«

Ich wußte, daß sie arbeitslos gemeldet war, und ich wußte auch, daß sie auf diesen Zustand meistens stolz war. »Wer bezahlt dir denn die Hütte?«

»Das Sozialamt«, erklärte sie und lächelte allerliebst.

»Und wer bezahlt dein Auto? Versicherung? Sprit?«

»Heh, Baumeister, bist du unter die Bullen gegangen? Das ist doch ein Verhör.«

»Quatsch«, widersprach ich. »Ich war zu Besuch bei einem gemeinsamen Freund. Bei einem, der Heroin mochte und jetzt runterkommen will.«

»Ach so«, sagte sie begierig, »jetzt verstehe ich. Wie geht es Jonny?«

»Phantastisch«, sagte ich. »Ich schätze, er schafft es wirklich. Bezahlt er deine Karre?«

»Natürlich. Das Apartment hier gehört ihm, das weißt du doch.«

»Das weiß ich«, bestätigte ich. »Sag mal, Weib, kiffst du, oder hast du irgendeinen anderen Stoff am Bein?«

Sie hatte einen funkelnagelneuen Wohnzimmerschrank aufgebaut, ein erschreckendes Möbel. Es war tiefschwarz lackiert und hatte das Aussehen einer neogotischen Kathedrale im Stil einer mißlungenen Laubsägearbeit. Auf dem Möbel und hinter seinen Glasscheiben hockten, standen und lagen Puppen herum, die meisten vom Typ Pierrot, schwarz-weiß gekleidet und mit einer dekorativen Träne unter dem rechten Auge.

Sie schüttelte ganz sanft den Kopf. »Nicht die Spur. Kann ich mir nicht erlauben. Was sagt Jonny denn so? Wann kommt er wieder?«

»Weiß er selbst nicht. Kommt auf die Therapie an. Hast du ihn hier in Gerolstein im Krankenhaus besucht?«

»Na sicher doch. Aber da ist er ja nicht mehr. Wo ist er, Baumeister? Sie haben im Krankenhaus gesagt, er wär in einer Klinik in Süddeutschland. Aber sie sagen nicht, wo.«

»Das werde ich auch nicht verraten, ich hab's versprochen. Sag mal, kennst du einen Dieter Kremers von der Polizei in Daun?«

Sie überlegte. »Nein, keine Ahnung. Was macht der? Drogen?«

»Ja und nein«, mischte sich Rodenstock ein. »Was würden Sie sagen, wenn ich behaupte, daß Kremers hier in diesem Apartment war? Wenn ich das definitiv weiß.«

Sie lächelte augenblicklich. »Dann würde ich denken, die wissen sowieso schon alles, und antworten: Stimmt, er war hier. Aber er hat gebeten, darüber zu schweigen.«

»Wann war er denn hier?« fragte ich.

»Zweiter Weihnachtstag abends gegen elf Uhr«, ergänzte sie schnell. »Damit ihr nicht weiter zu fragen braucht: er wollte wissen, von wem Jonny das Heroin bekommt. Ich habe gesagt, ich hätte keine Ahnung.«

»Und? Hast du keine Ahnung?« fragte ich.

»Natürlich habe ich Ahnung. Es kommt meistens aus Köln, aber die Leute, die es bringen, habe ich nie gesehen. Jonny kriegt einen Anruf, dann fährt er immer allein zu irgendeinem Treff.«

»Was heißt, daß das Heroin meistens aus Köln kommt?« fragte Rodenstock. »Kam es auch schon mal woanders her?«

»Ja. Die letzten dreimal oder so kam es von Leuten, die hier leben.«

»Von Ole und Betty aus Jünkerath«, sagte ich sehr sicher.

»Stimmt«, nickte Melanie. »Ich habe Jonny gesagt, er soll vorsichtig sein, denn diese kleinen Pinscher könnten ihn leicht erpressen. Aber sie erpreßten ihn nicht, ich lernte sie kurz kennen. Sie waren ziemlich cool drauf. Und jetzt sind sie verbrannt.«

»So isses«, bestätigte Rodenstock. »Sagen Sie mal, Melanie, hat dieser Kremers Ihnen denn etwas versprochen? Ich nehme nicht an, daß er gekommen ist, nur um mit Ihnen einen Schluck zu trinken.«

»Er hat nichts versprochen.« Sie zog die Beine hoch. »Mehr kann ich dazu nun wirklich nicht sagen, weil ich die Männer, die das Heroin aus Köln brachten, überhaupt nie gesehen habe. Das schwöre ich. Komisch war nur, daß Kremers genau wußte, daß Ole und Betty die letzten Male als Lieferanten aufgetreten sind.«

»Genau das wollte ich wissen«, murmelte Rodenstock mit tiefer Befriedigung.

»Was ist?« fragte ich. »Bist du exklusiv für Jonny da?«

Sie nickte. »Na sicher doch. Sein Vater hat angerufen und gesagt, er bezahlt mich weiter und will, daß ich nur für Jonny da bin. Das ist ein toller Zustand, oder? Ich werde bezahlt und muß nichts tun.«

»Sehr gut«, nickte ich.

»Sie sind also quasi bei der Familie angestellt?« fragte Rodenstock erstaunt.

»Korrekt«, murmelte sie.

»Und den Vater bedienst du nicht?« erkundigte ich mich.

»Oh nein«, sie lachte. »Der Gute ist impotent, total impotent. Seitdem sitzt der nur noch im Wald bei seiner Jagd.«

»Wann hast du denn das letzte Mal mit Jonny gesprochen?«

»Gestern, ziemlich früh, bevor er dann nach Mainz weggeflogen wurde«, sagte sie leichthin. Dann zuckte sie zusammen und hauchte: »Verdammte Scheiße!«

»Wenn Sie das auch wissen, was wissen Sie noch?« fragte Rodenstock eindeutig höhnisch.

Sie nickte, sagte nichts, sie war sehr blaß und atmete sehr hastig.

»Laß es raus, Melanie«, forderte ich.

»Ich will nichts mehr sagen«, sie schien plötzlich zu frieren, sie schauerte zusammen.

»Es wäre aber besser«, sagte Rodenstock eindringlich. »Wir könnten sonst auf die Idee kommen, die Staatsanwaltschaft anzurufen.«

»Bloß das nicht«, sagte sie hastig. »Die wissen doch davon gar nichts. Das lief nur zwischen Kremers und Jonny.«

»Was lief da?« fragte ich.

Sie starrte an uns vorbei auf die kleine Terrasse hinaus. »Ich muß wohl«, seufzte sie matt. »Also, soweit ich weiß, hat Kremers Jonny absolute Straffreiheit zugesagt, wenn Jonny seine Lieferanten an Kremers verpfeift und als Zeuge auftritt. Kremers sollte dafür die Bahn freimachen für den Entzug im Krankenhaus und die beste Therapie besorgen, die man in Deutschland haben kann. Das lief alles korrekt ab. Bis gestern. Da kam irgendein Typ und hat Jonny vollgepumpt. Kremers sagte mir eben am Telefon, er hätte keine Ahnung, wer das war, aber er würde das schon herauskriegen. Ich soll einfach den Mund halten und niemandem was sagen. Ich weiß aber, daß Kremers auch bei Jonnys Vater gewesen ist. Und zwar vorgestern. Ich weiß aber nicht, was da besprochen worden ist.«

Ich sah Rodenstock an, und er nickte.«Das reicht erst mal. Ich würde dir raten, dich da rauszuhalten. Das riecht alles ziemlich schmutzig. War Kremers eigentlich sauer, daß das Krankenhaus in Daun Jonny sofort ausgeflogen hat?«

»Er war stinksauer«, nickte sie. »Er hat rumgeschrien, das wäre doch gar nicht nötig gewesen.«

»Sieh einer an«, murmelte Rodenstock.

Wir verabschiedeten uns und gingen.

»Es kann sein, daß Kremers in dieser Sache einen Sonderauftrag hatte«, spekulierte Rodenstock.

»Und wie willst du das herausfinden?«

»Fragen«, sagte er lapidar. »Fragen kostet nichts.«

»Kannst du einem Durchschnittsgehirn bitte dieses Chaos erklären? Du siehst so unverschämt allwissend aus. Das macht mich ganz krank.«

Rodenstock blieb draußen am Portal des Apartmenthauses stehen. »Was wissen wir von Kremers? Wir nehmen mit Sicherheit an, daß er mit Ole zusammengetroffen ist. Wir wissen nicht, warum, weil er abstreitet, daß es so war. Er hat seinen Segen gegeben, daß Jonny von Gerolstein nach Daun verlegt wurde, das heißt, er wußte davon. Er hat Jonny Straffreiheit zugesichert, wenn der die Dealer an Kremers ausliefert. Das ist doch ein eindeutiges Bild, oder?«

»Ich verstehe euch Bürokraten nicht. Was, bitte, ist ein eindeutiges Bild?«

»In diesem Fall ist ein eindeutiges Bild, daß Kremers entschieden abstreitet, überhaupt etwas mit Drogen zu tun zu haben. Tatsächlich aber beherrscht er Jonny, tatsächlich beherrscht er Melanie, tatsächlich mischte er bei Ole mit. Er versuchte auch, Mario zum Spitzel zu machen. Bürokratisch heißt das: Entweder hat er den Spezialauftrag eines Staatsanwaltes, oder aber ... sag mal, kommst du nicht drauf?«

»Nein, verdammt noch mal.«

Rodenstock kratzte sich am Kinn. »Also gut, du Greenhorn. Das heißt, Kremers macht einen Alleingang. Er weiß, daß die Polizei auf dem Drogensektor wegen fehlender Leute praktisch nichts erreichen kann. Also sagt er sich: Ich ziehe ein dickes Ding allein durch. Schafft er das und liefert einen Drogenring ab, dann bekommt er eine Belobigung und wahrscheinlich seine Beförderung. Das wiederum bedeutet, daß man ihn möglicherweise auf einen Chefsessel in Sachen Drogenbekämpfung setzt. Jetzt klar?«

»Glasklar. Aber wie sollen wir das beweisen?«

Er sah mich mit schmalen Augen an: »Vielleicht wäre es am einfachsten, es gar nicht zu beweisen, sondern einfach vorauszusetzen.«

»Mit anderen Worten: mein Freund Rodenstock glaubt, daß Kremers den jetzigen Zustand der Szene im Landkreis hergestellt hat.«

»Das könnte sein«, nickte er. »Bisher stolpern wir beide durch diese Szene und mutmaßen. Jetzt, zum erstenmal, kriegen wir Fakten. Und immer hat dieser Kremers sie hergestellt.«

»Das bedeutet, daß Kremers mit Dealern zusammenarbeitet?«

»Es wäre nicht das erste Mal in der deutschen Drogenszene.«

»Aber warum sollte er das tun?« fragte ich drängend.

»Er will eine Generalstabsarbeit liefern, um seine Karriere zu beschleunigen.«

»Und was macht er dann bei dem reichen Mann, beim Vater von Jonny?«

»Das sollten wir den fragen«, entgegnete Rodenstock ruhig.

»Verdammt noch mal, woraus schließt du denn das alles?« Ich glaube, ich brüllte fast.

»Du hast doch gehört, was Melanie ganz nebenbei durchsickern ließ«, seine Stimme war sehr nachsichtig, als habe er ein Kleinkind vor sich. »Es ist etwas schiefgegangen. Dieser Dr. Grundmann hat blitzschnell begriffen, daß Jonny im Dauner Krankenhaus nicht sicher ist. Er ließ einen Hubschrauber kommen und den Patienten wegfliegen. Normalerweise müßte nun Kremers für dieses Manöver des Dr. Grundmann dankbar sein, denn das war die einfachste Möglichkeit, Jonny am Leben zu erhalten. Aber ist Kremers dankbar? Nein, im Gegenteil. Er flucht herum und erklärt Melanie, das Ausfliegen mit dem Hubschrauber sei eine völlig unnötige Sache gewesen. Warum wohl?«

»Du lieber Gott, er wollte ...«

»Wahrscheinlich!« nickte Rodenstock. »Kremers wollte nicht, daß Jonny überlebt, denn Kremers ist im Grunde der Einzige, der diesen merkwürdigen Sozialarbeiter mit Spritze und Heroin ins Krankenhaus schicken konnte.«

»Das ist doch alles total verrückt, um sehr viele Ecken gedacht«, stöhnte ich.

»Da hast du recht«, gab er zu. »Wir sollten uns die Köpfe nicht heiß machen lassen, wir sollten geduldig und solide vorwärts arbeiten. Wir müssen nach Holland, Baumeister.«

»Wir müssen erst zu Gerlinde Prümmer«, berichtigte ich. »Du lieber Himmel, du hast mich besoffen gequatscht.«

»Das tut mir aber leid«, log er.

Dinah war erst nicht zu entdecken, bis wir sie im Bad trällern hörten. Sie hockte in der Wanne, genußvoll, ausgiebig und fast schon sauber, wie sie versicherte. Ich durfte sie besuchen.

»Hast du ein Foto von Dieter Kremers?«

»Habe ich. Liegt drüben im Schlafzimmer auf deinem Kopfkissen. Es zeigt ihn bei einem Vortrag in einer Grundschule. Das Thema war ,Der fremde Onkel', oder so ähnlich. Er sieht übrigens aus wie ein erfolgloser Zuhälter.«

»Wie, um Gottes willen, sieht ein erfolgloser Zuhälter aus?«

»Das weiß ich auch nicht«, gab sie zu. »Aber Kremers sieht eben so aus, wie ich mir im Augenblick einen erfolglosen Zuhälter vorstelle. Baumeister? Könntest du vielleicht in die Wanne steigen?«

»Die läuft über.«

»Und wenn?«

Ich ging also ins Schlafzimmer und zog mich gemächlich aus. Kremers war ein blonder, dicklicher Mann, vielleicht 175 Zentimeter groß, um die Vierzig. Sein Gesicht war rund wie ein zufriedener Vollmond, und da er lachte, sah ich, daß er schlechte Zähne hatte. Erfolgloser Zuhälter? dachte ich.

Ich stieg zu Dinah in die Wanne, und tatsächlich schwappte etwas Wasser über den Rand.

»Ist es wahr, daß es aus physikalischen Gründen unter Wasser nicht geht?« fragte sie.

»Ich weiß sowas nicht«, sagte ich.

»Wir versuchen es«, meinte sie eifrig.

Eine Stunde später hockten wir alle zusammen am prasselnden Kamin und telefonierten erneut. Dinah meldete uns bei Gerlinde Prümmer an, Rodenstock versuchte bei der Staatsanwaltschaft herauszufinden, wo denn der Mitsubishi Pajero von Ole abgeblieben sei, und ich sprach mit dem Oberstudienrat Werner Schmitz, mit dem ich gelegentlich schwätzte, wenn mir die Welt zum Hals heraushing.

»Was treibst du so?« fragte er gutgelaunt.

»Ich recherchiere die Geschichte in Jünkerath«, sagte ich griesgrämig.

»Und die macht dir keinen Spaß?« Er lachte.

»Nicht sehr. Was sagen deine Flüstertüten in bezug auf die Drogenszene im provinziellen Landkreis?«

Er wurde ernst, machte »hm, hm«, zögerte. »Komisch, daß du das mich fragst. Wenn du den Fall Jünkerath bearbeitest, müßtest du doch genau wissen, was hier gebacken wird.«

»Eigentlich weiß ich es auch, aber das Leben wäre schöner, wenn ich gar keine Ahnung hätte. Also, was reden deine Kundschafter?«

»Sie sagen, die Lage ist ernst, aber nicht hoffnungslos. Im Ernst, die meisten Jugendlichen sind clean, die halten sich raus. Auf der anderen Seite steigt aber die Zahl derer, die es mit Alkohol, Tabletten, Haschisch, Ecstasy, Kokain und so weiter versuchen. Hast du andere Informationen?«

»Nein. Auf jeden Fall haben die Konsumenten den Markt hier ziemlich kostbar gemacht. Kostbar genug, daß ein paar Leute Krieg führen. Was macht dein kostbarer Sohn?«

»Sky? Der droht siebzehn zu werden und hat eine Menge Probleme zur Zeit. Erstens hat seine Freundin ihn verlassen, zweitens hängt er nur noch rum, drittens hat er eigentlich von all seinen angeblichen Freunden die Schnauze restlos voll. Er sagt, die hängen nur noch lallend ab.«

»Was, bitte, heißt das?«

»Das heißt, daß die sich jeden Tag treffen. Jeden Tag woanders und immer im elterlichen Haus oder der elterlichen Wohnung. Dann wird erst einmal eine geraucht, also gekifft. Dabei wird Musik gehört, dann läuft der Fernseher. Wenn sie Pillen haben, schmeißen sie die zusätzlich ein. Dazu wird Bier getrunken und meistens noch ein paar Schnäpse oben drauf. Jeden Tag.«

»Und das regt deinen Sky auf?«

»Der Junge ist vollkommen verunsichert, weil er natürlich weiß, daß diese Zustände zu nichts führen außer zur Auflösung der Persönlichkeit. Aber auf der anderen Seite sind das Kumpel, die er braucht, um nicht ganz allein zu sein. Er sagt, er haßt diesen Zustand. Er gibt zu, daß er ab und zu raucht. Er meint aber, das sei überhaupt nicht sein Problem. Sein Problem sei, daß spätestens eine halbe Stunde nach Beginn des Treffens die ganze Clique benebelt ist. Sky ist ziemlich am Ende.« Schmitz wirkte jetzt bekümmert.

»Hast du Sky mal gefragt, wie lange das dauert, bis eine Lieferung Drogen in Daun ankommt?«

»Das kannst du selbst ausrechnen. Das Zeug kommt von Koblenz, Trier oder Köln. Anderthalb Stunden, nachdem es bestellt wurde, ist es in Daun. Manchmal fahren die Jungen auch selbst, einer mit Führerschein ist ja immer dabei ist. Sie verabreden sich in einer der Großdiskos: Wittlich, Trier, Koblenz und so weiter. Auf dem Parkplatz läuft der Deal, und anschließend geht die Post ab. Das Ganze ist sehr brutal geworden. Das siehst du an Jünkerath, oder?«

»Stimmt«, bestätigte ich. »Was tun die Schulen?«
»Nichts. Die halten sich raus. Und wenn ruchbar wird, daß ein Kind Drogen nimmt, sind die Eltern schuld. Die Eltern schieben die Schuld auf die Schule. Beide Parteien sagen, die Polizei versagt. Die Polizei meint: Wir haben keine Beamten, wir können wegen der Personalnot nicht ermitteln.«
»Und die Jugendämter?«
»Die sind überfordert und können nur warnen. Eltern müssen mehr tun, Schulen müssen mehr tun, die Polizei muß mehr tun. Mit anderen Worten: Die Leistungsgesellschaft zeigt sich in all ihrer kalten Pracht. Stimmt es, daß diese tote Betty sowas wie eine kleine Nutte war?«
»Das wissen wir noch nicht genau«, nuschelte ich. »Sie war auf jeden Fall eine Seele von Mensch, ein guter Kumpel. Und sie wäre ein paar Monate später bestimmt eine gute Mami geworden.«
»Habt ihr denn schon einen Verdacht, wer diese furchtbare Geschichte angerichtet hat?«
»Nein.«
»Und die Staatsanwaltschaft? Weiß die mehr?«
»Ich fürchte, ebenfalls nein. Sag mal, war dieser Ole nicht mal in deiner Schule?«
»War er. Ich kann mich gut erinnern. Hochintelligent. Leider mit Eltern gesegnet, die absolut keine Vorstellung davon haben, weshalb man ein Gymnasium besuchen sollte und was in einer Schule überhaupt vor sich geht.«
»Weshalb ist er denn abgegangen?«
»Wir haben versucht, ihn zu halten, weil er wirklich intelligent war. Er war einfach gut in Deutsch, Geschichte, Sprachen. Aber der Vater meinte wie ein Bullerkopp: Was soll der Jung auf dem Gymnasium? Der faulenzt doch nur. Und um den Hof zu führen, braucht er kein Gymnasium. Es war nichts zu machen. Ich erinnere mich, daß Ole auf dem Lokus vor einem Pissoirbecken stand und weinte. Er weinte hemmungslos und konnte kein Wort sagen. Ich habe dann die Eltern noch einmal besucht. Die Mutter hatte absolut kein Mitspracherecht, und der Vater betonte, alle Eltern seien

absolut bildungssüchtig, neurotisch und lebensblind, und er würde diesen Zirkus auf keinen Fall mitmachen.«

»Weißt du, ob Ole einen Erwachsenen hatte, dem er vertraute?«

»Ja, hatte er. Wenigstens damals war das so. Den Pfarrer Hinrich Buch. Aber ich weiß nicht, ob das für die letzte Zeit noch galt.«

»Ich kann ihn fragen«, sagte ich. »Und ... danke dir.«

»Schon gut«, sagte er trocken. »Wir haben eine beschissene Situation, und ich kann die nicht schönreden. Aber bei der Gelegenheit kann ich dich auf einen Punkt aufmerksam machen, der unseren Kindern großen Kummer macht: die Polizei ist angesichts der wachsenden Szene und fehlender Beamter dermaßen unter Druck, daß sie zuweilen völlig wahllos die mit Drogen gefaßten Jugendlichen auffordert, als V-Männer tätig zu sein. Sie verspricht dafür eine besonders faire Behandlung – was immer das heißt. Manchmal verspricht sie auch Geld. Sie züchtet damit einen Stamm möglicher Verräter heran, denn die Kinder urteilen eindeutig: das ist Verrat.«

Ich dachte an Mario. Er hatte diesen Verrat nicht mitmachen wollen und dafür bezahlen müssen. »Du hast recht, das ist eine miese Situation.«

»Und noch etwas sollten wir nicht außer acht lassen. Mein Sky sagt mir immer wieder: wenn Erwachsene über Drogen reden, geht es ausschließlich um Jugendliche. Dabei wissen wir, daß die Jugendlichen zwischen 14 und 18 von der Gesamtzahl der Konsumenten nur ein Viertel ausmachen. Eigentlich sind die Erwachsenen unser Problem. Die Kids wissen das genau, und sie hassen uns für diese Verlogenheit.«

»Kennst du eigentlich den Kripobeamten Dieter Kremers?«

»Ja«, sagte Schmitz sofort. »Bekannt. Sei vorsichtig, der Junge ist link. Mischt der mit?«

»Es sieht so aus. Woher kennst du ihn?«

»Parteiarbeit. Er hat gerade ein Grundstück gekauft, angeblich für einen lächerlichen Preis. In Gerolstein. Er baut, er baut ziemlich groß für einen kleinen Bullen.«

»Gerolstein?« fragte ich. »Und der Verkäufer des Grundstücks ist der Vater von Jonny, der reiche Chemiemann?«

»Du hast ein Wasserschloß am Niederrhein gewonnen«, murmelte er trocken. »Mach es gut, mein Alter, ich muß jetzt los, ich habe keine Zeit mehr.«

Dinah und Rodenstock hatten bereits ungeduldig gewartet, daß ich das Gespräch beendete. »Wir können gleich zur Gerlinde Prümmer«, sagte Dinah. »Sie wartet auf uns. Ihr Mann wird dabei sein.«

»Und der Pajero von Ole ist nicht aufzutreiben«, berichtete Rodenstock. »Was hast du da eben gesagt vom Kremers?«

»Jonnys Vater hat ihm ein Grundstück verkauft. Äußerst billig.«

»Schau, schau«, murmelte Rodenstock. »So trifft man sich wieder.« Er wollte nicht mit zu der jungen Frau. »Drei Leute verwirren sie nur«, erklärte er.

Im Wagen meinte Dinah: »Ich mache mir Sorgen, Baumeister. Ole und Betty sind tot. Melanie wurde eingekauft, Kremers hat den Jonny als Hauptzeugen gegen irgendwelche Dealer. Ich frage mich, wann Leute auftauchen, um uns einzuschüchtern. Mario kann doch nur der Anfang gewesen sein, oder?«

»Das frage ich mich auch«, gab ich zu. »Auf der anderen Seite wäre es ganz hilfreich, wenn jemand sich zu erkennen gibt. Dann würden wir nicht mehr so im Nebel schwimmen.«

»Das ist im Prinzip richtig«, entgegnete sie hell. »Vorausgesetzt, man ist anschließend fähig, noch zu sprechen.«

Die Prümmers wohnten in einem scheußlichen Reihenhaus, das mit Eternit-Platten verkleidet war und einen trostlosen Eindruck machte. Offensichtlich war Gerlindes Mann ein Bastler. Rechts vom Haus standen zwei Uraltautos, links drei. Als ich schellte, erklang das Läutwerk von Big Ben.

»Irre!« hauchte Dinah.

Gerlinde Prümmer öffnete die Tür und war offensichtlich erfreut. »Kommen Sie rein. Wir haben die Kinder zu den Großeltern gebracht, damit wir in Ruhe sprechen können.« Sie ging vor uns her in ein niedriges, kleines Wohnzimmer, das vollkommen von einem riesigen Fernseher und einer Musikanlage beherrscht wurde. Auf einem kleinen Sofa hockte ein schmaler Mann mit einem Dreitagebart. Er stand auf und reichte uns die Hand: »Prümmer, angenehm. Bitte, setzen Sie sich doch.« Er hatte stechende Augen und trug einen Trainingsanzug, der eine fatale Ähnlichkeit mit einer überdimensionierten Strampelhose hatte. »Bier? Oder Kognak? Oder lieber was anderes?«

»Lieber Kaffee«, bat ich.

»Machste mal?« sagte er in Richtung seiner Frau, und sie verschwand – ein guter dienstbarer Geist, offenbar einer, der die Chance zum Widerspruch vertan hatte. Aber was zum Teufel ging mich das an? Sie hatte ihn doch wahrscheinlich freiwillig geheiratet.

»Ich habe Urlaub«, erklärte er. »Der Betrieb hat zwischen den Tagen dichtgemacht.«

»Das ist schön«, murmelte ich. »Sagen Sie mal, kannten Sie eigentlich auch Ole und Betty?«

Er lächelte leicht. »Ja und nein. Also ich mochte die nicht. Ich weiß nicht, warum, aber ich mochte die einfach nicht. Klar, wenn man in einem Dorf lebt, kennt man sich. Ich war ja zusammen mit Ole in der Grundschule. Die beiden hielten sich immer für was Besonderes. Ole sagte immer, er wäre der größte Bauer im Dorf. Mit dem war nicht zu reden, der trug die Nase unheimlich hoch. Und Betty war später genauso, weil sie eben mit Ole zusammen war. Irgendwie war das nie meine Kragenweite.«

»Haben Sie denn auch davon gehört, daß die beiden mit Drogen handelten?« fragte Dinah.

»Na ja, gehört hat man manches, aber man wußte ja nicht, was stimmt. Man redete und redete, und man wußte, daß manches stimmte, aber man wußte nicht genau, was.«

Da war es, dieses zauberhafte ‚man'. Man weiß, man ahnt, man sagt, man glaubt – niemals ich, immer man. Eifel live.

»Anders gefragt«, sagte ich leichthin. »Glauben Sie die Geschichte mit den Drogen?«

»Aber sicher, glaube ich das. Aber darüber redet man doch besser nicht, oder?«

»Warum denn nicht?« sagte Dinah. »Sie sind tot.«

»Na ja, schon. Aber man weiß ja auch, daß Oles Vater ... na ja, also er ist ein Dreschflegel. Wenn er hört, man redet über seinen Ole, schlägt er zu. Es ist sogar behauptet worden, daß Oles Vater versucht hat, mit Betty ... also, daß er ihr Gewalt antun wollte.«

»Wer hat das behauptet?« fragte Dinah schnell nach.

Prümmer wurde unsicher. »Man hat das so gesagt. Ich weiß nicht, wer das war. Man hat ja auch gesagt, Ole hätte sich die Scheune ausgebaut, weil er sich mit seinem Vater nicht vertrug.«

»Aber was ist dagegen zu sagen?« fragte ich. »Wenn Vater und Sohn sich nicht gut verstehen, ist es doch vernünftig auseinanderzuziehen.«

»Könnte man so sehen«, gab er zu. »Aber, wie gesagt, ich komme mit der Sippe nicht klar. Ole hat ja übrigens nicht mal abgestritten, Haschisch zu rauchen. Er stand manchmal in der Kneipe am Tresen und sagte: Ich rauche meinen Joint, ihr sauft euer Bier. Und ich gehe mit meiner Gesundheit besser um. Was das sollte, verstand hier kein Mensch. Aber er sagte dauernd so verrückte Sachen. Und dann erst das Gerede über Betty ...«

»Was war damit?« fragte Dinah.

Er kam um eine Antwort herum, weil seine Frau mit einer Thermoskanne kam und den Kaffee eingoß. »Ich stelle ein paar Plätzchen dazu«, murmelte sie sanft. Schließlich setzte sie sich und sah Dinah freundlich an. »Und Sie arbeiten auch als Journalistin?«

»Ich bin eine«, erklärte Dinah genauso scheißfreundlich. »Können wir mal Tacheles reden? Also, mich würde interessieren, wie das Liebesleben von Ole und Betty aussah. Ich meine, mich interessiert nicht, ob sie die Missionarsstellung bevorzugten oder streng nach dem Kamasutra geturnt haben. Ich will was über die Gefühlslage erfahren.«

Ich hatte ihren Mann angesehen, die maßlose Verblüffung über Dinahs rüde Formulierungen entdeckt. Er war erschrocken, es stieß ihn ab, mit solchen Frauen konnte er nicht umgehen.

»Ich verstehe schon«, begann Gerlinde Prümmer gedehnt.

»Dazu kann hier niemand was sagen«, ging ihr Mann schnell dazwischen. »Dann wird irgend etwas veröffentlicht, und wir kriegen ein Schreiben von einem Rechtsanwalt, weil wir angeblich was gesagt haben, was nicht stimmt.«

»Wir schützen unsere Informanten!« betonte Dinah scharf.

»Wir geben niemals Namen preis«, setzte ich hinzu.

»Mag ja sein«, sagte er. »Trotzdem spricht sich sowas rum, und schon ist es passiert.«

Ich roch etwas, es roch streng. »Wie könnten wir denn dieses Problem beseitigen?«

»Wenn wir Ihnen was erzählen«, erklärte er, »müssen wir irgendwie abgesichert sein.«

»Wieviel?« fragte ich.

»Ich dachte an tausend«, sagte Prümmer.

»Die Hälfte in bar, und das jetzt.« Ich bemerkte, wie Gerlinde Prümmer große Augen bekam. Ihr Mann hatte ihr nichts davon gesagt, sie schwamm in Peinlichkeit.

Nach unendlichen Sekunden, nickte er. »Also gut. Fünf Lappen hier und jetzt.«

Dinah sah mich wütend und fassungslos an. Wie hatte ich ihr erklärt? »Bezahle niemals für Informationen! Geld macht jede Aussage möglich!« Das hatte ich gesagt, und nun kaufte ich ein. Ich blinzelte ihr schnell zu, nahm meine Brieftasche und blätterte fünf Hundertmarkscheine hin. »Ich brauche eine Quittung«, bat ich. Ich schrieb eine aus, und Prümmer unterschrieb.

Dinah raspelte zuckersüß: »Und da die Aussagen von der Ehefrau kommen, gehört ihr das Honorar.« Sie legte die Hand auf die Geldscheine und schob sie vor Gerlinde Prümmer. Deren Peinlichkeitsgefühle wuchsen ins Unermeßliche, und sie murmelte: »Och, wir haben sowieso immer eine gemeinsame Kasse.« Dann schob sie das Geld ihrem Mann zu.

»Na, fein«, sagte Dinah, und es hätte sicher nicht viel gefehlt, und sie hätte sich die Hände gerieben. »Reden wir also über den Verkehr der Geschlechter. Wer mit wem, seit wann, wie oft, warum, mit welchen Folgen?«

»Ach, du lieber Gott!« kicherte Gerlinde Prümmer.

»Also Intimes wissen wir sowieso nicht«, sagte ihr Mann.

»Sicher weiß ich Intimes«, widersprach seine Frau, und er bekam vor Wut schmale Augen.

»Dann hinein in die Intimitäten!« forderte Dinah. »Wie lief diese Geschichte zwischen Betty und Ole ab?«

Gerlinde Prümmer lehnte sich zurück, machte es sich bequem. »Für alle, die nichts wußten, war das eine völlig normale Geschichte«, begann sie. »Es wurde viel geredet, aber geredet wird immer und besonders dann, wenn gar nix passiert. Also Ole, das wollte jeder genau wissen, hatte jede Menge Frauen, und das ist ja auch in Ordnung.« Sie bekam einen ganz schmalen Mund. »Die Männer dürfen eben mit so vielen Frauen schlafen, wie sie wollen. Das ist normal. Wenn eine Frau, die einen festen Freund hat oder verlobt ist, auch nur länger mit einem anderen redet oder vielleicht sogar mit dem essen geht, ist das eine Sauerei, sowas wie eheliche Untreue. Das kennt man ja, und Sie wissen, wie ich das meine.«

»Wie war das bei Betty und ihrem Vater?« fragte Dinah.

»Tja, das war eine furchtbare Geschichte. Der Mann trank viel, er trinkt übrigens immer noch. Und dann passierte es. Betty hat übrigens behauptet, ihre Mutter hätte das alles genau gewußt und natürlich gedeckt, weil man sich schließlich in der Nachbarschaft nicht blamieren wollte. Hier in der Eifel passiert ja viel, was nicht diskutiert wird, weil die Nachbarschaft und deren Meinung wichtiger ist als die Klärung solcher Dinge.«

»Wer hat diesen Vater angezeigt?«

»Betty selbst. Sie hat gesagt, sie hält das nicht mehr durch, sie stirbt dran, sie bringt sich um. Sie ist zur Staatsanwaltschaft nach Wittlich und hat Anzeige erstattet. Die wollten die Anzeige erst nicht entgegennehmen, weil sie Betty nicht glaubten oder für verrückt hielten. Aber sie bestand drauf. Der Vater stritt natürlich alles ab. Jedenfalls in der ersten Zeit. Später stellte er sich auf den Standpunkt, daß seine Tochter schließlich volljährig wäre und sich frei entschieden hätte. Da könnte ihm keiner reinreden. Na ja, er wurde jedenfalls verurteilt. Ich weiß noch, daß ich Betty gefragt habe, wie sie es eigentlich geschafft hätte, das Gerichtsverfahren zu ertragen. Sie meinte damals: Ich habe jetzt Ole, und Ole hat gesagt, ich muß da durch, sonst kriege ich nie meine Ruhe. Als sie mit Ole zusammen war, krempelte der ihr ganzes Leben um. Sie war ... man sagt, sie war im siebten Himmel.«

»Das ist schon ein paar Jahre her«, warf ich ein, um die Geschichte zeitlich einordnen zu können.

»Richtig«, sagte sie.

»Seit wann spielten Drogen eine Rolle?« fragte Dinah.

»Von Anfang an, das weiß ich sicher. Ole qualmte Hasch und schmiß auch schon mal LSD und sowas. Das tat Betty dann auch und behauptete, sie würde das alles spielend beherrschen. Ole war schon arbeitslos gemeldet, hatte schon schweren Stunk mit dem Vater, weil er den Hof nicht machen wollte. Ja, Drogen waren schon immer im Spiel. Aber sie haben noch nicht damit gehandelt, das kam später, also erst in den letzten zwei, drei Jahren. Eins ist jedenfalls klar: es war für beide die große Liebe.«

»Woher willst du denn das wissen?« fragte ihr Mann aggressiv.

»Es wird viel geredet, wenn die Haare lang sind«, entgegnete die Prümmer. »Klar, Betty war kein Kind von Traurigkeit, sie hatte mit vielen Männern was gehabt, aber das hörte so ziemlich auf, als Ole da war.«

»Was heißt denn so ziemlich?« hakte ich nach.

»Das ist die Frage«, nickte sie. »Ich denke mal ... nein, ich will das anders erklären. Da gab es zum Beispiel einen Jungen namens Mario. Der war noch unschuldig, ich meine, er hatte noch nie mit einer Frau geschlafen.

Also ist Betty hingegangen und hat ihm gezeigt, wie das geht. Ich habe ihr gesagt: Bist du wahnsinnig?, aber sie hat nur geantwortet: Du lieber Gott, was ist schon dabei, mir geht doch nichts verloren!«

»Hatte sie auch was mit diesem Holländer?«

»Das weiß ich nicht genau. Manchmal konnte man meinen, ja, manchmal wieder nicht. Erzählt hat sie davon nichts.«

»Können Sie sich an ihren letzten Satz erinnern, den sie zu Ihnen sprach?«

Gerlinde Prümmer nickte: »Oh ja. Das muß rund zwei Monate vor Weihnachten gewesen sein, Ende Oktober oder so. Da sagte sie: Wir können ganz ruhig in die Zukunft sehen, wenn ich es schaffe, Ole von dem Scheiß abzubringen. Dann setzte sie noch hinzu: Der macht so eine Art Selbstmord.« Sie strich sich ein paar Haare aus der Stirn. »Ich konnte damit gar nichts anfangen. Also fragte ich: Was soll das denn? Und sie sagte nur: Ach, das erzähle ich dir später, wenn alles vorbei ist.«

Ihr Mund begann zu zucken, dann weinte sie. »Jetzt ist später, und sie ist tot, verdammte Scheiße.«

Dinah nickte. »Eine entscheidende Frage, Frau Prümmer: hat Ole je erfahren, daß Betty auch mal mit anderen Männern schlief, zum Beispiel mit dem Mario?«

»Das weiß ich nicht genau. Jedenfalls stand für Ole fest, daß sie mit dem Holländer schlief. Ole war nämlich auch vor Weihnachten hier, um sich die Haare schneiden zu lassen. Und bei der Gelegenheit sagte er, er könne Betty manchmal nicht verstehen, jedenfalls nicht bei einem so alten und faltigen Knacker wie dem Holländer. Ich denke, das ist doch eindeutig, oder?«

»Das ist eindeutig«, bestätigte ich.

»Außerdem sagte er noch«, fuhr sie fort, »daß er sich mit diesem Holländer etwas überlegen müsse.«

»Aber er sagte nicht, was?« fragte Dinah.

»Nein, das nicht.«

»Von wem kauften die beiden welchen Stoff?«

»Ich weiß nur, daß sie einen Lieferanten für alles hatten. Den trafen sie irgendwo, dann kam der Deal Stoff gegen Bares, und das war es dann. Zuletzt, da bin ich sicher, waren es Leute aus Köln.«

»Hat Betty Namen erwähnt?«

»Nur einmal sprach sie von einem Typen vom Eigelstein, das ist wohl die Puffgegend in Köln. Sie nannte ihn Smiley, aber ich kann mich auch verhört haben. Jedenfalls so ähnlich wie Smiley.«

Dinah hob den Zeigefinger wie eine Schülerin, die sich meldet. »Und Sie sind sich wirklich sicher, daß das zwischen Ole und Betty die große Liebe war?«

»Absolut«, nickte sie. »Absolut.«

»Haben sie denn dann auch alles gemeinsam durchgezogen? Also, waren sie unzertrennlich wie siamesische Zwillinge?«

»Nein, das nun nicht. Ole meinte, er wäre für die Deals zuständig und es wäre besser, wenn er sie allein macht, dann könnten die Bullen nicht an Betty heran. Na klar, sonst waren sie meistens zusammen.«

»Hatte Ole eigentlich einen Freund, einen Vertrauten?« fragte ich.

»Ist mir nicht bekannt«, sagte sie.

»Noch etwas«, sagte Dinah. »Haben Sie eine Idee, wie wir an den kleinen Schappi herankommen können?«

»Überhaupt nicht«, schaltete sich Prümmer schnell wieder ein, mit einem kleinen nur mühsam unterdrückten Triumph. »Der Kleine hat dem *EXPRESS*-Reporter aus Köln einen Riesenblödsinn erzählt, und die haben das veröffentlicht. Der Vater hat den Kleinen jetzt unter Verschluß.«

»Was hat denn der Kleine erzählt?« fragte ich.

»Er hat gesagt, der Mörder käme aus Köln, denn da wäre am Heiligen Abend ein Auto aus Köln auf dem Hof gewesen.«

»Ja, und?« fragte Dinah.

»Na ja, das ist doch Kindergeschwätz.«

»Wir sollten vielleicht Kinder gelegentlich ernster nehmen«, sagte ich weise und stand auf. »Wir danken Ihnen schön.«

Gertrude Prümmer brachte uns an die Tür. »Das mit dem Geld ist mir peinlich«, sagte sie. Sie drückte Dinah ein kleines Buch aus Plastik in die Hand, wie man es Kleinkindern schenkt. »Da drin sind Fotos von Betty. Ich denke mal, Sie brauchen so etwas. Aber das mit dem Geld wäre wirklich nicht notwendig gewesen.«

»Er wollte es so«, winkte ich ab.

Im Wagen fragte Dinah hinterhältig: »Warum hast du den Mann gekauft?«

Ich überlegte eine Weile, ob ich die Wahrheit sagen oder ausweichen sollte. »Ich mag den Mann nicht, ich mochte ihn keine Sekunde lang. Vor allem, als er sie in die Küche scheuchte, da …«

»… da hast du ihr zeigen wollen, was für einen Arsch sie geheiratet hat.«

»Richtig.«

»Das ist aber ekelhaft, Baumeister.«

»Ich bin manchmal ein Ekel.«

»Und was tun wir jetzt?«

»Wo wir schon mal hier sind,« sagte ich, »fahren wir doch zu Oles Eltern. Mehr als rausschmeißen können sie uns nicht.«

Sie warfen uns nicht hinaus. Oles Mutter war vollkommen stumm, stand wie ein schwarzer, kleiner Berg in der Haustür, nickte nur und ging voraus. Es war ein großes Wohnzimmer, eingerichtet in den sehr typischen Bauernfarben der Eifel: nahezu alles war dunkelbraun.

»Ich hole meinen Mann«, sagte Frau Mehren tonlos und verschwand.

Plötzlich stürmte Schappi herein und rief: »Hallo, Baumeister.«

»Hallo, Schappi! Wie geht's denn so?«

»Gut.«

»Das hier ist meine Freundin, die Dinah.«

»Tag, Schappi«, grüßte Dinah.

Er hockte sich auf eine Sessellehne. »Hier ist dauernd Polizei.«

»Das denke ich mir«, nickte ich. »Kannst du dich denn nun an die Kölner Nummer von dem Mercedes erinnern? Von dem Mercedes am Heiligen Abend.«

»Habe ich nicht drauf geachtet«, sagte er und wiederholte damit, was er schon einmal gesagt hatte. »Fahrt ihr so rum und fragt Leute aus?«

»Das tun wir«, lächelte Dinah.

»Das würde ich auch gern machen«, meinte er verlegen.

Seine Mutter kam wieder herein und sagte: »Schappi, raus mit dir. Das ist nur was für Erwachsene.«

»Darf ich denn mal mitfahren?« fragte er.

»Wenn deine Mutter es erlaubt, immer«, versprach ich.

Er nickte ernst und ging dann hinaus.

»Er trauert sehr«, sagte seine Mutter.

Oles Vater kam herein. Er trug Pantoffeln zu einem Blaumann, wahrscheinlich war er gerade im Stall gewesen. Er begrüßte uns kurz, setzte sich hin und nickte seiner Frau zu. Sie nickte zurück, drehte sich herum und ging hinaus.

»Was kann ich für Sie tun?« fragte er.

»Das wissen wir nicht genau«, sagte Dinah. »Sie wissen ja, Herr Baumeister wohnt praktisch gleich um die Ecke, und er interessiert sich für diesen Fall.«

»Jeder, der damit Geld verdient, ist an uns interssiert«, entgegnete Mehren voller Hohn. »Wissen Sie denn mehr als andere?« Er sah mich an.

»Natürlich«, sagte ich. »Natürlich wissen wir mehr als andere. Ich kann Ihnen zum Beispiel berichten, daß Ole sich bei mir angemeldet hatte, um mit mir seine Probleme zu besprechen.«

»Wie bitte?« Er wirkte verunsichert. »Wann war denn das?«

»Das spielt doch keine Rolle. Zu dem Treffen ist es nicht mehr gekommen. Ich möchte Sie um eine Antwort auf die Frage bitten, welche Rolle Jörn van Straaten im Leben von Ole und Betty spielte.«

»Das Schwein, der Holländer«, sagte er leise. »Tatsache ist ja wohl, daß diese angebliche Freundin meines Sohnes mit dem Holländer ins Bett ging. Wann sie wollte, wann er wollte. Ich habe sie zehn Meter entfernt von der Scheune im Gras liegen sehen. Splitternackt. Ich habe Ole gewarnt: Junge, du machst dich unglücklich, du rennst mitten rein in dein Verderben. Schieß die Frau ab, schieß sie um Gottes willen ab. Aber ... na ja, ich weiß: Er war ihr total hörig.«

»Was heißt das?« fragte Dinah sanft.

»Was das heißt? Na, hören Sie mal: das heißt, sie trieb es mit jedem. Hauptsache Schwanz. Sie war durch und durch verdorben.« Er wurde jetzt lauter, seine Handbewegungen wurden heftiger und schlagender. »Glauben Sie vielleicht, mein Sohn hätte jemals mit Drogen was zu tun gekriegt, wenn diese Frau nicht gewesen wäre? Niemals hatte der was mit Drogen. All diese furchtbare Scheiße, diese Sittenlosigkeit, das fing doch erst an, als diese Hure hier bei ihm einzog.« In seinem linken Mundwinkel erschien ein Tröpfchen Schaum. Mehren stand auf und begann, vor den Fenstern hin und herzulaufen. »Diese Frau war ... sie war eine Sau, sie machte es mit jedem. Sie ist die Person, die meinen Sohn dazu brachte, sein Erbe abzulehnen.«

»Das ist nicht wahr«, widersprach ich. »Das hatte er doch schon abgelehnt, als er mit Betty noch gar zusammen war.«

Oles Vater starrte mich an, und er war in dem Augenblick weiß vor Zorn. »Was wissen Sie denn schon von uns? Gar nichts wissen Sie, alles nur Klugscheißerei. Dieses Weib hat ihn fertiggemacht. Er hatte doch keinen eigenen Willen mehr, er war vollkommen abhängig.« Jetzt schrie er. »Sie ließ die Titten raushängen, und er zitterte. So war es. Sie war ein Schwein. Oh, mein Gott, war die ein Schwein!« Er hatte nun in beiden Mundwinkeln Schaum, und es schien so, als habe er uns vergessen. »Von Anfang an hat sie Ole betrogen, richtig betrogen. Und der Junge war so naiv, das gar nicht zu merken ...«

Ich unterbrach ihn schnell, ich wollte etwas klären, ehe er vollkommen ausflippte. »Der Herr Kremers von der Kripo war doch auch mal hier auf dem Hof. Was wollte der denn?«

Mehren bekam vor Erstaunen große runde Augen und hielt einen Moment inne. »Das ist mal ein netter Mann, der kann mich verstehen. Der hat mir gesagt, Herr Mehren, diese Frau war der Untergang für Ihren Sohn. Wie die schon hier herumlief. Wackelte nur mit dem Arsch. War doch wie eine Einladung für alle. Jeder durfte mal drüber. Und Ole begriff das alles nicht, mein Junge war viel zu gut für diese Welt. Der liebe Gott im Himmel weiß, daß mein Junge für diese Welt zu gut war.« Er war schneeweiß, Schweiß lief ihm in die Augen, er zitterte stark; ein paarmal knickten seine Beine weg, und er hielt sich lächerlicherweise am Vorhang vor dem rechten Fenster fest. Die Vorhangstange fiel von oben herab, und Mehren wischte sie beiseite wie eine lästige Fliege.

Dinah riskierte erneut Einspruch. »Aber Sie haben ihm doch das Gymnasium verboten, und Sie haben zugelassen, daß er sich die Scheune ausbaute.«

»Ja und? Er war doch völlig verrückt nach dieser Hure. Ich habe unseren Pfarrer gebeten, Ole ins Gewissen zu reden. Half alles nichts. Den Sex hat sie ihm gebracht und die Drogen. Und dafür ist er dann gestorben. Ich ... ich weiß nicht, was ich tue ...« Er ging plötzlich in die Hocke, als habe er Furcht umzufallen.

Ich mußte ihn stoppen: »Sie sollten sich nicht so ereifern, Herr Mehren. Und Sie sollten nicht so tun, als sei Ole die Unschuld in Person gewesen. Das wäre Ole gar nicht recht. Außerdem gibt es eine Menge Leute im Dorf, die behaupten, Sie hätten auch mal mit Betty im Heu gelegen. Nur hatte Betty sehr viele Gründe, Sie gar nicht zu mögen.« Ich stand auf, Dinah ebenfalls, und ich ging hinter ihr her zur Tür. »Habe die Ehre«, verabschiedete ich mich in sein vollkommen entsetztes Gesicht. Die Wut in meinem Bauch war wie ein heißer kleiner Ball.

Auf dem Hof meinte Dinah: »Er versucht, seine Welt schönzureden.«

»Er ist aber erwachsen«, entgegnete ich wütend. »Und Erwachsene sollten genauer hinsehen. Trauer hin, Trauer her, er hat seinen Sohn und dessen Freundin aus seinem Leben ausgegrenzt, er hat sie brutal aus der sogenannten guten Gesellschaft rausgeschmissen. Laß uns fahren, Oles Idee mit Kanada war sehr richtig.«

»Aber du bleibst in der Eifel«, sagte sie sanft.

»Na sicher. Ich mag das Land, und ich mag die Leute. Arschlöcher gibt es eben überall. Es gibt überall Prümmers und Mehrens und Kremers und Jonnys und Melanies und Marios.«

»Übrigens Melanie«, seufzte Dinah. »Was spielt die denn eigentlich für eine Rolle.«

Ich nahm die Linkskurve in Birgel mit zu hoher Geschwindigkeit und bremste quietschend ab. Ich mußte grinsen. »Thomas Mann hat ihre Rolle beschrieben, das ist eigentlich Frühkapitalismus pur. Da hat der Sohn eines reichen Mannes etwas zum Spielen, eine Art Edelnutte. Die wird gegen ein monatliches Fixum beschäftigt. Das funktioniert natürlich nur so lange, wie diese Frau für den Sohn attraktiv bleibt, sonst ist sie blitzschnell draußen ...«

»Aber Melanie träumt davon, geheiratet zu werden, oder?«

»Das glaube ich nicht«, sagte ich. »Eine echte Chance hat sie nicht. Sie wird immer eine Art unterbezahlte Nebenfrau bleiben. Das, was mit Jonny passiert ist, gibt Melanie allerdings Auftrieb. Sie weiß nämlich ekelhaft viel über diesen rauschgiftsüchtigen Sohn, und das ist ein enormes Kapital. Deshalb bezahlt der Vater sie auch weiter und kann es sich eigentlich nicht erlauben, sie rauszuschmeißen. Er fürchtet, daß sie sonst auspackt, zu einer Zeitung rennt, ihre Geschichte erzählt.«

»Das ist doch Erpressung.«

»Natürlich ist das Erpressung. Aber in dem Punkt bin ich fies: Ich gönne das solchen Kapitalisten aus tiefstem Herzen. Sie sollen für Melanie bezahlen. Wenn sie clever ist, legt sie in ihrer guten Zeit ein paar Sparbücher an.«

Die Scheinwerfer warfen gleißende Reflexe auf den Schnee. Kurz vor Wiesbaum hockte ein Fuchs im Graben und machte sich nicht die Mühe zu flüchten. Seine Augen schillerten wie Bernstein, dann grün wie Jade.

Zu Hause fanden wir einen Zettel von Rodenstock: *Ich habe mir ein Taxi genommen und bin nach Daun ins Krankenhaus gefahren. Zu Mario.*

»Rodenstock ist etwas ganz Seltenes«, murmelte Dinah. »Trinkst du einen Kaffee mit?«

»Ja, danke. Da gibt es einen katholischen Pfarrer namens Heinrich Buch. Angeblich hat Ole ihm sehr vertraut und viel mit ihm geredet. Ich möchte ihn treffen.«

»Nicht mehr heute«, bestimmte sie. »Du siehst schon ziemlich mitgenommen aus, Baumeister. Und da wir schon über ein Baby gesprochen haben, muß ich dir sagen, daß du in diesem Zustand nicht mal eines zeugen könntest.«

»Du unterschätzt mich, meine Liebe.« Aber sie hatte recht. Ich war müde und fühlte mich faltig wie ein alter Kartoffelsack.

FÜNFTES KAPITEL

Wir waren zu überdreht, um sofort ins Bett zu gehen. Wir machten uns Brote zurecht, türmten sie auf ein Holzbrett, stellten sie auf den Couchtisch, setzten uns, aßen und starrten in den Fernseher. Irgendwann rief Rodenstock an und sagte seltsam belegt: »Ich bleibe noch eine Weile. Kann durchaus sein, daß ich die Nacht bei Mario verbringe.«

»Wie geht es ihm?«

»Gesundheitlich gut«, antwortete er hölzern. »Keinerlei Probleme in Sicht. Der Vater war hier und ist schier ausgeflippt. Mario mußte ihn trösten.«

»Ich lege dir den Hausschlüssel unter die Fußmatte«, versprach ich.

»Seid ihr weitergekommen?«

»Ich denke schon, aber ein Durchbruch ist es nicht. Ich erzähle dir alles in Ruhe, wenn du hier bist. Und sei vernünftig und komm heim, wenn du müde wirst.«

»Das ist kein Problem«, sagte er. »Grundmann hat mir eine Art Couch hier reinstellen lassen.«

»Das ist gut. Grüß Mario herzlich und richte ihm aus, ich komme vorbei, sobald ich kann.«

»Er ist wirklich sehr tapfer«, murmelte Rodenstock und beendete das Gespräch.

Dinah starrte in den Fernseher, schien aber gar nicht wahrzunehmen, was dort lief.

»Ich habe eine Frage an dich als Frau«, riß ich sie aus ihren Gedanken.

»Nur zu, soweit ich weiß, bin ich eine.«

»Das Bild, das wir von Betty bis jetzt haben, ist irgendwie zerrissen. Auf der einen Seite erlebt sie über Jahre mit Ole die große Liebe. Auf der anderen Seite erteilt sie Mario Unterricht und schläft mit diesem Holländer. Mario kann ich mir noch erklären, weil liebevolle Freundschaft so etwas bewirken kann. Aber der Holländer? Was soll das? Ist eine Frau fähig, mit jemandem zu schlafen, nur um Gewalt abzuwenden oder eine Gefahr zu bannen?«

»Ja«, antwortete Dinah. »Nur Männer machen daraus das miese Problem der Moral. Frauen sind sehr praktisch, was diese Dinge angeht. Um die zu schützen, die sie lieben, gehen sie auch ins Bett beziehungsweise stellen ihren Körper zur Verfügung – wie ein Instrument gewissermaßen. Die Schilderungen von Frauen in Kriegen und Notzeiten laufen doch darauf hinaus.«

»Du würdest das auch tun? Also, wenn ich in Gefahr schweben würde, und du könntest mich retten. Aber nur, wenn du dich ... na ja, jemandem hingibst. Würdest du so das tun?«

»Aber ja«, bestätigte sie. »Etwas anderes zu behaupten wäre bigott.«

Gegen elf Uhr schalteten wir den Fernseher aus, um ins Bett zu gehen. Draußen waren vierzehn Grad minus, und ich wickelte vier Briketts in eine dicke Lage Zeitungspapier ein, damit der Ofen bis zum nächsten Morgen durchbrannte. Ich hörte, wie Dinah unter der Dusche trällerte, irgendwo weit entfernt schlug ein Hund an, ein Auto zog die Beulerstraße hoch, und seine Räder drehten auf dem Schnee durch. Ich öffnete die Haustür und blickte eine Weile hinaus. Die Luft war glasklar und sehr kalt. Die Flocken tanzten in gleichförmigen Rhythmen durch den gelben Schein der Hoflampe. Paul und Momo kamen und rieben sich an meinen Beinen. Sie starrten genauso hinaus wie ich, und offensichtlich gefiel ihnen diese Kumpanei, sie schnurrten sehr intensiv und miauten hin und wieder in langgezogenen Tönen. Es klang wie eine freundliche Unterhaltung über unwichtige Dinge.

Plötzlich tauchte links am Rand der Scheune eine kleine Figur auf, und ich mußte nicht einmal die Augen zusammenkneifen, um sofort zu begreifen, wer es war. Er ging wie jemand, der sich durch nichts beirren läßt. Seine schmale Figur war leicht nach vorn geneigt, und er wirkte sehr locker.

»Ich werde noch mal verrückt«, rief ich laut.

Er drehte den Kopf, sah mich und betrat den Hof. Er trug wieder diese Pantoffeln, wieder diesen Parka, aber glücklicherweise statt eines Schlafanzuges normale Jeans und einen dicken Pullover. Nicht im geringsten verlegen sagte er: »Ich dachte, ich komme mal vorbei.«

»Was ist denn da los?« fragte Dinah hinter mir im Flur. »Warum kommst du nicht ins Bett?«

»Das wird nicht gehen«, erklärte ich. »Wir haben Besuch.«.

Sie schaute über meine Schulter auf Schappi, der da mit geradezu unheimlicher Gelassenheit im Schnee stand. »Um Gottes willen, was ist denn passiert?«

»Ich dachte, ich komme mal vorbei«, wiederholte er.

»Ich grüße dich. Das ist aber nett. Komm rein!« Und weil ich stark verunsichert war, stellte ich eine ausgesprochen idiotische Frage: »Seit wann bist du denn unterwegs?«

Er blickte auf seine Uhr und erklärte sachlich: »Ich habe ein paar Abkürzungen genommen, aber eine Abkürzung war ziemlich blöde ... sie war länger als die Bundesstraße. Jetzt ist es halb zwölf ...«

»Mein Gott«, Dinahs Stimme verriet den Schock. »Wieviel Kilometer sind denn das?«

»Zwölf, schätze ich.« Er bewegte sich, er wollte ins Haus, aber wir standen ihm im Weg.

»Entschuldige«, sagte ich hastig und machte ihm Platz.

Er marschierte an uns vorbei und fragte: »Wohin?«

»Wie?« fragte Dinah schrill. »Ach so, wohin. Na ja, erste Tür links.«

»Betty hatte so einen ähnlichen Bademantel«, stellte er freundlich fest.

»Na, sowas!« murmelte Dinah.

»Was ist?« fragte ich. »Heiße Milch?«

»Hast du auch einen Schluck Cola?«

»Habe ich auch«, nickte ich. »Wann bist du los?«

»So gegen acht Uhr. Papa hat gerade Tagesschau geguckt. Aber die eine Abkürzung war nichts, da habe ich mich verlaufen.«

»Dein Papa weiß nicht, daß du hier bist, oder?«

Schappi schüttelte den Kopf und sah sich aufmerksam um. »Nein. Wenn ich gesagt hätte, ich will dich besuchen, dann hätte er gesagt, ich soll zu Hause bleiben und dir nicht auf den Wecker fallen. Das sagt er immer.«

»Frierst du nicht? Willst du eine Decke?« Dinah war ganz fahrig.

»Nein, ich friere nicht. Ich bin stramm gegangen, da friere ich nicht. Ihr habt es aber gemütlich.«

Ich ging in die Küche, um ihm die Cola zu holen, und hörte, wie Dinah sagte: »Zieh dir den Parka aus, sonst erkältest du dich.«

Ich stellte die Cola vor ihn hin, nahm mein Handy und verschwand nach oben ins Badezimmer. Ich rief bei Mehrens an und erwischte seine Mutter.

»Baumeister hier. Kein Grund zur Aufregung. Schappi ist hier. Er ist gerade angekommen.«

Sie war erleichtert, aber sie war auch empört. »Ja, das geht doch nicht. Das hat der Junge doch noch nie gemacht. Ja sowas! Mein Mann kommt und holt ihn.«

»Das wäre gar nicht gut«, widersprach ich. »Der Junge trauert um seinen Bruder. Wenn er müde ist, kann er hier ein paar Stunden schlafen. Ich bringe ihn morgen heim.«

Sie druckste herum, es war ihr nicht recht, ich war so etwas wie ein Feind. »Ich weiß nicht. Der Junge erzählt immer so viel Blödsinn.«

»Das weiß ich doch«, beruhigte ich sie. »Ich höre nicht hin.«

»Ja, wenn Sie meinen«, sagte sie kläglich.

»Das meine ich. Tschüs, bis morgen.« Ich unterbrach die Verbindung und ging wieder hinunter.

Schappi erzählte gerade: »Ein Autofahrer hat gehalten und geschrien: Heh, Zwerg, wohin willst du denn? Aber ich bin einfach weitergegangen.«

Mir fiel etwas ein, ich rannte hinauf ins Schlafzimmer und holte das Foto des Kriminalbeamten Dieter Kremers. Ich warf es wie nebenbei auf den Couchtisch und gab keinen Kommentar dazu.

Schappi trank von der Cola. »Also, ich glaube, ich muß mal zu Hause anrufen, sonst ...«

»Mußt du nicht mehr«, unterbrach ich. »Ich habe gerade mit deiner Mutter gesprochen. Ich habe gesagt, du bleibst heute nacht hier, und ich fahre dich morgen nach Hause.«

Schappi schaute mich an und begann auf eine erschreckend lautlose Weise zu weinen. Er hockte da und zuckte fortwährend. Dinah setzte sich neben ihn und nahm ihn in die Arme. Ich legte Holzscheite auf die eingepackten Briketts und stellte den Zug des Ofens auf. Die Flammen schlugen augenblicklich hoch.

Es dauerte eine Unendlichkeit, bis er ruhiger zu atmen begann und sich die Tränen aus dem Gesicht wischte. Er war so klug wie alle Kinder, er ging darüber hinweg. Mit einem Blick auf das Foto Dieter Kremers meinte er: »Ich habe dir doch gesagt, daß Ole den da getroffen hat. Das war am belgischen Kaufhaus in Losheim. Das war der.«

»Wie oft haben die sich denn getroffen?« fragte Dinah.

»Das weiß ich nicht. Ich glaube oft. Ich war zweimal dabei.« Er setzte erneut ein »Glaube ich« hinzu.

»Wie gefiel der dir denn?« erkundigte ich mich.

»Nicht besonders«, antwortete er. »Ole hat gesagt, der wäre eigentlich ein Arsch, aber vielleicht ... ich weiß nicht mehr, was er dann gesagt hat.«

Dinah lächelte. »Ole hat bestimmt gesagt, dieser Bulle wäre nützlich, oder?«

»Genau!« bestätigte er hell. »Genau.«

»Herzlichen Glückwunsch«, murmelte ich, und erfreulicherweise wurde Dinah ein wenig rot.

Paul und Momo demonstrierten das Elefantenspiel und donnerten die einhundertfünfzig Jahre alte Eichentreppe hinauf und hinunter, die wegen völlig fehlender Isolation wie ein dumpf-sonores Baßinstrument dröhnte. Besonders Paul liebte diesen Baß.

»Die sind aber gutgelaunt«, sagte Schappi leise.

»Sind die fast immer«, sagte ich. »Wenn ich mal mies drauf bin, schleichen sie an den Wänden entlang und sind nervös. Wenn die Welt in Ordnung ist, spielen sie das Elefantenspiel auf der Treppe.«

»Elefantenspiel«, lachte er. »Kälbchen rennen manchmal auch so rum, wenn sie gut drauf sind.«

»Jetzt muß ich aber ins Bett«, meinte ich. »Ich bin hundemüde.«

»Wir gehen auch ins Bett, nicht Schappi?« sagte Dinah.

»Ja klar«, nickte er. »Wo schlafe ich denn?«

»Du kannst im Bett von meinem Freund schlafen und ein eigenes Zimmer haben«, schlug ich vor. »Du kannst aber auch bei uns schlafen. Bei uns liegt eine Riesenmatratze einfach auf dem Fußboden. Da ist Platz genug. Du kannst dir das in Ruhe angucken und dann entscheiden.«

»Ich habe bei Mama geschlafen«, sagte er und war ganz weit weg. »Bis Papa gekommen ist. Dann mußte ich in mein Zimmer.«

Wir marschierten also die Treppe hinauf, und Schappi begutachtete Rodenstocks Zimmer, dann unsere nächtliche Bleibe. Und er war ein bißchen verlegen.

»Kein Problem«, murmelte Dinah. »Du kannst in der Mitte schlafen, wenn es dir nichts ausmacht.«

»Nee, also das macht mir nix aus.«

Wir waren es gewohnt, nackt zu schlafen, weil jemand mir in meiner Jugend geflüstert hat, das sei besonders heilsam und dem Körper bekömmlich. Da wir Schappi nicht in Verlegenheit bringen wollten, zogen wir T-Shirts und Shorts an, und ich pumpte Schappi ein paar kurze Hosen, in denen er vollkommen versank. Er gluckste vor Lachen, als er an sich heruntersah, ließ sich auf den Rücken fallen und strampelte mit den Beinen. »Oh, Mann«, keuchte er, »ich seh wirklich aus wie ein Clown.« Dann lag er zwischen uns, sehr verkrampft, und bemühte sich, Arme und Beine bei sich zu behalten. Er starrte an die Decke, schloß die Augen, als habe ihm das jemand befohlen, blinzelte, sah, ohne den Kopf zu bewegen, zu Dinah hinüber, dann zu mir.

»Du kannst ganz locker sein«, grinste ich. »Wir beißen heute nacht nicht.«

Er prustete wieder vor Lachen, die Beklemmung wich ein wenig. Er drehte sich zu Dinah.

»Du hast in letzter Zeit nicht viel geschlafen, nicht wahr?« fragte sie.

»Nee«, gab er zurück. »Gestern morgen habe ich den Kälbchen die Milch gegeben, die kriegen immer Kraftfutter. Und dann habe ich mich auf einen Haufen Silage gesetzt und bin eingeschlafen. Weil die Kälbchen machen mich immer ruhig.«

»Das wird besser werden«, murmelte Dinah. »Es ist sicher sehr schwer, Ole und Betty zu verlieren.«

»Ja«, sagte er.

Ich überlegte, ob ich die schlimme Geschichte noch einmal ansprechen sollte und dachte dann, daß es wahrscheinlich heilsamer sein würde, darüber zu reden, als nur darüber zu grübeln. »Da ist eine Sache, die ich nicht verstehe«, murmelte ich in das Halbdunkel des Zimmers. »Dein Vater hat mir erzählt, daß dieser Kremers, dieser Kripomann, bei euch zu Hause war.«

»Ja, ja, das stimmt.«

»War der nur einmal bei deinem Vater oder öfter?«

»Öfter«, sagte er, und Zweifel gab es nicht.

»Weißt du, wie oft?«

»Weiß ich nicht, weil ich ja zur Schule muß. Aber Mama sagte, wenn das so weitergeht, koche ich jeden Morgen nur noch Kaffee für die Polizei.«

»Oh Gott«, hauchte Dinah.

»War das jetzt im Sommer oder im Herbst?«

»Das war nach den Sommerferien.«

»Hat jemand gesagt, du darfst das Ole und Betty nicht erzählen?« fragte ich.

»Na, klar, die durften das nicht wissen. Und die Männer kamen ja auch nur, wenn Ole und Betty nicht da waren.«

»Wieso die Männer?« hakte Dinah nach. »Waren außer Kremers noch andere dabei?«

»Ja, ein anderer, ein Jüngerer.«

»War der von hier?«

»Nicht von hier«, antwortete Schappi in die Stille. »Den hab ich noch nie in Jünkerath gesehen.«

»Hatte der ein Auto?« fragte Dinah beharrlich weiter.

»Ja klar. Einen Dreier-BMW. Mit Münchner Kennzeichen.«

»Auch das noch«, sagte ich.

»Wieso?« fragte Dinah.

»Leute aus München in der Eifel bedeuten immer Verdruß«, murmelte ich.

»Was sollten die in dieser Provinz suchen?« meinte sie spöttisch.

Mich ärgerte das: »Die Eifel ist immerhin gut genug für ein paar Riesenschweinereien.«

»Entschuldige«, sagte sie nach einer Weile. »Schlaft gut.« Sie drehte sich von uns ab.

Ich starrte auf das mattblaue Viereck des Fensters und spürte, wie Schappi sich zu mir wandte, langsam und leise. Er hielt die Augen sehr weit offen, als habe er Furcht davor einzuschlafen. Ich dachte an Rodenstock, der jetzt wahrscheinlich auf seiner Liege neben Mario lag und sich fragte, wie dieser Junge es schaffen würde, mit einem Fuß zu leben.

Ich wurde schläfrig.

Als es unten wie ein dröhnender Hammerschlag explosionsähnlich krachte, spürte ich als erstes, wie der Junge blitzschnell hochfuhr und wahnsinnig hastig zu atmen begann. Dann fragte Dinah mit verschwommener Stimme: »Was?«

Ich starrte auf das Leuchtzifferblatt des Weckers. Es war drei Uhr. Ich hörte, wie Dinah nach irgend etwas tastete.

»Kein Licht!« befahl ich scharf.

Schappi saß neben mir, starr vor Schreck.

»Seid leise!« flüsterte ich. Momo und Paul knurrten vor der Türe zum Schlafzimmer.

Ich stand vorsichtig auf und tastete mich zur Tür. Das Haus war totenstill, und ich riskierte es, die Türklinke vorsichtig herunterzudrücken. Die Katzen wischten in den Raum und stellten sich eng an Dinah und Schappi, die auf der Matratze standen.

Ich griff nach Dinahs Hand, nahm Schappi am Arm und zog sie mit mir auf den Flur. Ich deutete auf die Tür zum Dachboden, zog den Schlüssel ab und drückte ihn Dinah in die Hand.

»Ich will aber mit«, hauchte sie wütend.

Ich schüttelte den Kopf und deutete auf Schappi. Dann öffnete ich die Tür zum Dachboden. Eiskalte Luft strömte mir entgegen. Ich winkte die beiden energisch hinein. Sie strichen an mir vorbei, und ich schloß die Tür hinter ihnen.

Von unten war jetzt das Geräusch von Glassplittern zu hören, die herunterfielen. Aber ich konnte nicht ausmachen, ob es aus der Küche kam oder aus dem Arbeitszimmer.

Ich ging ganz normal die Treppe hinunter, weil ich wußte, daß es keinerlei Sinn machte zu versuchen, diese Treppe leise hinabzusteigen. Uraltes Eichenholz knarrt immer, und wenn die Katzen das Elefantenspiel machen konnten, wirkte das Gewicht eines Menschen erst recht wie das Trampeln einer ganzen Herde Dickhäuter. Mein Vorteil, so überlegte ich eine Sekunde lang, ist die Dunkelheit und meine genaue Kenntnis dieses alten Gemäuers. Ich spürte keine Furcht, eher so etwas wie eine konzentrierte Neugier, und lächerlicherweise dachte ich auch: Wer soll uns schon etwas wollen?

Da verlor ich den Vorteil der Dunkelheit. Die Küchentüre ging auf, und das Licht fiel auf mich.

Es waren drei Männer, und sie wirkten trotz meiner leicht erhöhten Position sehr groß. Sie trugen dunkle Pullover, die am Hals nahtlos in eine Kopfhaube übergingen und die hierzulande nur von den Sondereinsatzkommandos der Bundeswehr, des Grenzschutzes oder der Polizei getragen werden. Die Hauben hatten im Gesicht nur einen schmalen Sehschlitz.

»Sieh einer an, der Baumeister«, sagte der erste knödelig und machte einen Schritt nach vorn.

»Guten Morgen«, entgegnete ich lahm, weil mir nichts Besseres einfiel. »Kann ich etwas für Sie tun?« Erst jetzt bemerkte ich, daß jeder einen Baseballschläger in der Hand hatte.

»Wir wollen mal nach dem Rechten sehen«, fuhr der erste fort. »Wir haben gedacht, wir machen mal eine Tour in den Eifelschnee.«

»Das ist schön«, sagte ich. »Wir lieben Touristen. Besonders, wenn sie durchs Fenster kommen.«

»Der hat Nerven«, staunte ein zweiter, wobei ich nicht ausmachen konnte, wer es sagte.

»Bauernland ist immer gut für die Nerven.« Ich wußte genau, daß sie nicht gekommen waren, um zu plaudern. Dieser friedliche Zustand würde in den nächsten Sekunden enden. Also griff ich an. »Was soll der Scheiß?« fragte ich.

Sie ließen sich nicht auf einen verbalen Streit ein, der erste hob den Baseballschläger und zischte: »Wir bringen dir schöne Grüße, du Schwein.« Dann schlug er wischend zu, verfehlte mich aber, weil ich ganz automatisch eine Treppenstufe nach oben ausgewichen war.

»Ach du lieber Gott«, stöhnte ich. »Mamis Lieblinge wollen sich prügeln. Pumpt ihr mir einen von euren Schlägern?«

Er schlug wieder zu, ich stand jetzt vier Stufen über ihm, und sein Schlag glitt an einem Pfosten der Treppe ab.

»Du sollst dich raushalten, Opa«, knurrte er. Dann drehte er leicht den Kopf und setzte hinzu: »Ihr könnt ja schon mal die Möbel zurechtrücken.«

Einige Sekunden lang herrschte Stille, dann sagte einer der beiden anderen: »Na gut.« Er ging in die Küche. Ein wahnwitziger Krach setzte ein, als er mit dem Schläger die Glasscheiben im Küchenschrank einschlug und anschließend das uralte Bauernregal mit dem Tongeschirr von der Wand fegte. Der Dritte war wohl gleich in die große Stube gegangen. Das erste, was ich wahrnahm, war der Knall, mit dem er das Kristallglas von der alten Standuhr zerschmetterte. Das Läutwerk der Uhr schwang mit und erzeugte einen seltsam schmerzlichen Laut.

»Schweine«, schrie ich, während ich den nächsten Schlag kommen sah und eine weitere Stufe ausweichen mußte.

»Ich vermute da oben die Hure, mit der du immer bumst«, sagte der Schläger. Er war sehr siegessicher. »Wir sind extra gekommen, um sie zu besuchen.«

»Das versuch mal«, entgegnete ich. »Aus welcher Sache soll ich mich übrigens raushalten?«

»Du weißt schon, aus welcher«, sagte er.

Ich wußte, daß er auf gleicher Ebene ungleich stärker sein würde mit dem Prügel in der Hand. Ich durfte einfach nicht zulassen, daß er mich die Treppe bis ans Ende hinauftrieb.

»Hast du Ole das Genick gebrochen?« fragte ich leise.

Er antwortete nicht, schlug nicht mehr, er versuchte mit dem Baseballschläger eine stechende Bewegung. Er erwischte mich am linken Oberschenkel, weil es zu plötzlich kam und ich nicht damit gerechnet hatte. Ich befand mich noch drei Stufen über ihm.

»Hast du Betty auch das Genick gebrochen? Als sie sich nicht wehren konnte? Du wirkst wie ein Feigling, du könntest es gewesen sein. Außerdem hast du kein Hirn, das sieht man trotz dieser dämlichen Maske. Bist du Analphabet oder sowas?« Ich drehte mich leicht von ihm weg. »Ich habe keine Angst, Kleiner, ich habe nicht die geringste ...« Ich duckte mich und sprang rückwärts auf ihn hinunter. Er bekam den Baseballschläger nicht mehr hoch, und ich traf ihn mit meinem ganzen Gewicht. Erschreckt atmete er ein. Dann stürzte er nach hinten weg, und ich schien auf die weiße Wand zuzufliegen. Ich landete auf seinem Brustkorb und hatte einen Moment lang diese Maske vor meinem Gesicht, ehe ich zuschlug und der Typ mit einem merkwürdig erstickten Laut reagierte. Er lag nun mit den Beinen himmelwärts auf der Treppe und hatte den Baseballschläger verloren. Der schwebte eine Stufe über uns. Ich nahm ihn, und für eine bedrängende Sekunde wollte ich dem Wehrlosen damit auf den Kopf schlagen.

Aus der Küche kam einer der beiden anderen, sah uns und ging sofort auf mich los, wobei er den Fehler machte, seinen Kumpan nicht zu warnen. Ich wich seinem Schlag aus, trat dem ersten auf die Schulter und schlug jetzt mit dem Schläger zu. Ich hatte wahrscheinlich den Vorteil der größeren Wut und war nicht sehr vorsichtig. Ich traf ihn in die Hüfte, und der Schlag preßte ihm die Luft aus den Lungen. Er knickte nach vorn und ließ seinen Prügel fallen, der über die Fliesen schepperte.

»Hallo, Schweinchen«, sagte ich.

Er kniete da, schüttelte den Kopf und versuchte, klar zu werden. Dann sah ich seine linke Hand flach auf den Fliesen. Sie wirkte wie ein sehr weißer, häßlicher Fleck. Ehe ich einen Gedanken fassen konnte, ehe etwas mich zu bremsen vermochte, schlug ich mit dem Holz auf diesen weißen Fleck. Der Mann schrie hoch und gellend und wollte überhaupt nicht damit aufhören. Schließlich schwieg er unvermittelt und fiel zur Seite.

Der Dritte tauchte nun auch wieder auf und überblickte sofort die Lage. Er sah seine beiden Kumpel am Fuß der Treppe liegen, drehte sich um und verschwand aus meinem Blickfeld. Ich hörte, wie er in die Scherben des Fensters trat. Ich sprang hinterher und erwischte den Mann auf der Fensterbank. Mit aller Kraft schlug ich zu. Er stürzte mit einem Schreckenslaut in den Garten. Erst dann erschrak ich.

»Baumeister!« schrie Dinah. Es klang beängstigend nah.

Ich drehte mich vom Fenster ab, und als ich die Tür erreichte, erblickte ich den ersten Schläger wieder. Er hielt Dinah vor sich und sagte kein Wort.

»Okay, okay«, keuchte ich. »Laß sie los, und zieht ab.«

Er schüttelte den Kopf. Er hatte ein Messer an ihren Hals gesetzt, und sein Atem ging widerlich laut.

»Haut ab«, murmelte ich. »Du bringst mir keine Angst bei, Kleiner. Du bist einfach ein Pinscher, sonst gar nichts.«

Dinahs Gesicht war schneeweiß.

Der zweite zu meinen Füßen begann sich zu bewegen und wollte aufstehen. Ich stellte meinen Fuß auf seinen Rücken. »Bleib da liegen«, befahl ich scharf. Er lag still.

»Baumeister«, stammelte Dinah zittrig.

»Schon gut«, sagte ich. »Er ist im Vorteil.« Ich ließ den Baseballschläger fallen. Der klackerte hölzern über die Küchenfliesen. Dann war es still.

Der Mann zu meinen Füßen regte sich wieder, aber diesmal trat ich einen Schritt zurück.

»Baumeister«, stotterte Dinah erneut.

»Tut mir leid«, sagte ich. »Ich bin nicht so gut in diesen Dingen.

»Wo ist Smiley?« fragte jetzt der erste.

»Aha«, murmelte ich, »Besuch aus Köln vom schönen Eigelstein.« Es gibt Bemerkungen, die einfach dämlich sind. Dies war so eine. »Ich habe ihn in den Garten geschmissen«, setzte ich hinzu. »Das Gelände fällt stark ab, die Höhe liegt bei zweieinhalb Metern. Vielleicht ist er tot, vielleicht hat er sich was gebrochen. Wollen wir nicht ein Bier zusammen trinken?« plapperte ich. »Oder eine rauchen? Wir können doch ganz friedlich sein, oder?«

Der Mann zu meinen Füßen rappelte sich jetzt langsam hoch.

»Guck mal nach Smiley«, forderte der erste scharf. »Und du hältst endlich mal die Schnauze, Baumeister.«

Der zweite glitt an mir vorbei, und wir hörten, wie er durch die Scherben am Fenster stapfte. Endlich rief er dumpf: »Smiley liegt da unten und rührt sich nicht.«

»Krankenwagen«, schlug ich vor. »Notarzt«.

»Halt die Schnauze!« schrie der erste.

»Ich meine es aber wirklich so«, schrie ich zurück. »Du Affe! Der Spaß ist zu Ende, der Ernst fängt an. Da drin ist ein Telefon.«

»Geh raus und guck nach Smiley«, sagte der erste.

Der zweite ging dicht an mir vorbei den Flur entlang zur Haustür. Er drehte den Schlüssel und verschwand. Er ließ die Tür offen, und es wehte eiskalt herein.

»Baumeister«, Dinah hauchte nur noch.

»Tu ihr nichts«, meinte ich. »Laß sie los.«

»Arschloch«, sagte der erste verächtlich.

»Wenn du ihr etwas tust, töte ich dich.«

Viele Tage später haben Dinah und ich überlegt, wie lange diese vollkommen unsinnige und dumme Prügelei denn wohl gedauert hatte. Ich war der Meinung, mindestens zwanzig Minuten. Als wir dann die Situation nachstellten, mußte ich zugeben, daß die mir wie ein Ewigkeit erscheinende Zeit bestenfalls 90 bis 120 Sekunden angehalten hatte. Leute, die boxen, haben mir versichert, daß eine Dreiminuten-Runde unendlich lang sein kann. Jetzt kann ich das verstehen.

Offensichtlich hatte der erste Schläger keinen Plan, er hatte nicht einkalkuliert, daß einer seiner Kumpane ausfallen könnte und ein zweiter sich um den Ausgefallenen kümmern mußte. Er hatte wohl auch nicht damit gerechnet, daß ich mich zur Wehr setzen würde.

Dinah war gefährdet, sobald ich mich bewegte. Also begann ich erneut zu reden. »Hast du gewußt, daß Betty schwanger war? Sie war im dritten oder vierten Monat. Hast du das gewußt? Wann hast du zum letzten Mal mit Kremers gesprochen? Hat er dir etwas versprochen? Na ja, du magst nicht antworten, nicht wahr? Das macht nichts, ich weiß sowieso schon das meiste, denn ...«

»Du weißt gar nichts«, höhnte er. »Du scheißt dir vor Angst um die Frau in die Hose.«

»Laß meine Frau los«, forderte ich

»Die fährt mit uns«, sagte er. »Dann kannst du uns keine Bullen auf den Hals hetzen.«

Dinah begann laut zu jammern. »Ich kann nicht mehr stehen«, weinte sie.

Er riß sie hoch und nahm sie fester.

In diesem Augenblick tauchte Nummer zwei wieder in der Haustür auf. »Der ist weggetreten«, berichtete er. »Der reagiert nicht mehr.« Er war aufgeregt und konnte nicht vermeiden, daß es zu hören war.

»Schlepp ihn ins Auto«, sagte die Nummer eins. »Wenn du damit fertig bist, kommst du wieder her. Dann kannst du noch ein paar Möbel bearbeiten.«

»Der braucht einen Arzt, keine Autotour«, wiederholte ich.

»Halt die Schnauze«, schrie Nummer eins.

Dann war es ein paar Sekunden vollkommen still. In diese Stille fielen wie Tropfen leise schniefende Laute. Der Kopf des ersten schnellte herum, und er blickte die Treppe hoch. Oben stand Schappi und weinte leise.

»Wer ist das?« fragte Nummer eins.

»Der Bruder von Ole«, erklärte ich. »Ihn kannst du besiegen, er ist zehn. Bleib oben, Schappi, bleib einfach dort oben.« Ich konnte Schappis Auftauchen als Unglück bezeichnen, aber es konnte auch Glück sein, denn der Typ war verwirrt, hatte von Schappi nichts gewußt und mußte jetzt mit den Augen immer hin- und hermarschieren. Das war sehr schwierig.

»Der ist verdammt schwer«, rief Nummer zwei von draußen.

»Mach schon!« schrie Nummer eins wütend.

In diesem Augenblick tönte das tuckernde Geräusch eines schweren Diesel durch die Nacht, und Schappi flüsterte tonlos und erleichtert: »Das ist Papa!«

»Scheiße!« sagte Nummer eins heftig.

»Da kommt wer«, meldete der zweite aufgeregt in der Haustür. »Smiley ist im Auto, wir können.«

Das waren die Sekunden der Wahrheit, es kam darauf an, was Nummer eins jetzt entschied. Er ließ Dinah los, und sie sackte mit einem lauten Aufatmen an ihm hinunter. »Gut, Baumeister, halt dich raus, sonst komme ich wieder. Halt dich raus, Mann, sonst bist du tot.«

Ich antwortete nicht, ich riskierte nichts mehr.

Plötzlich stand Bauer Mehren in der Tür und hatte die Szene im Blick. Offensichtlich brauchte er keine Erklärung. Er baute sich breit auf, als die Nummer eins frech wie Oskar guten Morgen wünschte und an ihm vorbei wollte.

»Halt mal«, sagte Mehren. Mit der linken Hand stoppte er den ersten und hob ihn leicht hoch, so daß er keinen Widerstand leisten konnte. »Baumeister, was ist? Brauchen wir den?«

»Ja, das wäre sehr gut«, murmelte ich. »Er ist ein Arsch, aber wir können ihn brauchen.«

Die Nummer eins begann etwas unorganisiert auf Mehren einzuschlagen, aber der war nicht zu erschüttern und offensichtlich auch nicht willens, sich lange mit dem Mann zu beschäftigen. Er schlug ihm mit der Faust seitlich gegen den Kopf und ließ ihn einfach fallen. Dann sah er mich an und fragte höflich: »Die beiden anderen draußen auch?«

»Könnte nicht schaden«, nickte ich.

Er kehrte zurück auf den Hof. Man hörte zwei- oder dreimal, wie eine Autotür klappte, dann schepperte etwas sehr scharf, und Mehren sagte laut und befriedigt: »So!«

»Dinah, Mädchen«, sagte ich. »Komm, es ist alles vorbei.«

»Es war so schrecklich«, stöhnte sie. Plötzlich rappelte sie sich blitzschnell hoch und rannte wie besessen die Treppe hinauf. Ich hörte, wie sie sich übergab.

»Kann mir jetzt mal einer diesen Haushalt hier erklären?« fragte Mehren.

»Ich bin hier, Papa«, meldete sich Schappi. »Hier war vielleicht was los.«

»Da ist was dran«, sagte ich.

Über die nächste Stunde kann ich nur äußerst gebrochen berichten. Ich wollte alles gleichzeitig tun: die Polizei benachrichtigen, Dinah in den Arm nehmen und trösten, das gleiche mit Schappi tun, den Bauern fragen, was zum Teufel ihn denn veranlaßt habe, plötzlich als tatkräftiger, äußerst anständiger Mensch aufzutreten, und gleichzeitig unsere drei Gefangenen ein bißchen befragen. Ach ja, und ich wollte selbstverständlich Rodenstock aus dem Krankenhaus heimrufen. Ich weiß, daß ich von allem ein bißchen tat, aber nichts gründlich. Das Durcheinander hatte mit meiner Verdauung zu tun. Auf Momente höchster Erregung und Angst pflegt mein Körper mit einem Zustand zu reagieren, den die Kölner so liebevoll ‚de flökke Pitter‘ nennen und der gemeinhin im Volke ‚Dünnschiß‘ heißt.

Bauer Mehren hatte die Abordnung junger Männer aus Kölns sündiger Meile der Einfachheit halber erst einmal in der Garage verstaut, was ihnen bei minus acht Grad einen leichten Dämpfer versetzte. Dann hatte er sich mit einer Flasche meines aufgesetzten Schlehenschnapses an meinen Schreibtisch gesetzt, um ein wenig fassungslos das Chaos zu betrachten und sich gleichzeitig vorsichtshalber vollaufen zu lassen.

Rodenstock hatte es fertiggebracht, trotz dieser Unzeit einen Taxifahrer aufzutreiben und zu uns zurückzukehren. Er zog sich einen Stuhl so nahe wie möglich an Mehren heran, nickte ihm zu und hielt ihm ein leeres Wasserglas hin, um bei der Vernichtung des Aufgesetzten mannhaft mitzuwirken. Etwa alle zehn Minuten wiederholte er: »Baumeister, du solltest mir gelegentlich mitteilen, was in diesem kleinen Haushalt während meiner Abwesenheit vor sich gegangen ist.«

Dinah ging es nach einer Stunde alles in allem besser. Der Anfall von Migräne war verschwunden, der Magen hatte sich beruhigt, sie konnte drangehen, die Welt neu zu entdecken. Sie hockte in einem Sessel. Schappi pendelte zwischen Dinah und seinem Vater, den er einigermaßen fassungslos betrachtete.

Nur ich spielte zunächst in dem Ensemble kaum eine Rolle, da ich fortwährend mit der Entleerung meines Darmes beschäftigt war.

Schließlich tauchte ein Streifenwagen auf, dessen Besatzung die Abordnung aus Köln liebevoll auf den Rücksitz packte und mit ihnen verschwand. Dann fuhr ein schwarzer Ford Scorpio vor und spuckte einen langen Mann aus, der sich mit: »Gestatten, Volkmann, Staatsanwaltschaft!« vorstellte und dann fragte: »Was war denn eigentlich hier los?«

Als ich freundlich antwortete, ich könne ihm weiterhelfen, schlug er vor, in die große Stube hinüberzuwechseln. Rodenstock gab sich als ehemaliges Mitglied der Mordkommission zu erkennen und bekam die Erlaubnis, sich zu uns zu gesellen.

Volkmann kramte einen Schreibblock aus seiner Aktentasche, dazu ein kleines Diktiergerät. Er schaltete es ein und sagte auffordernd: »Herr Baumeister, was ist passiert?«

Ich berichtete so konzentriert wie möglich und hängte dann die Frage an: »Sind Sie auch an dem Ermittlungen über den Doppelmord in Jünkerath beteiligt?«

Er nickte. »Deshalb bin ich hier. Wir dachten gleich, daß die Ereignisse zusammenhängen. Ich finde es erstaunlich, daß man der Staatsanwaltschaft so wenig Hirn zutraut.«

»Sie sollten mehr Werbung machen«, murmelte Rodenstock. »Wir sind auf eine Sache gestoßen, die mir sehr delikat erscheint. Mein Freund Baumeister ist Journalist, wir recherchieren den Fall, da er damit seine Brötchen verdient. Uns ist dieser Kriminalbeamte namens Kremers aufgefallen, der es offiziell ablehnt, etwas mit der

Drogenszene zu tun zu haben. Er leugnet auch, jemals mit Ole oder Betty zusammengetroffen zu sein, obwohl wir das Gegenteil wissen. Drüben im anderen Raum sitzt der Vater von Ole Mehren. Bei dem war Kremers auch. Kremers hat sehr viele direkt und indirekt Beteiligte an dem Fall manipuliert. Das ist beweisbar. Wer, Herr Staatsanwalt, ist dieser Dieter Kremers?«

Volkmann seufzte und grinste leicht. »Das war eine lange Rede. Tja, wer ist Kremers? Er ist ein sehr guter Kriminalbeamter, er hat in einigen Fällen hervorragende Arbeit geleistet. Wenn er behauptet, mit diesem Drogenfall nichts zu tun zu haben, dann kann es gleichzeitig trotzdem sein, daß er von den Drogenspezialisten aus Wittlich den Auftrag bekommen hat, Antworten auf kleine Nebenfragen zu finden. Wie Sie wissen, haben wir zu wenig Personal, und da kommt es immer wieder vor, daß irgend jemand, der gerade an Ort und Stelle ist, gebeten wird ...«

»Moment, Moment«, ging ich dazwischen. »Ihre Beredsamkeit in Ehren, aber uns geht es um einen sehr merkwürdigen Aspekt: dieser Kremers hat in ganz entscheidenden Punkten des Falles eingegriffen.«

»Aber das kann doch sein, meine Herren«, strahlte Volkmann. »Welche Aufgaben die Staatsanwaltschaft wem zuteilt, das müssen Sie schon der Staatsanwaltschaft überlassen. Herr Kremers darf darüber keine Auskunft geben. Sie sind doch gewissermaßen Eingeweihte, Sie müßten doch wissen, wie das funktioniert.«

»Moment«, sagte Rodenstock scharf. »Es geht um den Kriminalbeamten Dieter Kremers, der erstaunlicherweise von einem indirekt Beteiligten einen Bauplatz zu einem Schnäppchenpreis bekam. Es geht um Kremers, der es fingerte, daß Ole Mehren wegen Besitzes von sage und schreibe 50 Portionen LSD nicht einmal angeklagt wurde, obwohl das jeder Spielregel widerspricht. Und noch etwas, Herr Volkmann, dieser Kremers manipuliert nicht nur, er lügt auch. Glauben Sie mir, wenn wir sagen, was wir wissen, gefriert der Staatsanwaltschaft das Wasser im Arsch.«

Volkmann blickte betreten auf sein Diktiergerät und murmelte, um Zeit zu gewinnen: »Das Ding ist die ganze Zeit mitgelaufen.«

»Das macht nichts«, sagte Rodenstock. »Ich will wissen, was da gelaufen ist.«

Die Lippen des Staatsanwalts wurden schmal. »Ich kann dazu nichts.«

»Sie sollten aber«, meinte ich. »Sonst lesen Sie beim Frühstück Unerfreuliches.«

»Was ist, wenn wir eine Nachrichtensperre verhängen?« gab er zurück.

»Das kann sich nur auf aktuelle Nachrichten beziehen«, sagte ich schnell. »Mittlerweile ist sehr viel Material bekannt geworden, was nicht mehr zu verbieten ist. Lassen Sie das mit der Nachrichtensperre.«

Er sah mich sehr aufmerksam an und kniff die Augen leicht zusammen. »Können wir ein Friedensabkommen schließen?«

»Feuerpause, mehr nicht«, entschied Rodenstock. »Ich bin ein sehr alter Hase, ich weiß, wovon ich spreche. Wenn ich sage, Kremers ist unsauber, dann meine ich das auch so. Und in diesem Zusammenhang eine letzte Frage, Herr Volkmann: Waren Sie persönlich damit befaßt, Ole Mehren aus der Strafverfolgung herauszunehmen, obwohl er im Besitz von sehr viel LSD war?«

»Das kann ich nicht so einfach beantworten.«

»Ich nehme an, Sie brauchen die Erlaubnis Ihres Vorgesetzten?« fragte ich.

»Ja«, antwortete Volkmann knapp.

»Dann wollen wir Sie nicht weiter quälen«, lenkte Rodenstock ein. »Wir vergessen das aber nicht und kommen darauf zurück.«

»Einverstanden«, sagte der Staatsanwalt freundlich. Dann räumte er seine Sachen in die Tasche. Scheinbar ganz nebenbei bemerkte er: »Ich würde Ihnen aber raten, Kremers nicht darauf aufmerksam zu machen, daß Sie seinen Spuren folgen.«

»Wir sind keine Anfänger«, beruhigte ihn Rodenstock und begleitete ihn hinaus zu seinem Wagen.

In meinem Arbeitszimmer verkündete Mehren gerade: »Ich muß heim in den Stall. Die Kühe warten.«

»Sind Sie eigentlich gekommen, um Schappi zu holen?« fragte ich.

»Sicher«, nickte er. »Ich hatte nicht so richtig verstanden, daß ihr hier Oles Tod aufklären wollt. Irgendwie war ich durcheinander und ...«

»Schon gut«, sagte ich. »Ole tut weh, nicht wahr?«

»Ole tut weh«, nickte er

»Betty tut aber auch weh«, wandte Dinah dumpf ein.

»Sie hat Ole beschissen, da gibt es kein Vertun«, sagte Mehren ganz ruhig.

Dinah stand auf und ging ganz dicht an ihn heran. »Das stimmt, Herr Mehren, aber dann darf ich mal fragen, warum sie das getan hat? Denn sie hat Ihren Sohn geliebt.«

Er war einige Sekunden still. »Warum hat sie es denn getan?« fragte er dann.

»Weil irgend etwas sie dazu gezwungen hat«, entgegnete Dinah. »Und wir wissen nicht, was.«

»Herr Mehren«, sagte ich, »wie oft war dieser Kremers bei Ihnen?«

»Ein paarmal.«

»Und warum ist Ihr Sohn wegen des LSD nicht angeklagt worden?«

»Weil er versprochen hat, Betty an die Staatsanwaltschaft auszuliefern und den Kronzeugen zu machen.«

»Betty?« fragte Dinah ungläubig.

»Ja«, nickte der Bauer. »Kremers hat gesagt, mein Junge wäre durch die verführt worden. Und also müßte mein Junge ihm helfen, Beweise gegen sie zu sammeln.«

»Und darauf hat sich Ole eingelassen?« erkundigte ich mich.

»Aber sicher«, sagte er. »Ich war dabei. Kein Zweifel.«

»Das ist unfaßbar«, hauchte Dinah

»Aber es war wirklich so«, beharrte Mehren.

»Wann war denn das?« fragte ich.

»Im Frühsommer«, antwortete er. »Kremers wäre ja niemals an Betty rangekommen. Das konnte nur Ole.«

»Ole hat Betty aufrichtig geliebt«, meinte ich. »Da stimmt doch etwas grundsätzlich nicht. Was hat Ole gesagt, Herr Mehren: Wenn er Betty an die Staatsanwaltschaft ausliefern will, wie wollte er das deichseln, ohne sich selbst zu belasten?«

»Ole sollte den Kronzeugen machen. Außerdem sagte Kremers zu mir, könne man ja ein bißchen tricksen, ein bißchen nachhelfen.«

»Das ist alles nicht wahr«, stöhnte Dinah rauh. »Und wie sollte der Trick aussehen?«

»Deswegen ist Kremers ja im Sommer so oft gekommen. Die Idee war von ihm. Die Polizei sollte bei einer Razzia Drogen finden. Das sollten Drogen sein, mit denen Ole nichts zu tun hat. Mit denen nur Betty in Verbindung gebracht werden könnte. Ich verstehe ja von dem ganzen Scheiß nicht so viel, aber ich wollte Ole von dieser Frau wegkriegen, egal mit welchen Mitteln. Also habe ich gesagt: Dann tricksen Sie mal, Herr Kremers.« Mehren beugte sich über die Schreibtischunterlage, als wollte er im Boden versinken.

»Was passierte dann?« fragte Dinah.

»Einmal kam Kremers mit einem ganzen Karton mit kleinen Glasbehältern. Die waren voll mit Valium, das kennt man ja als Beruhigungsmittel. 40.000 Stück. Ein anderes Mal brachte er einen Beutel mit, so einen Plastikbeutel. Da war weißes Pulver drin, Kokain. Kremers sagte, es sei sehr hochwertig und würde mindestens zehn Jahre Knast bedeuten. Es war ein volles Kilo.«

»Und bei allem hat Ole mitgespielt?« Dinahs Stimme war schrill.

Mehren schüttelte den Kopf. »Er war einverstanden, daß er gegen Strafverfolgungsaussetzung Betty liefert. Aber von Kremers Tricks wußte er nichts. Kremers meinte, es wäre ganz wichtig, daß Ole das nicht weiß, damit er echt überrascht wirkt, wenn die Bullen das Zeugs finden.« Er trommelte mit den Fingern der rechten Hand auf die Schreibtischplatte.

»Sie haben Ihren Sohn verkauft«, flüsterte Dinah. »Richtig verkauft.«

Der Bauer nickte betulich, als sei das eine Selbstverständlichkeit. »Ich war außer mir, ich sah meinen Jungen für Jahrzehnte im Knast verschwinden oder aber verheiratet mit dieser Betty, die ihn doch dauernd beschiß.«

»Und was, verdammt noch mal, hat Ihre Meinung verändert?« fragte ich bitter.

»Kremers hat angerufen. Gestern. Er hat gesagt, ich soll das Zeug im Werkzeugkasten bei den Landmaschinen nicht vergessen. Er sagte, sie sind tot, und wir brauchen es dort nicht mehr ...«

»Hör auf zu labern«, Dinahs Stimme war etwas schrill. »Wir wollen wissen, warum Sie Ihre Meinung geändert haben?! Wieso helfen Sie uns jetzt, wieso?«

Er starrte auf seine Hände. »Wieso? Ich meine, was ...« Er guckte uns an und sah uns doch nicht. »Sie. Ich war im Sommer betrunken, ziemlich betrunken. Und da war diese Betty, und ich hatte die Wahnsinnsidee: ich nehme sie in die Mangel, ich nehme sie richtig her. Ich weiß nicht ... jedenfalls ist das so gelaufen.« Mehren beugte seinen Kopf weit über die Tischplatte. »Sie schrie dann, genauso hätte ihr Vater sie auch schon behandelt.« Er schwieg.

»Wann will Kremers kommen, um das Zeug abzuholen?« fragte ich.

»Heute abend«, antwortete er todmüde.

»Dinah, fahr mit Mehren«, bat ich. »Fotografier den Schuppen mit den Landmaschinen, den Werkzeugkasten und die Drogen da drin. Laß sie da, nicht mitnehmen, nur Proben ziehen. Okay?«

»Okay«, sagte sie.

Gleich darauf fuhr sie mit Mehren und Schappi vom Hof.

»Wie geht es eigentlich Mario?« erkundigte ich mich bei Rodenstock.

»Erstaunlich gut«, sagte er. »Aber ich denke, die Geschichte ist noch lange nicht ausgestanden. Ich brauche dringend ein Frühstück, auf nüchternen Magen ist das alles so schwer zu ertragen.«

»Wie kann Ole Betty ausliefern wollen?« fragte ich ratlos.
»Vielleicht war alles anders? Vielleicht wissen wir etwas ganz Entscheidendes gar nicht. Wir müssen auf jeden Fall nach Holland.«
»Ich möchte erst zu diesem Pfarrer, Heinrich Buch. Kann ja sein, daß er was weiß.«
»Bei einem Katholiken kann ich dir nur raten, alle Hoffnung fahren zu lassen. Nimmst du mich mit?«

Pfarrer Heinrich Buch, das teilte er uns als erstes mit, war pensioniert und hatte akut mit dem Wort des Herrn nichts mehr zu tun. Er war ein echter Häuptling Silberhaar, sah außerordentlich eindrucksvoll aus, zählte wohl mehr als siebzig Jahre und antwortete auf meine Frage, ob er denn Ole Mehren gut gekannt habe, erstaunlicherweise mit: »Ja, ich hatte die Ehre.«
»Wieso Ehre?« fragte Rodenstock irritiert.
»Ich habe Ole immer für etwas Besonderes gehalten«, antwortete Buch. Dann lächelte er. »Es gibt Leute, denen macht der liebe Gott die Erde schwer. Und Ole war so einer. Da habe ich Hochachtung.«
»Wir können Sie natürlich nicht fragen, was er beichtete«, sagte ich. »Aber würden Sie uns helfen, Oles Leben zu rekonstruieren?«
»Da helfe ich gern«, nickte er. »Zu den offiziellen Beichten kam er nie. Er kam immer, um mit mir zu schwätzen. Ich denke, ich war nicht der Pfarrer für ihn, ich war ein Freund. Ich kann auch nicht begründen, warum es so war.«
»Es geht um die Drogen«, sagte Rodenstock. »Ole hat sie verteilt.«
»Er hat sie verkauft«, stellte Buch richtig. »Das war einfach so. Ich habe ihm gesagt, ich halte das für eine Schweinerei.«
»Hat er je über einen Holländer namens Jörn van Straaten gesprochen?« fragte Rodenstock.
»Das hat er. Der Mann gab ihm Rätsel auf. Aber ehrlich gestanden, weiß ich nicht, wie diese Rätsel

aussahen, wir haben nur einmal ganz kurz über diesen Mann geredet.«

»Wie stand er zu Betty?« wollte ich wissen.

»Er hat sie geliebt, eindeutig. Sie wissen ja, wie wortkarg diese Jungmannen in der Eifel sind. Kommt ein junger Ehemann nach der Arbeit nach Hause. Quengelt seine Frau: Nie sagst du mir, daß du mich liebst! Tut er empört: Ich sage dir das jeden Tag! Oder gieß ich dir etwa morgens keinen Kaffee ein?« Er grinste. »Ole hat Betty geliebt. Und wie! Es war schön zuzusehen. Sie haben versprochen, hierher zu kommen und sich von mir trauen zu lassen.«

»Aus Kanada?«

»Aus Kanada«, nickte er. »Ole hat es immer schwer gehabt. Meistens hatte er den Vater gegen sich. Und der Vater war auch gegen Betty.«

»Das wissen wir«, murmelte Rodenstock. »Aber es verwirrt uns, daß Ole angeblich seine Betty an die Staatsanwaltschaft verraten haben soll.«

»Wie bitte?« fragte der Pfarrer verblüfft.

Ich berichtete, was Mehren erzählt hatte.

Er hörte aufmerksam zu, schüttelte ein paarmal den Kopf, nickte, schüttelte wieder den Kopf.

»Bei uns ging es zu wie unter Männern«, erklärte er. »Er erzählte, er hätte ein paar Probleme mit Betty. Und sie war ja wirklich ein lockerer Vogel! Ole sagte aber auch, er müsse nur ein paar Tricks anwenden, um sie wieder zur Vernunft zu bringen. Mach das, habe ich gesagt, im Krieg und in der Liebe ist schließlich fast alles erlaubt.«

»Tricks?« hakte ich nach. »Hat er gesagt, welche?«

»Hat er nicht. Aber er schien sich seiner Sache ganz sicher zu sein. Es ist ja auch komisch, daß die ganze Eifel anzunehmen scheint, daß Ole damit angefangen hat, Drogen zu verscherbeln. Er war es gar nicht, es war Betty.«

Rodenstock schaute zu mir herüber. »Wieso war es Betty?«

»Na ja, er hat es so erzählt, und ich hatte nie Zweifel daran, daß es sich tatsächlich so verhielt. Sie hat die Brücke zu den Dealern geschlagen.«

»Zu Leuten in Köln?« fragte ich.

»Das weiß ich nicht. Ich habe sicherheitshalber nie nach diesen Leuten gefragt. Es ist nicht gut, wenn ein Pfarrer zuviel weiß«, lächelte Buch.

»Also, Sie glauben nicht, daß Ole Betty verraten wollte?« vergewisserte sich Rodenstock.

»Richtig, das glaube ich nicht. Er hat niemals davon gesprochen, daß diese Sache mit Betty in Gefahr geraten sei. Wenn er sie verraten hätte, wäre die Geschichte doch zu Ende gewesen, oder? Aber die Geschichte war nicht zu Ende, eigentlich fing sie erst an. Sie bekam doch ein Kind von ihm, und einmal saß er da, wo Sie jetzt sitzen, und heulte vor Freude über das Kind, das Betty erwartete.«

»Das ist alles sehr verwirrend«, murmelte Rodenstock.

»Hat Ole jemals erwähnt, daß er Angst hatte?« fragte ich.

»Nein.« Buch war sich ganz sicher. »Er war kein ängstlicher Mensch. Weiß man denn jetzt, wer für ihren Tod verantwortlich ist?«

Rodenstock schüttelte den Kopf.

»Ole hat sich so auf Kanada gefreut. Er sagte, in Kanada wäre so manches nicht mehr nötig, was hier zum Überleben notwendig sei. Ich nehme mal an, er meinte die scheußlichen Drogen. Er hat gesagt, eigentlich brauchte nur ein bestimmter Mensch zu sterben, dann seien seine Probleme vorbei. Ich habe natürlich an seinen Vater gedacht und ihm Vorhaltungen gemacht, er dürfe so etwas nicht einmal denken.«

Rodenstock starrte aus dem Fenster. »Kann es nicht sein, daß er einen ganz anderen Menschen meinte?«

»Möglich«, nickte Buch. »Aber das ist jetzt schrecklich egal, nicht wahr?«

»Das sehe ich nicht so«, widersprach Rodenstock.

»Wen meinst du?« fragte ich.

»Na, Kremers«, entgegnete er. »Wen sonst?«

»Ich dachte eher an van Straaten«, erwiderte ich. »Wegen Betty.«
»Können Sie mich aufklären?« fragte Buch ganz sanft.
Wir entschuldigten uns, und Rodenstock erzählte ihm, was wir wußten. »Sie sehen, er kann möglicherweise seinen Vater gar nicht gemeint haben.«
»Das scheint mir jetzt auch so«, sagte der Pfarrer betroffen. »Aber ich weiß wirklich nicht, wie ich Ihnen noch weiterhelfen kann.«
»Aber daß Betty diejenige war, die mit dem Dealen begonnen hat, steht für Sie außer Zweifel?«
»Ja«, nickte er. »Er hat es so nebenbei fallenlassen, so wie man über eine ... na ja, eine Selbstverständlichkeit berichtet, verstehen Sie? Und noch etwas, meine Herren: Ole hat mich nie belogen. Ich bin richtig stolz darauf.«

»Wie hast du noch mal gesagt?« fragte Rodenstock nachdenklich, als wir heimwärts zogen. »Die Eifler kriegen das ,Ich liebe dich' nicht über die Lippen. Ole scheint das ,Ich hasse dich' auch nicht über die Lippen bekommen zu haben.«
»Ich traue diesem Braten nicht. Paß auf, ich bremse mal.« Ich benutzte den uralten Trick, beim Bremsen auf der eisharten Schneedecke Fuß- und Handbremse gleichzeitig zu benutzen. Der Wagen sprach gut an, rutschte ein paar Meter kontrolliert, stand dann. »Wir haben sehr unterschiedliche Aussagen. Auf der einen Seite war es die große Liebe, auf der anderen Seite hat Ole Betty verraten, an die Staatsanwaltschaft ausliefern wollen. Für die große Liebe sprechen mehr Gründe und vor allem die für mich wichtigeren Zeugen: Schappi, Mario und Gerlinde Prümmer. Wenn da Haß gewesen wäre, dann hätte zumindest Schappi das gemerkt. Er war ganz offensichtlich dauernd mit den beiden zusammen.«
»Aber kann es nicht Haß und gleichzeitig Liebe gewesen sein?« fragte Rodenstock. »Menschen sind doch nicht nur weiß oder nur schwarz – sie sind alles gleichzeitig.«
»Der Denker schlägt zu. Wahrscheinlich stimmt, was du sagst. Ich würde so gern noch einmal zur Melanie.«

»Jetzt? Oh Gott, ich bin müde, ich habe so gut wie gar nicht geschlafen.«

»Dann fahre ich dich heim und alleine weiter zu Melanie.«

Eine Weile lang sagte er gar nichts, ehe er dann einen Knurrlaut von sich gab und fragte: »Hast du eigentlich vor, irgendwann einmal erwachsen zu werden?«

»Ich bin zu aufgedreht, ich kann sowieso nicht schlafen.«

Der nächste Satz kam etwas sarkastisch: »Der Mörder wird es dir danken.«

»Wieso denn das?« fragte ich wütend.

»Weil seine Chancen, heil aus der Sache herauszufinden, mit der abnehmenden geistigen und körperlichen Verfassung seiner Jäger steigen. Ich meine, je überdrehter und aufgeregter du bist, umso schneller wirst du logische Fehler machen, falsche Rückschlüsse ziehen.«

Zuweilen ist es lästig, einen klugen Freund mit Lebenserfahrung zu haben. Vor allem, wenn er recht hat. »Und was schlägst du statt dessen vor?«

»Ausruhen, gammeln, in den Schnee gucken, schlafen. Wir beide haben ein Schlafdefizit von etwa zwanzig Stunden, wir gehen beschissen mit uns selbst um. Ich würde vorschlagen, wir machen einen Tag Pause, dann können wir morgen erneut starten.«

Keine Frage, er hatte recht. Ich versuchte es trotzdem. »Wir müssen so schnell wie möglich zu dem Holländer, zu Melanie, an den Kripobeamten Kremers heran, an den Vater von Jonny in Gerolstein ...«

»Vergiß es erst einmal«, unterbrach mich Rodenstock. »Vergiß vor allen Dingen die Diskussion mit mir. Es ist heller Morgen, ich gehe schlafen.«

»Also gut«, sagte ich sehr von oben herab.

Die Katzen tollten im Schnee, sie balgten sich. Dinah war noch nicht vom Hof der Mehrens zurück, wir gingen in das Haus, und Rodenstock meinte leicht amüsiert: »Ich hoffe, daß du gut versichert bist.« Er stand mitten im Durchgang zwischen der Küche und dem, was vor Jahrhunderten die Erbauer dieses kleinen Hauses die gute Stube genannt hatten.

»Ich habe das dumpfe Gefühl, daß jede Versicherung sagen wird, daß sie die Spuren von Vandalismus nicht ersetzt.«

»Moment, das war kein Vandalismus. Das war bewiesene Zerstörungswut im Rahmen der Rercherchen zu einem Doppelmord. Das war körperliche Bedrohung, das war Erpressung, das war alles mögliche.«

Der Küchenschrank, Gelsenkirchener Barock mit Linoleumeinlage, war vollkommen zertrümmert, die Standuhr zerschlagen, eine Stange des uralten Küchenherdes abgebrochen, zwei Buchregale umgekippt und zertreten, beide Deckenlampen zerschmettert, ein Wandregal mit altem Eifler Porzellan von der Wand gerissen und zu Trümmern verarbeitet.

»Hast du eine Ahnung, was das alles wert war?« fragte Rodenstock.

»Nicht die Spur«, entgegnete ich. »Ich werde das alles fotografieren und erst dann aufräumen. Morgen vielleicht.«

»So gefällst du mir schon besser«, murmelte er und verschwand nach oben in sein Zimmer. »Es gibt nur einen Grund, mich zu wecken«, rief er drohend herunter.

»Und wann ist der Zeitpunkt gekommen?« fragte ich.

»Wenn dieses Haus brennt.«

Ich ließ es langsam angehen, holte vom Dachboden eine dicke Folie und zog die über das zerschlagene Fenster zum Garten hin, damit wir die Küche wenigstens zum Kaffeekochen benutzen konnten. Dann hockte ich mich im Kaminzimmer auf einen Sessel und hörte eine CD von Keith Jarrett, und ich spürte, wie Müdigkeit in mir hochkroch und mich in wohlige Trägheit hüllte.

Plötzlich war Dinah da und sagte, sie habe eine Probe des Kokains von Mehren mitgebracht und Rodenstock solle probieren, um herauszufinden, wie gut es sei.

»Nicht jetzt. Laß ihn schlafen. Wir haben beschlossen, bis morgen früh eine Pause einzulegen.«

»Ihr zeigt ja Reste von Vernunft«, spottete sie. »Mehren ist in saumäßiger Verfassung, er will dich sprechen. Ich vermute mal, ein Gespräch unter Männern. Der Mann ist echt infarktgefährdet, denke ich. Er kapiert langsam, was mit seinem Sohn wirklich geschehen ist. Zuletzt sah ich ihn im alten Schweinestall stehen und hemmungslos weinen. Der braucht Hilfe.« Dann setzte sie in einem Anfall von Arbeitswut hinzu: »Ich räume jetzt das Chaos da drüben auf.«

»Kommt nicht in Frage«, sagte ich. »Es wird besser sein, wir bestellen den Versicherungsfritzen hierher. Laß uns ins Bett gehen.«

»Du Lüstling«, entgegnete sie. »Aber das hört sich gut an.«

SECHSTES KAPITEL

Ich war der erste, der das Stillhalteabkommen brach. Nachdem wir einen Tag und Nacht geschlafen, herumgetrödelt, gelegentlich die Fernsehnachrichten gesehen, seltener einen Kaffee getrunken, kaum miteinander gesprochen hatten und uns auf eine drastische Weise auf den Geist gegangen waren, brach ich am nächsten Tag frühmorgens auf. Dinah und Rodenstock diskutierten währenddessen noch lauthals mit dem Versicherungsmann, der selbstverständlich der Meinung war, daß sein Unternehmen für derartig abartige Zerstörungen nicht zuständig sei. Er wiederholte dabei ständig einen Satz, den ich seither hassen gelernt habe: »Mein Unternehmen ist nun weiß Gott sehr kulant ...«

»Ich bin mal kurz weg«, sagte ich in die erregte Diskussion hinein.

Selbstverständlich war Melanie eine Nachteule und lag noch in tiefem Schlaf. Ich mußte oft klingeln, bis sie mit schlaftrunkener Stimme maulte: »Ist da einer pervers?«

»Ich bin es, Baumeister. Ich habe noch ein paar wichtige Fragen.«

Sie öffnete. Glücklicherweise war sie kein Morgenmuffel. »Das kostet dich eine Pulle Schampus«, grinste sie. Sie trug einen weit klaffenden Morgenmantel über einem durchsichtigen Nachthemdchen und sah ohne alle Kriegsbemalung wie ein kleines verletzliches Mädchen aus.

»Ich muß einen Schluck trinken. Ich habe heute nacht zuviel erwischt, ich habe Kopfschmerzen.« Sie stand vor dem neogotischen Schrank und öffnete eine Doppeltür. Dahinter war, indirekt beleuchtet, eine Galerie von Flaschen zu sehen. Sie goß sich einen Kognak ein und trank einen kleinen Schluck. Dann hockte sie sich mit untergezogenen Beinen auf einen Sessel.

»Du hast gesagt, Ole und Betty hätten dir gefallen. Hast du etwas davon gemerkt, daß die Qualm in der Küche hatten?«

»Nein«, antwortete sie. »Im Gegenteil. Sie waren für Eifler Verhältnisse erstaunlich liebevoll zueinander, und sie waren endlich mal ein Pärchen, das keinen Beziehungsknatsch zu haben schien. Das freut einen doch, oder?«

»Eigentlich bin ich hier, um dich zu bitten, mir die ganze Geschichte von Kremers zu erzählen. Ich habe dich nämlich in Verdacht, sehr vieles verschwiegen zu haben. Er hat doch Jonny Straffreiheit zugesichert, wenn Jonny ihm die Dealer liefert. Richtig so?«

»Richtig so«, nickte sie. Sie war jetzt aufgeregt, eine Spur blasser. »Warum sollte ich dich bescheißen, Baumeister? Es gibt doch keinen Grund.«

»Vielleicht doch«, meinte ich. »Und ich könnte dich auch verstehen, wenn es so wäre.«

Sie kicherte etwas gequält. »Das mußt du mir erklären.«

»Erzähl mir ein bißchen von dir, dann erkläre ich dir, was ich meine. Du bist aus Köln, das weiß ich.«

»Ja. Altstadt, rechts vom Dom.« Sie zündete sich eine Zigarette an und starrte dann aus dem Fenster. »Angefangen habe ich als richtige Bordsteinschwalbe. Das weißt du wahrscheinlich auch, das weiß hier jeder. Wir waren vier Kinder, ich war die Älteste ...«

»Wie alt bist du eigentlich?«

»Vierundzwanzig. Ich habe noch eine Bitte, Baumeister. Wenn du drüber schreibst, schreibst du dann die Wahrheit und nicht irgendeinen Scheiß?«

»Wie wäre es, wenn ich dir den Text vorher zur Kontrolle gebe?«

»Das wäre gut«, sagte sie erleichtert. »Meine Mutter, die ich heute noch unterstütze, weil sie es verdient hat, war eigentlich von Anfang an alleinerziehende Mutter. Wir vier Kinder stammen von drei Männern, und keiner hat meine Mutter geheiratet, und jeder hat sich um die Zahlungen gedrückt. Ich hatte immer nur einen Stiefvater, meinen richtigen habe ich nie kennengelernt.« Melanie kicherte, und es war nicht klar, ob nicht ein Weinen darunter lag. »Klingt ganz schrecklich, ich weiß. Ist immer so, als hätte das Leben mich benachteiligt. Hat es aber nicht, ich kann ja was tun. Meine Mama hat als Bediene und als Putzfrau gearbeitet. Meistens hatte sie drei, vier Jobs gleichzeitig, und ich war für meine Geschwister da. Ich war fünfzehn, als ich eine Lehrstelle suchte und keine fand. Wahrscheinlich habe ich keine gefunden, weil ich keine finden wollte. Glaube ich heute. Ich war in einer Jungen- und Mädchenclique, und wir waren alle frühreif und haben alle schon mit zwölf Jahren angefangen, miteinander zu schlafen. Das war normal. Die anderen hatten dann Freunde und Freundinnen, nur ich machte das etwas anders. Ich habe das Leben schon immer etwas anders erledigt.« Sie lächelte leicht. »Wir waren dauernd auf der Domplatte bei den Touristen und hauten die um ein paar Mark an, wir waren richtige Gossenkinder. Und ich merkte, daß besonders die japanischen Macker auf mich standen. Also habe ich mich drauf eingestellt. Zur Clique gehörte auch Herbert, den wir Herbie nannten. Der war so ähnlich wie ich. Ich fragte ihn, ob er mein Zuhälter sein wollte. Er wollte. Wir zockten Japaner ab. Das lief wie irre. Na gut, nur im Winter war es nicht so doll. Wir hatten im Keller einen Raum hergerichtet. Da schleppte ich die Japaner rein. Ich kassierte verdammt gut. Herbie sorgte dafür, daß ich richtig steile Klamotten hatte und so. Natürlich haben wir gekifft und ab und zu E geschmissen.

Herbie fing dann an, Koks zu besorgen. Das bringt einen echt gut drauf, Mann, und es besteht keine Gefahr von Schmerzen oder sowas bei körperlichem Entzug. Du kannst jederzeit ohne Schwierigkeiten aufhören. Dann begann Herbie zu dealen. Wir verkauften den Japanern also erst mal Sex und dann auch Koks. Die Koksdealerei nahm immer größere Dimensionen an, und wir hatten ein Auto, ein Funbike und sparten auf eine Eigentumswohnung. Herbie war ständig gut drauf und zog jeden Tag mindestens drei, vier Lines Koks. Schließlich holte er sich das Zeug selber in Frankfurt. Dabei lernte er die big shots des Gewerbes kennen. Und die ziehen jeden Tag bis zu zehn Gramm Koks! Herbie fand das alles ganz irre, er kokste immer mehr. Na klar, wir haben nicht daran gedacht, daß man auch seelisch von dem Zeug abhängig werden kann. Daran starb Herbie dann.« Melanie blinzelte und drückte den Zigarettenrest im Aschenbecher aus.

»Was ist mit ihm passiert?«

»Er war zum Schluß nervlich vollkommen auf dem Hund. Eines Abends flippte er aus und behauptete, unten auf der Straße würden Hunderte von Bullen auf ihn warten. Auf der Straße war gar nichts. Er schnitt Löcher in die Fenstervorhänge, um das besser beobachten zu können. Dann fiel er um und hatte eine Atemlähmung. Das kommt bei Kokain eben vor, man nennt das ZNS-Lähmung. Ich habe zugehört, wie er krepierte. Oh, mein Gott, ich kann immer noch nicht drüber reden.«

Sie weinte still, und ich ließ sie in Ruhe.

»Na ja, wir haben Herbie beerdigt, und das Leben mußte weitergehen. Ich habe dann abends als Bediene in einer Altstadtkneipe gearbeitet und anschließend als Bardame im *Eve*. Das war ganz schön heavy, aber ich kam über die Runden – bis ich Jonny aus Gerolstein kennenlernte.« Sie kicherte wieder. »Er war richtig süß. Er hatte null Erfahrung, tat aber immer so, als wäre er der Kaiser von China. Und Bares hatte er. Ich habe ihn mir als Stammkunden an Land gezogen. Manchmal hat er mich für eine Nacht ausgelöst, und ich war nur für ihn da. Eines Tages fragte er: Wie wäre es, wenn du nach Gerolstein kommst? Erst wollte ich nicht, aber jetzt ... na ja, ich bin hier. Jetzt weißt du aber so ziemlich alles. Und warum soll ich dich übers Ohr hauen?«

»Moment«, wandte ich ein, »ich mache dir nicht zum Vorwurf, daß du uns beschissen hast. Du machst so etwas ja, um zu überleben. Dann ist es eine echte Leistung. Auch ohne Herbie ist dein Leben ziemlich rund gelaufen, oder? Dann ist Jonny gekommen, der Bubi aus Gerolstein. Du hast die Chance gesehen und sie an dich gerissen, wahrscheinlich warst du sogar verliebt, oder?«

»Und wie! Bin ich manchmal immer noch. Er ist ein richtig süßer Schnuddelfuzz.«

»Ach, du lieber Gott. Du wußtest aber von Anfang an, daß Jonny nicht der Typ harter Mann ist und daß er auf verschiedenen Stoffen steht. Du bist ja nicht blöde. Trotzdem bist du hierher gekommen. Der Grund ist wahrscheinlich die Abmachung mit Jonny, daß du eine kostenlose Wohnung bekommst und eine Abfindung pro Monat, sozusagen Taschengeld. Zusätzlich hast du dich arbeitslos gemeldet. Alles in allem verdienst du gutes Geld, nicht wahr? Wieviel ist es rund im Monat?«

»Also ohne das Auto ungefähr fünf.«

»Und wieviel davon kannst du sparen?«

»Gut und gerne drei, meistens dreieinhalb. Aber was hat das alles damit zu tun, daß ...«

»Augenblick Geduld«, sagte ich. »Jetzt kommt dieser Jonny plötzlich auf die Idee, clean zu werden. Er hat die Schnauze voll von den Drogen. Du weißt genau, daß es beim ersten Versuch nicht klappen wird, aber du weißt auch, daß Jonny das schaffen kann, wenn er es wirklich will. Und eigentlich möchtest du ja auch, daß er es schafft. Aber du bist dir auch darüber bewußt, wenn er es schafft, kannst du aus Gerolstein verschwinden. Er tritt dann nämlich das Erbe an, übernimmt die Firma und wird heiraten. Er wird niemals dich heiraten, das Kaliber hat er nicht. Mit anderen Worten: du hast verstanden, daß du bald überflüssig sein wirst. Das tut weh, ich weiß, aber ich muß es so ausdrücken. Da fragt sich der Baumeister, was du anstellen wirst, um dich abzusichern. Deswegen, glaube ich, hast du uns nicht einmal die Hälfte erzählt. Also, was ist wirklich passiert?«

Sie hatte eine heisere Stimme. »Was ist, wenn ich dir nichts weiter sage?«

»Ich werde es wahrscheinlich über kurz oder lang sowieso herausfinden«, meinte ich, und ich hoffte, daß es annähernd überzeugend klang.

»Aber versprochen, ich darf vorher lesen?«

»Du darfst vorher lesen.«

»Na gut. Stimmt genau, was du sagst. Meine Zeit hier läuft ab. Selbst wenn Jonny Rückfälle hat, er wird eines Tages vernünftig werden, heiraten und Kinder machen und ein angesehener Bürger sein und so weiter. Als er nach Gerolstein ins Krankenhaus ging, um sich körperlich zu entgiften, kam schon am ersten Abend Dieter Kremers hierher. Er sagte, er würde Jonny nur wirklich helfen können, wenn ich mitziehe und den Kremers dabei unterstützte.«

»Wie sollte diese Hilfe aussehen?«

»Ich sollte auf Jonny einwirken, daß er wirklich den Kronzeugen macht und so. Dann sollte ich alles aufschreiben, was ich über Drogen hier im Landkreis jemals erfahren habe und weiß. Jonny war ja dauernd mit Leuten zusammen, die auch auf Drogen sind. Da gibt es eine Menge aufzuschreiben. Welche Stoffe, woher sie kommen, Namen der Leute mit Adressen, das Datum der Treffs und so weiter. Ich schrieb und schrieb. Und Dieter Kremers kam jeden Abend.« Sie lächelte mir etwas hilflos zu.

»Was hat er denn dafür versprochen?«

»Er hat versprochen, daß er mir einen guten Abflug verschafft, egal, wohin ich will. Natürlich sollte ich zuerst den Zeugen machen, den Kronzeugen. Dann wollte er für mich sorgen. Er sagte, er könne vielleicht eine Kneipe zu günstigen Konditionen pachten oder kaufen. Ehrlich, das wäre mein Traum.«

»Er kam also jeden Abend?«

Sie nickte.

»Und wann hast du das erste Mal mit ihm geschlafen?«

»Am dritten Abend.«

»Hat er dich dafür bezahlt?«

»Nein. Er lachte und sagte, er hätte kein Geld übrig, um dafür zu bumsen.«

»Wie oft seitdem?«

»Fast jede Nacht. Oh, Baumeister, was ist? Ist er ein Arsch?«

»Ich weiß es nicht genau. Sag mal, wenn er hier war, hat er dann hier geschlafen? Ist morgens hier aufgestanden, hat sich rasiert und ist dann zur Arbeit nach Daun?«

»Korrekt.«

»Wo ist dein Badezimmer?«

»Da hinten die zweite Tür rechts.«

»Moment bitte.« Ich ging in das Bad. Es war groß und geräumig, ganz in Weiß gefliest, hatte eine Toilette, ein Bidet, eine Dusche, eine Wanne, ein Handwaschbecken und ein hübsches schneeweißes Regal mit all dem Schnickschnack, den eine gepflegte junge Frau braucht. Ein Korb für gebrauchte Wäsche enthielt nichts anderes als gebrauchte Wäsche. Da gab es ein kleines Regal mit Handtüchern. Zwischen den Handtüchern war nichts. Der Wasserkasten der Toilette ließ sich sehr leicht öffnen. Nichts. Mein Blick fiel auf die Fliesen, die die Badewanne verkleideten. Dort war ein Viereck eingelassen, damit man an die Zuleitungen kommen konnte. Ich nahm das Schweizer Messer und drehte die Schraube ab.

»Was machst du da drin?« rief Melanie.

»Ich hocke auf dem Pott«, schrie ich zurück.

»Ach so«, sagte sie erleichtert.

Kremers hatte die vier Beutel mit breiten Streifen Tesafilm an die Außenwand der Badewanne geheftet. Absolut sicher und gleichzeitig absolut dumm. Die Dummheit zählte in diesem Fall allerdings nicht, denn es würde lediglich darauf ankommen, zu beweisen, daß Melanie im Besitz von sehr viel Kokain war. Ich schätzte, daß jeder Beutel rund ein Viertelpfund enthielt. Nach Adam Riese hatte der Stoff im Straßenverkehr einen Wert von runden 75.000 Mark, wenn man einkalkulierte, daß er allererste Sahne war. Ich nahm die Beutel, kehrte zu Melanie ins Wohnzimmer zurück und legte die Tüten auf den Tisch.

»Was ist das?« fragte sie verunsichert.

»Kokain«, erklärte ich. »Es klebte an deiner Badewanne.«

»Noch von Jonny?« fragte sie voller Angst. »Unmöglich. Das ist ganz unmöglich, das hätte er mir gesagt.«

»Nicht doch Jonny«, sagte ich. »Warte mal.« Ich riß einen der Beutel auf, nahm ein wenig von dem Zeug an den angefeuchteten kleinen Finger und rieb mir den Stoff auf das Zahnfleisch. Es reagierte sofort, wurde kühl, fühlte sich eisig an und gefühllos. »Das Zeug ist phantastisch gut«, teilte ich Melanie mit.

»Darf ich mal?« fragte sie.

»Aber ja.«

Sie machte ebenfalls die Probe und murmelte dann fachmännisch: »Wenn du dieses Zeugs dreimal streckst, hast du immer noch besseren Stoff als den, der sonst auf dem Markt ist. Ehrlich, kann Jonny so blöde gewesen sein?«

»Kommst du nicht drauf? Es war dein Kremers, und du bist nicht die einzige, die er aufs Kreuz legen wollte. Bei Ole hatte er denselben Trick drauf. Er hätte im entscheidenden Moment seine Kollegen zu einer Razzia geschickt. Sie hätten das Zeug gefunden, und du wärst drangewesen, Mädchen. Niemand hätte dir geglaubt, wirklich niemand. Kremers wäre dich billig los gewesen. Du wärst in den Knast gewandert, verstehst du? Hast du ein Döschen oder sowas? Ich nehme eine Probe mit, dann hängen wir die Beutel wieder auf, und du weißt von nichts.«

»Wie soll ich mich denn verhalten? Oh, verfluchte Kakke, das darf nicht wahr sein!« Sie begann zu weinen, hörte überhaupt nicht auf damit, und dauernd fluchte sie rüde. Einmal brüllte sie: »Ihr Scheißmänner!«, ein anderes Mal: »Ich schneide ihm die Eier ab, ich mache ihn zum Eunuchen.«

»Glaubst du denn, daß du ein bißchen Schauspielkunst aufbringen und so tun kannst, als sei nichts?« fragte ich.

»Ich bin so wütend, ich könnte eine Folge von *Derrick* allein spielen.«

Ich gab ihr alle unsere Telefonnummern für den Fall, daß sie eine Frage hatte und für den Fall, daß sie Gefahr für sich sah. Dann nahm ich sie in die Arme und ging schließlich.

Rodenstock hatte von einem durchziehenden Bäckerwagen einen halben Bienenstich gekauft, Kaffee gekocht und brüllte herum: »Zur Fütterung der Raubtiere antreten.«

»Ich schlage ihn tot«, murmelte Dinah.

Wir waren nicht mehr fähig, über diesen Fall zu sprechen, wir hatten zu viele Fakten, die wir nicht richtig einordnen konnten. Wir strichen umeinander herum, redeten über Belangloses, und einer fiel dem anderen auf die Nerven. Ich zog mich in das Schlafzimmer zurück und las Josef Haslingers *Opernball*, die maßlos eindringliche Geschichte eines möglichen Massenmordes in Wien. Ich blieb ungestört, bis Rodenstock in der Tür stand und beinahe angriffslustig verkündete: »Dinah und ich haben beschlossen, nach Adenau in die *Periferia* zu fahren und zu essen.«

»Und morgen nach Holland?

»Und morgen nach Holland«, nickte er.

Bald darauf fegten wir über Kerpen, Niederehe, Heyroth und Brück Richtung Kelberg und wendeten uns dann nach links auf die Schnellstraße nach Adenau. Wir waren nicht länger als vierzig Minuten unterwegs und fielen in die wunderbare Kneipe ein, als hätten wir eine Wüstendurchquerung hinter uns.

Dinah und Rodenstock einigten sich auf einen trockenen Riesling, ich bekam einen Kaffee, und wir konnten Beate Leisten dafür gewinnen, uns Schweinemedaillions in einem Gemüsebett zu bereiten. Derweil kredenzte uns ihr Gefährte Michael Piater die letzten Neuigkeiten vom Nürburgring, jene Neuigkeiten, die in keiner Zeitung stehen. Wir aßen genüßlich, bestellten ein ausführliches Dessert, und Rodenstock beschloß, daß er uns eingeladen habe. »Meine Rente muß zu irgendwas nutze sein«, murmelte er.

Schließlich lieh ich mir Michaels Handy und rief in Holland Jörn van Straaten an, um mich für den kommenden Morgen anzukündigen.

»Herzlich willkommen«, sagte er freundlich. »Hat man die Täter gefaßt?«

»Noch nicht«, gab ich Auskunft.

Wir langten gegen neun Uhr wieder zu Hause an, und Rodenstock zog sich sofort in sein Zimmer zurück, nachdem er sich lauthals beschwert hatte, daß dieser Fall aus seinem Gehirn einen ungeordneten Steinbruch gemacht habe.

Um sechs Uhr am nächsten Morgen fuhren wir los und kamen uns heldenhaft vor. Es war nicht nur noch stockdunkel und kalt, sondern auch nebelig. Die Sicht reichte nicht weiter als 50 Meter. Hillesheim, Jünkerath, Kronenburg brachten wir schnell hinter uns, weil ich die Strecke genau kannte. Dann aber, als wir jenseits des wuchtigen Kirchturms von Hallschlag durch die Suppe schwammen, mußte ich langsamer werden, um nicht Gefahr zu laufen, einen Unfall zu verursachen. Wir stotterten die B 265 entlang, passierten den kleinen belgischen Supermarkt zur Linken, hinter dem gleich die Krippenausstellung *Krippana* liegt, rutschten nach Losheim hinein und kletterten vorsichtig hoch zum *Weißen Stein*, den endlose Wälder überziehen. In Hellenthal machte das große Freigehege Werbung mit dem *Verleih von Motorschlitten*, und Rodenstock sagte verächtlich: »Damit kriegen die den Restwald auch noch kaputt.«

Kurz vor Höfen erreichten wir die B 258; die Sicht wurde etwas besser, und im Tal der Rur war dann endgültig freie Fahrt angesagt. Hinter Aachen ging es über die A 4 nach Maastricht – Autobahn direkt bis s'Hertogenbosch.

Das flache Land mit den schönen Kiefernwäldern machte uns ruhig.

»Auf dem Drogensektor sind die Holländer Zauberer«, bemerkte ich und war stolz darauf, das zu wissen. »Sie haben durch eine liberale Drogenpolitik in den Jahren von 1982 bis 1991 die Zahl der Drogentoten um fast die Hälfte reduziert. Der Rest Europas ist neidisch und schimpft auf sie. Es ist wie in jeder Familie.«

»Gehen wir mit zu diesem van Straaten?« fragte Dinah.

»Das wäre nicht diplomatisch«, meinte Rodenstock. »Baumeister sollte jetzt erstmal allein gehen.«

»Rechnest du damit, daß wir nochmal zu ihm müssen?« fragte sie.

Er nickte. »Und wahrscheinlich sogar ein drittes und viertes Mal. Während Baumeister bei ihm ist, recherchieren wir in der Stadt den Jörn van Straaten. Vielleicht kommt dabei was raus.«

Wir fielen am Marktplatz in das *Hotel Central* ein, und ich machte mich unverzüglich auf den Weg in die Verwerstraat Nr. 78. Es war ein schmales, sehr altes schönes Bürgerhaus. Im Erdgeschoß war ein Geschäft untergebracht. *Van Straaten – Antiek* hieß es, und als Zusatz gab es die Information preis, daß sich van Straaten auf Fernost spezialisiert hatte. Meine kulturgeschichtlichen Bildungslücken haben erhebliche Ausmaße. Ich war aber durchaus in der Lage einzuschätzen, daß van Straaten sich ziemlich teuer verkaufte: An keinem Stück war ein Preisschild, es war nicht die Spur von Staub zu entdecken, das Schaufenster wirkte unaufdringlich elegant und hatte keine Ähnlichkeit mit der Nippeskommode meiner alten, längst verblichenen Tante Maria, die allen Kitsch der Welt gesammelt und ihn jedem Besucher als ihre antike Sammlung erlesener Stücke angedient hatte.

Ein Glockenspiel ertönte sanft, als ich die Tür zum Geschäft aufzog. Es roch sofort eindringlich nach einer Brasilzigarre von Davidoff in der Preislage um die 100 Mark das Stück, und ich fragte mich, was eine Frau wie Betty wohl gedacht haben mochte, als sie zum erstenmal in diese Versammlung kapitalistischer Sammelsurien tauchte.

Besonders eindrucksvoll war die Verteilung der Lichter. Der Raum war etwa sechs Meter breit, hatte aber sicherlich eine Tiefe von nahezu zwanzig Metern. Während im Normalfall in einem solchen Geschäft unendlich viele Stücke den Besucher verwirren, hatte van Straaten sich auf wenige, ganz bestimmte Exponate konzentriert. Und jedes Stück, jeder Buddha, jeder Haustempel, jede Kali wurde von einer Niederfrequenzlampe angestrahlt, alles wirkte sehr gediegen. Natürlich verkaufte er auch Möbel. Es waren offensichtlich englische Möbel aus Rosenholz.

Van Straaten trat aus dem Hintergrund und zelebrierte seinen Auftritt. Die Davidoff-Zigarre in seiner linken Hand wirkte etwa so wie das Stöckchen des Charly Chaplin – untrennbar Teil der ganzen Figur. Er war ein eindrucksvoller, weißhaariger Mann, schlank, drahtig, braungebrannt, vielleicht fünfzig Jahre alt. Er trug einen maßgeschneiderten grauen Anzug mit Weste, und seine Uhr war eine Rolex mit Brillanten. Er sagte: »Willkommen, herzlich willkommen!« und lächelte das Lächeln einer Zahnpastareklame. Seine dunkelbraunen Schuhe waren bestimmt aus Italien und von der Sorte, die sich gewisse Leute persönlich anfertigen lassen, um nichts mit dem niedrigen Volk gemein zu haben. Van Straaten bot insgesamt einen erschreckend perfekten Anblick, und wäre seine Stimme eine vollautomatische Elektronikstimme gewesen, so hätte mich das auch nicht verwundert.

»Ich bin der Baumeister«, sagte ich. »Ich hoffe nicht, daß ich Sie allzu sehr störe.«

»Keine Spur«, entgegnete er sachlich. »Nur der Anlaß ist ekelhaft. Hatten Sie eine gute Fahrt? Kommen Sie, wir gehen in mein Büro, da ist es gemütlicher.« Er drehte sich und ging vor mir her. »Wann werden denn Betty und Ole beerdigt?«

»Das weiß man noch nicht. Nach dem Wirbel zu urteilen, die diese Vorkommnisse machen, werden die Gerichtsmediziner keine Untersuchung auslassen. Ich vermute, es wird mindestens noch eine Woche dauern. Wann hatten Sie den letzten Kontakt zu den beiden?«

»Das war kurz vor Weihnachten«, erinnerte er sich. »Wir hatten eigentlich vor, Sylvester zusammen zu verbringen.«

Ich fragte nicht weiter, ich überlegte etwas verwirrt: Wieso Sylvester? Sylvester wären sie doch längst in Kanada gewesen, wenn alles wie geplant abgelaufen wäre. Sollte van Straaten nicht wissen, daß sie verschwinden wollten?

»Wir sind am Ziel«, sagte er und machte eine Tür auf. Das Büro war ausschließlich mit englischen Möbeln bestückt und wirkte sehr anheimelnd. Es gab kein Licht außer einer in dezentem Blau gehaltenen Jugendstillampe auf einem Schreibtisch, und zweifelsfrei war sie echt. Das Erstaunliche an dem Raum war, daß er kein Fenster hatte.

Wir setzten uns an ein kleines, ovales, rundherum mit Schubladen bestücktes Tischchen.

»Wie kommen Sie zu diesen Möbeln?« fragte ich. Kaufleuten, dachte ich wütend, muß man Zucker in den Arsch blasen.

»Es ist englisch, Rosenholz, ich importiere das seit etwa zwanzig Jahren und bin Exklusivaufkäufer einer kleinen, aber hochfeinen Fabrik an der schottischen Grenze. Mein Geschäft hat zwei Füße: Asiatica, das Erbe aus kolonialen Zeiten, und die Möbel aus England.«

»Was kostet so ein Stückchen?«

»Ich würde Ihnen entgegenkommen«, lächelte er.«Vierzigtausend, und ich fahre Ihnen den Tisch nach Hause. Wie sind denn Sie an die Bekanntschaft mit Betty und Ole gekommen?«

»Überhaupt nicht«, erklärte ich. »Ich habe sie nicht gekannt. Ich war nur bei der brennenden Scheune, ich bin Journalist, also versuche ich, den Fall etwas aufzuhellen. Und Sie?«

Er saß vollkommen locker in seinem Sessel, hatte nicht einmal die Beine übereinandergeschlagen, starrte in eine imaginäre Ferne, und man konnte den Eindruck gewinnen, als sei ich gar nicht vorhanden. »Das ist jetzt zwei, nein, drei Jahre her. Wir lernten uns im *Eifel-Haus* im Burgbering von Kronenburg kennen. Dort ißt man gut. Der Laden war voll, die beiden wurden an meinen Tisch gesetzt. Ich hatte von jeher ein massives Interesse an Jugendlichen. Das mag daran liegen, daß ich nie eine Familie hatte. Eines ergab das andere. Die beiden waren irgendwie erfreuliche Erscheinungen. Also fingen wir an, uns gegenseitig zu besuchen. Natürlich habe ich dann ab und zu Haschisch mitgebracht, und wir hockten auf dem Bauernhof in der Eifel und kifften.« Weil das offenbar eine erheiternde Erinnerung war, lachte er unterdrückt.

»Wie war das jetzt, als Sie die beiden das letzte Mal sprachen?«

»Das war ein paar Tage vor Weihnachten«, berichtete er bereitwillig. »Ich telefonierte mit Betty. Ich habe seitdem überlegt, ob ich etwas überhört habe, ob sie vielleicht Kummer oder Angst hatte, ob ihre Stimme so etwas verriet.« Er schüttelte nachdenklich den Kopf. »Ich versichere Ihnen, da war gar nichts.«

»Das glaube ich Ihnen«, nickte ich. »Nach allem, was wir wissen, waren sie noch ein paar Stunden vor ihrem Tod völlig ahnungslos. Worüber haben Sie denn mit Betty gesprochen?«

Er preßte einen Moment lang die Lippen fest aufeinander. »Banalitäten. Wie geht es dir? Mir geht es gut. Was gibt es am Heiligen Abend zu essen? Wie ist das Wetter bei euch? Wie geht es Ole? Wie läuft das Geschäft? Ach ja, und wir haben uns für Sylvester verabredet. Wir wollten hier in eine Altstadtkneipe gehen, in der Jazzmusiker spielten. Ole mochte das sehr.«

»Sie waren also fest verabredet?«

»Ja. Es war ausgemacht, daß sie am Sylvestertag mittags hier eintreffen wollten. Ich hatte beim Chinesen um die Ecke sogar eine Ente mit Orangensoße bestellt. Ich sehe, das verwirrt Sie etwas, oder?«

»Nein, nicht im geringsten«, log ich.

»Wie würden Sie denn Ihre Bedeutung für die beiden einschätzen?« fragte ich weiter.

»Das ist schwer zu beantworten«, murmelte er. »Ich würde sagen, ich war ein reicher Onkel.«

Immerhin ein Onkel, mit dem Betty bumste, dachte ich. »Haben Sie erlebt, daß die beiden sich stritten?«

Er schüttelte energisch den Kopf. »Nie. Das machte sie ja gerade so sympathisch, sie gingen sehr liebevoll miteinander um. Streit? Nein, nicht erlebt.«

»Aber Sie müssen doch gewußt haben, daß die beiden Drogen verhökerten«, sagte ich vorwurfsvoll.

Er nickte lächelnd. »Sicher wußte ich das. Ole war hemmungslos naiv, wissen Sie. Er erzählte mir das mit den Drogen, und ich sagte immer wieder: Junge, bei deinem Talent hast du es doch nicht nötig, Drogen zu verkaufen. Aber, wissen Sie, das war ihre Sache, nicht meine. Und ich wollte mich nicht aufdrängen. Lieber Herr Baumeister, das Drogengeschäft vom Ole war ein Pipifax, eine Kleinigkeit. Es war eher ein Abenteuer als eine wirkliche Einnahmequelle.«

Zehntausend Mark Gewinn pro Monat sind kein Pipifax, dachte ich matt. »Sagen Sie, haben Sie je einen Mann namens Dieter Kremers kennengelernt?«

»Nein. Wer ist das?«
»Ein Kriminalist, ein Bulle. Er war mit Sicherheit hinter Ole und Betty her. Haben sie nicht von ihm erzählt?«
»Nein, wirklich nicht.«
»Bitte schildern Sie doch mal, wie so ein Wochenende in Jünkerath ablief? Wie muß ich mir das vorstellen?«
»Einfach und bäuerlich.« Van Straaten lächelte. »Für mich war das immer mit Geschäften verbunden. Ich habe in Westdeutschland Kunden, sehr betuchte Kunden. Die pflege ich. Wenn ich bei Ole und Betty einfiel, dann besuchte ich immer gleichzeitig einige Kunden. Wie lief das ab? Wir bauten uns einen Joint und ließen den rundgehen. Wir sprachen über Gott und die Welt. Wir tranken ein bißchen Alkohol, aber wirklich wenig. Irgendwann morgens gingen wir ins Bett. Ich schlief immer auf dem Sofa im Wohnzimmer. Wir schliefen stets bis mittags, das war für mich das große Vergnügen.«
»Wen mochten Sie lieber. Betty? Ole?«
»Das kann ich nicht sagen. Ich mochte beide.«
»Haben Sie Ole und Betty oft getrennt erlebt? Also Ole allein oder Betty allein?«
»Kaum«, antwortete er, und ich wußte, daß das gelogen war.
»Wenn ich zusammenfassen darf, so haben Sie keinerlei Anzeichen irgendeiner Bedrohung für die beiden bemerkt. Ist das richtig?«
»Korrekt«, nickte van Straaten. »Werden Sie darüber schreiben?«
»Wahrscheinlich nicht«, entgegnete ich. »Darf ich mich bei eventuellen weiteren Fragen noch einmal an Sie wenden?«
»Jederzeit. Ich bin ein dauernd vorhandener Junggeselle.«
»Ist das hier Ihr einziges Geschäft?«
»Ja«, lächelte er. »Und es reicht mir. Es war schön, Sie kennenzulernen, Herr Baumeister. Eine gute Rückreise.« Natürlich brachte er mich formvollendet durch den Laden auf die Straße und winkte mir zum Abschied freundschaftlich zu. Ich trabte über das uralte Pflaster

der alten Herzogstadt in das *Hotel Central* zurück. Rodenstock und Dinah waren nirgends zu sehen.

Eine Bedienung näherte sich und sagte freundlich: »Ich soll Sie von dem Herrn und der Dame, mit denen Sie zusammen waren, grüßen. Sie werden bald zurückkommen.«

»Danke. Ich hätte gern eine Kanne Kaffee und ein Stück Fleisch mit grünem Pfeffer, ein Steak. Und durch, bitte.«

»Ja, Mijnheer.«

Es dauerte immerhin noch mehr als eine Stunde, bis Dinah mit Rodenstock im Schlepptau in das Restaurant einfiel.

»Hallo«, rief sie etwas atemlos und eindeutig aufgeregt. »Wie ist es dir ergangen?«

»Eigentlich recht gut«, gab ich zur Antwort. »Er hat ein paarmal gelogen, aber er braucht ja schließlich nicht die Wahrheit zu sagen, wenn es um sein Privatleben geht, oder?« Ich berichtete so umfassend wie möglich und wartete dann auf Rodenstocks Reaktion. Aber der sah nur meine Dinah augenzwinkernd an, und sie zwinkerte zurück.

»Was soll diese Geheimnistuerei?« nörgelte ich.

»Hat er wirklich gesagt, er habe nie eine Familie gehabt?« fragte Rodenstock.

»Wirklich«, bestätigte ich. »Er nannte sich einen Junggesellen.«

»Dann hat er in dem Punkt auch gelogen«, murmelte Rodenstock. »Er war verheiratet und hat vier Kinder. Die Frau und die Kinder leben in Amsterdam. Hat er wirklich gesagt, er habe nur dieses eine Geschäft?«

»Ja, mein Gott. Er hat gesagt, das eine Geschäft reicht ihm.«

»Man erzählt, daß er mindestens fünf dieser Läden hat. Hier, in Amsterdam, in Haarlem, auf Texel, in Utrecht.«

»Was heißt ,man' sagt? Wer ist ,man'?«

»Die Bullen«, strahlte Dinah. »Die Bullen, Baumeister.«

»Muß ich euch jedes Wort einzeln aus der Nase ziehen?«

»Ist das van Straaten?« Rodenstock warf ein Schwarzweißfoto auf den Tisch.

»Sicher ist er das«, sagte ich. »Wird er etwa gesucht?«

»Nicht die Spur«, sagte Rodenstock. »Jeder weiß, wo Jörn van Straaten zu finden ist. Ich erzähle dir jetzt die Geschichte, damit du nicht mehr im dunkeln tappst. Du solltest dich auf einige Überraschungen gefaßt machen. Van Straaten ist ein leuchtendes Beispiel für eine kapitalistische Gesellschaftsstruktur.« Er grinste. »Wie habe ich das gesagt?«

»Du kriegst drei Tage Sonderurlaub«, lobte Dinah. »Los jetzt!«

Rodenstock spielte mit einem Paket Bierfilzen von Heineken. »Immer, wenn ich in eine fremde Stadt einfalle, benutze ich einen speziellen Kalender.« Er zog ein kleines schwarzes Büchlein aus der Innentasche seines Jacketts. »Es ist mein IPA-Kalender. Da drin sind die Namen aller Frauen und Männer notiert, die in der *International Police Association* eine Rolle spielen. Ich habe nachgesehen, ob hier in s'Hertogenbosch jemand sitzt, den ich kenne. Siehe da, hier sitzt Emma. Sie ist eine bemerkenswerte Frau ...«

»Und bildschön«, fügte Dinah ein.

Rodenstock sah sie etwas irritiert an. »Richtig. Ganz nebenbei ist sie schön. Emma ist hoher Polizeioffizier und stellvertretender Polizeipräsident am Ort. Also sind wir zum Präsidium, und ich habe mich zu ihrem Schreibtisch durchgeschlagen. Emma und ich haben uns in Rom und Stockholm bei Tagungen getroffen, wir haben ein paarmal miteinander gegessen. Entscheidend ist, daß wir in ein paar kritischen Polizeifragen absolut nach wie vor einer Meinung sind. Es gab nicht den geringsten Grund, ihr irgend etwas zu verheimlichen. Wir haben ihr von Oles und Bettys Fall erzählt. Natürlich hatte sie davon gelesen, und sie hat sogar eine Akte, in der die beiden vorkommen. Glaubt man dieser Akte, dann ist dein Jörn van Straaten ein erstklassiges menschliches Schwein.«

Rodenstock machte eine Pause, winkte der Bedienung und bestellte Kaffee und Gebäck. »Er war mit der Frau in Amsterdam rund zwanzig Jahre verheiratet. Sie ließen

sich vor etwa zweieinhalb Jahren scheiden, und die holländischen Fahnder sind überzeugt, daß die Scheidung eine getürkte Veranstaltung war, eine von beiden Partnern zielsicher vorangetriebene Entwicklung. Erstens kann das Ehepaar auf diese Weise die Kinder vollkommen heraushalten, zweitens kann van Straatens Frau im dunkeln bleiben, so daß sie in der Lage ist, bei Pech und Pannen nahtlos seine Rolle zu übernehmen. Der eigentlich große Vorteil aber besteht darin, daß van Straaten seine Frau mit allen möglichen Dingen beauftragen kann, die sie erledigt und für die er ein wasserdichtes Alibi braucht. Sie kann für ihn reisen, sie kann für ihn Geld waschen, sie kann Transporte zusammenstellen, sie kann neue Geschäftsverbindungen aufbauen. Ich sage das nur, um deiner ekelhaften Frage zuvorzukommen, was denn eine Ehescheidung mit Drogenhandel zu tun haben könnte. Jedenfalls steht van Straaten seit Jahren in dem Verdacht, einer der größten Dealer zu sein, den die Niederländer haben. Er soll wahnsinnige Mengen aller möglichen Rauschgifte nach Deutschland exportieren. Das heißt, er finanziert diese Exporte und steuert indirekt die Dealernetze. Beweise fehlen bisher.«
Er wirkte erheitert. »Meine Freundin Emma glaubt nun, daß Rodenstock ein Zauberer ist und der einzige, der van Straaten erledigen kann. Und das inklusive des Mordes an Ole und Betty. Jedenfalls haben wir Akteneinsicht.«

»Ist das nicht phantastisch?« fragte Dinah.

»Das finde ich nicht«, murmelte ich. »Wenn van Straaten wirklich so ein Großer der Branche ist, dann kann er uns alle Killer der Welt auf den Hals hetzen, oder? Und dann wird er das auch tun, darauf könnt ihr euch verlassen. Dann werden nicht mehr nur kleine Jungen aus Köln vorbeikommen, um meine Wohnungseinrichtung zu zertrümmern, dann wird es ernst.«

»Das könnte geschehen«, nickte Rodenstock.

»Seit wann beobachtet ihn die Polizei denn?«

»Seit vier Jahren«, antwortete Dinah. »Ich wette, Emma ist in Rodenstock verliebt.«

Rodenstock wurde verlegen. »Laß das doch«, sagte er.

»Mal abgesehen von deinen Qualitäten als Herzensbrecher«, bemerkte ich, »hat deine Polizeipräsidentin etwas von van Straatens Sexualleben berichtet?«

»Oh ja«, nickte er. »Das ist seine schwache Stelle. Er soll einen enormen Verbrauch an jungen Frauen haben. Er sucht besonders nach Frauen mit reichhaltigen Erfahrungen.«

»Und Betty war ja ein Profi«, flüsterte Dinah.

»Hat man nie einen Lockvogel an ihn herangespielt?« fragte ich.

»Doch«, berichtete er weiter. »Der erste Versuch ist zwei Jahre alt. Es handelte sich um einen jungen Mann, ein Experte für asiatische Kunst. Der Mann sollte van Straaten vertreten. Hier im Laden, wenn der Chef auf Reisen war. Man weiß bei der Polizei nicht, was passiert ist. Der junge Mann war etwa sechs Wochen in Amt und Würden, als er hier am Rande von s'Hertogenbosch erschossen aufgefunden wurde. Seine Legende muß also geplatzt sein. Van Straaten hatte ein wasserdichtes Alibi, und er besaß auch noch die Frechheit, die Beerdigung des V-Mannes zu bezahlen. Sie versuchten es dann mit einer jungen Frau. Sie spielten sie in Antwerpen an ihn heran, als er mal wieder geil zu sein schien. Anfangs hatten meine holländischen Kollegen den Eindruck, daß es funktionieren würde. Aber dann lag die Gute eines Morgens ebenfalls tot in ihrem Bettchen. Van Straatens Alibi war wiederum astrein, allerdings hat er diese Beerdigung nicht bezahlt.«

»Wieso glaubt die Polizei, daß die Scheidung von der Frau ein Scheingefecht war?« fragte ich.

»Ganz einfach. Das Ehepaar besitzt zusammen fünf Läden. Offiziell gehört van Straaten nur noch dieser eine hier. Aber er rechnet Schecks und Bares immer noch über gemeinsame Konten ab. Die Konten liegen in den Niederländischen Antillen. Von dort laufen die meisten Gelder an Banken auf den Bahamas. Dann trennen sie sich erneut und landen entweder in Liechtenstein, der Schweiz oder in Luxemburg. Das alles riecht nach Beschiß, aber diesen Beschiß konnte ihnen bisher niemand beweisen.«

»Und was ist mit den Drogengeldern? Wo werden die gebunkert?«
»Zum durchaus größten Teil in Deutschland. Er ordert sehr viele deutsche Aktien und öffentliche Anleihen. Aber es ist nicht beweisbar, daß er der Besitzer ist, weil dazwischen mindestens zwei Anwaltskanzleien geschaltet sind. Die geben keine Auskunft, die brauchen auch keine Auskunft zu geben.«
»Welche Größenordnung, meint die Polizei, hat sein Drogengeschäft?«
»Riesig«, sagte Dinah. »Sie gehen aus von bis zu achthundert Millionen Dollar pro Jahr.«
»Außerdem besteht der Verdacht, daß van Straaten Politiker besticht«, murmelte Rodenstock.
»An der Stelle hat Emma gezögert«, warf Dinah ein. »Ich habe nachgefragt, und sie gab zu, daß sie vermutet, daß auch mindestens zwei hohe Polizeioffiziere regelmäßig geschmiert werden. Ist natürlich nicht beweisbar.«
»Wo sitzen diese Offiziere?« fragte ich.
»In Amsterdam«, sagte Rodenstock.
»Sieht van Straaten seine Kinder häufig?«
»Ja«, nickte Dinah. »Aber niemals hier in s'Hertogenbosch, immer nur in Amsterdam oder in einer Raststätte an der Autobahn dorthin. Mindestens einmal im Monat.«
»Und seine Frau?«
»Offiziell treffen sich die beiden nie. Aber heimlich: in Paris, in Madrid, in London. Das ist allerdings kein Grund, ihn festzunehmen, das ist seine Privatsache.« Rodenstock schnaufte. »Der Mann ist wirklich eine schwer zu knackende Nuß.«
»Verfügt er über so etwas wie Bodyguards oder Ähnliches?«
Rodenstock schüttelte den Kopf. »Das ist ein entscheidender Punkt. Viele Fehler großer Dealer und Drogenfinanziers hat van Straaten erst gar nicht wiederholt. Er hatte nie einen festen Stamm von Leuten um sich herum, nie Bodyguards, er ist nie im Rotlichtbezirk aufgetaucht, hat sich nie in Nachtbars herumgetrieben, hat auch nie im Milieu eine müde Mark investiert. Er ist nichts ande-

res als der Boß eines grundsoliden Familienunternehmens.«

»Aber er muß doch Verbindungen zu anderen Gangs haben oder zu anderen Profis aus dem Gewerbe?«

»Hat er, hat er sicher. Aber diese Verbindungen sind nicht aufzuspüren, weil van Straaten vollkommen unberechenbar ist. Man hat ihm Schatten mit auf den Weg gegeben, sie haben ihn Tag und Nacht nicht aus den Augen gelassen. Dann ließ er sich ohne ein einziges Gepäckstück zum Düsseldorfer Flughafen chauffieren, bestieg eine Direktmaschine nach Rio und war schlicht verschwunden. Nach Tagen tauchte er dann in Acapulco auf. Das Ticket erster Klasse hatte er per Telefon gebucht. Und zwar aus einer Telefonzelle. So Dinger zieht er dauernd ab, er entzieht sich jeder Kontrolle. Er hat es in Neapel fertiggebracht, ein Wasserflugzeug zu besteigen und sich direkt nach Gibraltar fliegen zu lassen. Die Beschatter haben nicht herausfinden können, wie er an diese Chartermaschine gekommen ist.«

»Hat er denn keine Feinde?« fragte ich.

»Doch, hat er«, bestätigte Dinah. »Hat er. Aber das sind gute Bürger, niemand aus dem Milieu. Zum Beispiel gibt es eine Arztfamilie aus Amsterdam, deren achtzehnjährige Tochter er verführte und auf den Strich trieb. Zumindest behauptet das die Familie.«

»Ich habe die Adresse«, ergänzte Rodenstock. »Und wenn du mich fragst, sollten wir sofort dort anrufen, hier bezahlen und uns auf den Weg machen. Amsterdam ist eine schöne Stadt, eine der schönsten in Europa.«

»Und es gibt dort jede Menge Sünde!« murmelte Dinah.

SIEBTES KAPITEL

Es wurde schon wieder dunkel, als wir am Flughafen Schiphol vorbeizogen und auf dem Zubringer aus Den Haag in die Stadt fuhren. Wir querten die Singelgracht, rollten an der Leidsegracht entlang ins Zentrum. Die Arztfamilie wohnte hochfeudal an der Kalverstraat, der großen Fußgängerzone im Zentrum, einen Steinwurf nur vom königlichen Palast entfernt.

»Ich möchte aber vorher schlafen«, sagte Rodenstock.

»Kein Problem«, sicherte ich ihm zu.

Das Hotel hieß *The Tulip*; es war untergebracht in einem alten Kontorhaus. Wir bekamen anstandslos Zimmer, und während Dinah unter der Dusche stand und laut singend ihre Ankunft in Amsterdam zelebrierte, rief ich den Arzt an, sagte, wir seien vorhanden und ob die Möglichkeit bestehe, ihn am nächsten Morgen um neun Uhr zu treffen.

»Kommen Sie, ich freue mich«, meinte er nur.

»Gehen wir denn heute abend ins Rotlichtviertel?« fragte Dinah unternehmungslustig.

»Wir könnten das in Erwägung ziehen, falls du damit einverstanden bist, wenigstens ein Kleidungsstück an deinem Körper unterzubringen.«

»Das schaffe ich schon irgendwie«, grinste sie.

Der Abend wurde ein etwas langgezogener Reinfall, weil Amsterdam zwar durchaus auf der Höhe modernster Laster ist, in der sehr intimen, dichtbesetzten Schwulenbar, die uns der Hotelportier dringend empfohlen hatte, Rodenstock jedoch das große Gähnen überkam. Zehn Minuten später gähnte ich zum ersten Mal, weitere vier Minuten später Dinah. Wir kamen überein, daß die Sünden Amsterdams auch nicht das Gelbe vom Ei seien, und ließen uns von einem Taxi ins Hotel verfrachten.

Mit den Worten »es waren wirklich ganz reizende Tunten« rannte Rodenstock an dem Portier vorbei und verschwand.

»Wir sind ja hoffnungslos spießig«, knurrte Dinah und gähnte wieder.

Wenn ich mich recht erinnere, schlief ich zehn Minuten später schon. Ich wurde nur einmal in der Nacht vom Rauschen des Fernsehers wach. Dinah hatte sich auf das Sofa gelegt und dort ihrem Gähnen nachgegeben.

Nach dem Frühstück gingen wir dann in die Fußgängerzone. Der Weg führte uns durch eine kleine exklusive Ladenpassage in einen Innenhof, dann ging es mit einem Lift in das vierte Geschoß.

Ein kleiner, sehr kugeliger Mann öffnete uns und sagte erfreut: »Aha, die Delegation aus Deutschland. Mein Name ist Kerk.«

Komisch, dachte ich, es gibt Zehntausende von Niederländern, die ein passables Deutsch reden, aber ich kenne kaum Deutsche, die das Niederländische beherrschen. Wir stellten uns vor, und der Arzt bat uns in einen großen Wohnraum, in dem eine silberhaarige, füllige Frau vor einem Kaminfeuer hockte und uns entgegenlächelte. »Meine Frau«, sagte er überflüssigerweise.

Dann gab es einige Verlegenheitsmomente, weil wir nicht recht wußten, wie wir das heikle Thema angehen sollten. Schließlich begann ich: »Wir sind wegen Jörn van Straaten hier. Wir können es nicht beweisen, aber er scheint bei einem Doppelmord im Drogenmilieu in der Eifel eine Rolle zu spielen. Man hat uns von Seiten der Polizei in s'Hertogenbosch geraten, uns an Sie zu wenden. Man sagte, Sie haben trübe Erfahrungen mit van Straaten gemacht.«

»Das ist richtig«, murmelte die Frau. »Darf ich Ihnen etwas zu trinken anbieten? Vielleicht etwas zu essen? Es ist gut, bei diesem schrecklichen Thema etwas im Magen zu haben.« Und ohne eine Antwort abzuwarten, griff sie zu einem Telefon und bestellte etwas.

»Herr Doktor Kerk, ist Ihre Tochter, der die Geschichte passierte, im Haus?« fragte ich.

»Nein«, sagte er. »Sie macht eine Therapie in Alkmaar. Das ist etwa 35 Kilometer entfernt. Wir haben uns dafür entschieden, weil sie nahe an einer Psychose gelebt hat und weil es im späteren Leben sehr schwierig ist, derartige Erfahrungen zu verarbeiten.«

»Wann hat diese Geschichte begonnen?«

»Das war vor etwa zwei Jahren«, berichtete die Frau und rieb ihre Hände, als sei ihr kalt. »Tina, so heißt unsere Tochter, war zu Besuch bei einer Klassenkameradin hier in Amsterdam. Auf diesem Fest war auch Jörn van Straaten. Er ist zweifelsfrei ein sehr eindrucksvoller Mann. Natürlich könnte er ihr Vater sein, aber das hält ihn keinesfalls davon ab, mit den Mädchen ins Bett zu gehen. Ich will es kurz machen. Er mietete meiner Tochter Tina ein Apartment. Übrigens ganz hier in der Nähe. Sie zog aus, wir ahnten nichts von dem Mann. Klar, wir haben uns gefragt, wie das Kind denn die Miete aufbringt. Aber wir haben nicht gefragt, wir wollten nicht indiskret sein, und wir wußten genau, daß sie eine harte Arbeiterin ist, wenn sie etwas haben will. Wir dachten, sie wird irgendwo einen Job als Bedienung haben. Sie trafen sich ungefähr zwei Monate lang. Er reiste, wie wir später erfuhren, jedesmal aus s'Hertogenbosch an. Nach diesen zwei Monaten kündigte er das Apartment, sagte unserer Tochter aber nichts. Er kam einfach nicht mehr. Sie ... sie flippte aus, sie wurde schier verrückt, denn sie liebte den Mann tatsächlich.«

Dinah räusperte sich. »Ich vermute, Ihre Tochter kam dann zu Ihnen und erzählte diese traurige Geschichte?«

»Ja«, nickte der Arzt. »Natürlich wurde sie nicht zum Abitur zugelassen, natürlich verlor sie mehr als ein Jahr. Sie verlor aber auch alle Selbstachtung. Ich bin kein Psychologe, aber ich denke, sie wollte sich bestrafen. Sie versuchte, das Apartment zu halten und durch Prostitution zu bezahlen. Es war ein langer demütigender Prozeß – für alle. Ich bin dann nach s'Hertogenbosch gefahren, um mit van Straaten zu sprechen. Wir dachten, daß es für unsere Tochter einfacher sein würde, wenn sie die Chance bekäme, ihm ein paar Fragen zu stellen. Van Straaten war ganz cool, wie die Jugendlichen heutzutage sagen.

Er sagte, ja, er habe meiner Tochter ein Apartment gemietet. Ja, er habe mit ihr geschlafen. Er meinte auch, unsere Tochter sei großjährig und könne tun und lassen, was sie will. Dann sagte er, ich solle ihm nicht seine Zeit stehlen und seinen Laden verlassen. Das habe ich getan.«

»Also eiskalt?« fragte Dinah.

»Warten Sie ab«, fuhr Frau Kerk fort. »Es ging weiter.«

»Rechtlich konnten wir wenig tun«, begann ihr Mann erneut. »Das war uns von Beginn an klar. Als ich seinen Laden verließ, war es schon Abend, ich übernachtete also in s'Hertogenbosch. Am nächsten Morgen war mein Auto ein Wrack. Es war nichts mehr heil an dem Ding. Ich kann nichts beweisen, aber ich denke, er wollte mich warnen, daß ich ihn nie mehr belästige. Meine Tochter hat auf diese Weise mindestens zwei Jahre ihres Lebens verloren.«

»Hat er Ihrer Tochter Drogen angeboten?« erkundigte ich mich.

»Niemals«, sagte die Mutter. »Wir waren bei der Polizei und erfuhren, daß van Straaten angeblich etwas mit Drogen zu tun hat. Aber Tina konnte das nicht bestätigen. Sie sagte, er hätte hin und wieder gekifft, aber was besagt das schon. Tina jedenfalls hat keine Drogen genommen, und er hat ihr auch keine angeboten.«

Kerk lächelte ein wenig bitter. »Wir wissen, daß wir keine gute Quelle sind. Aber wir haben noch etwas für Sie.« Er spitzte den Mund und atmete stoßweise aus, er war sehr erregt. »Ich habe den Mann zeitweise gehaßt, es hat keinen Sinn, das abzustreiten. Ich bin Neurochirurg mit eigener Klinik, ich brauche Gelassenheit und Ruhe. Aber diese Sache hat mich fast Kopf und Kragen gekostet. Ich ging also zu einem Detektiv und bezahlte sehr viel Geld, um etwas über van Straaten zu erfahren. Der Detektiv leistete gute Arbeit, aber er konnte uns nicht helfen. Vielleicht kann er Ihnen helfen?«

»Wo ist er?« fragte Rodenstock schnell.

»Er kommt gleich«, sagte Tinas Mutter. »Wir haben ihm Nachricht gegeben, daß Sie hier sind.«

»Das ist irre«, sagte Dinah.

Eine junge Frau in einem blauen Kittel mit weißem Häubchen erschien, die einen Servierwagen vor sich herschob. Es gab einen typischen holländischen Imbiß, der vom Umfang her eine Kompanie Bundeswehr satt über den Winter gebracht hätte.

»Das wäre doch nun wirklich nicht nötig gewesen«, seufzte Dinah und schlug zu, als sei ihr Konfirmationsessen das letzte gewesen.

»Kriegst du etwa ein Kind?« flüsterte ich.

»Traurige Geschichten machen mich immer hungrig«, murmelte sie. »Sei ruhig und iß!«

Der Detektiv erwies sich als ein junger Mann namens Paul. Er mochte etwa 25 Jahre alt sein und schien ein Nervenbündel zu sein. Um seinen Mund zuckte es dauernd, er konnte seine Hände nicht ruhig halten, sein rechtes Bein zitterte unentwegt. Hinzu kam, daß er langes, schwarzes Haar trug, Sorte nie gekämmt. Sie glänzten, als habe er sie mit Schuhwichse gepflegt. Ungeheuer lässig sagte er: »Also, ich weiß nicht, ob ich Ihnen helfen kann, aber falls ich das kann, sollten Sie in Erwägung ziehen, mich zu bezahlen.« Dabei zuckte sein Mund, und der Rhythmus seines zittrigen Beines veränderte sich leicht.

»Wir bezahlen«, nickte Rodenstock. »Heißt das, Sie sind auf Nachrichten aus Drogenland gestoßen?«

»Das heißt es«, grinste er.

»Dann legen Sie mal los«, forderte Dinah.

»Hm«, begann er. »Das Ehepaar Kerk hat Ihnen erzählt, daß ich in der Sache mit ihrer Tochter wenig tun konnte. Tatsächlich habe ich diesbezüglich gar nichts erreicht. Aber ich wurde dauernd darauf aufmerksam gemacht, daß van Straaten angeblich etwas mit Drogen zu tun hatte. Und dann wurde es interessant. Ein Informant der Polizei steckte mir, daß es ein Sonderkommando gebe, das fast ausschließlich auf van Straaten angesetzt sei. Es war mir klar, daß die Beamten mir keine Auskunft geben würden. Auf der anderen Seite ärgerte mich dieser van Straaten.« Paul wurde zum erstenmal unsicher, um seinen Mund zuckte es nicht mehr, und sein rechtes Bein hörte auf zu zittern. »Ich bin nach s'Hertogenbosch gefahren. Ich wollte seinen Antik-Laden sehen, ich wollte wissen, wie er lebt, was er tagsüber tut und so weiter. Schräg gegenüber in der Verwersstraat ist ein Kiosk, Zeitungen, Zeitschriften, Süßigkeiten. Der Besitzer erlaubte mir, eine Kamera von einem Zimmer im ersten Stock auf den Laden einzustellen. Ich blieb dort fünf Tage und fotografierte von morgens um neun Uhr, wenn van Straaten den Laden öffnete, bis gegen 18 Uhr, wenn er ihn schloß. Ich fotografierte jeden Menschen, der zu ihm ging.«

»Sind es viele Fotos geworden?« fragte Rodenstock.

»Ja«, nickte er. »Insgesamt einhundertundzwölf.«

»Kann man die sehen?« bat Dinah.

Der Detektiv lächelte plötzlich siegesgewiß. »Können wir vereinbaren, daß Sie mir fünfhundert holländische Gulden für alle diese Fotos bezahlen? Sie sollen sie allerdings nur bezahlen, wenn Sie bekannte Gesichter entdecken. Einverstanden?«

Er griff nach einer Ledermappe neben seinem Sessel, nahm eine Klarsichthülle heraus, die mit Schwarzweißfotos gefüllt war, und sagte: »Bitte sehr!«

Die meisten der Besucher des Jörn van Straaten sahen wir natürlich zum erstenmal, und zudem waren die meisten wohl durchaus normale Kunden. Aber drei von ihnen kannten wir bestens. Der eine war Ole, die andere Betty und der dritte der Kriminalbeamte aus Daun, Dieter Kremers.

»Ich möchte bezahlen«, sagte ich.

»Das ist sehr gut«, freute sich Paul. »Mir reicht ein Scheck. Auf der Rückseite der Fotos steht jeweils das Datum und die Uhrzeit. Ich hoffe, Sie sind zufrieden mit mir.«

Wir versicherten ihm, ihn für alle Zeit unseres Lebens von Herzen zu lieben, und verabschiedeten uns postwendend.

»Ich fahre uns nach Hause«, sagte ich draußen.

»Ich wollte doch endlich mal in einen Puff«, klagte Dinah.

»Bleib ein anständiges Kind«, mahnte Rodenstock. »Du lieber Himmel, der Kremers war bei van Straaten. Das muß man sich auf der Zunge zergehen lassen. Halt an der nächsten Telefonzelle, Baumeister. Ich muß Emma anrufen, sie muß uns noch einmal helfen. Und fahr nicht in die Eifel, sondern so schnell wie möglich zurück nach s'Hertogenbosch.«

»Sieh an, sieh an, die Liebe ruft«, schnurrte Dinah.

»Du bist ekelhaft!« schnaubte er.

Wir hatten die Autobahn gerade erreicht, als Dinah zu schnarchen begann und Rodenstock auf dem Rücksitz nicht mehr zu sehen war, weil er sich hingelegt hatte. Mir war es recht. Ich schob ein Band mit Nina Simone ein und ließ sie den wunderbaren Titel *Don't smoke in bed* singen, es folgte unplugged der phantastische Mister Ackerbilk und als Sahnehäubchen auf das ganze Rod Stewart mit *Dancing Mathilda*. Derweil rollte ich mit 160 Stundenkilometern Richtung Nord-Brabant, bis ich mich daran erinnerte, daß man in Holland nicht schneller als 120 fahren darf. Ich einigte mich mit mir selbst auf einhundertdreißig, man muß mit Kompromissen leben können. Zwischendurch kehrte ich kurz in einer Raststätte ein und trank zwei schnelle Tassen Kaffee, um Schlafanfällen vorzubeugen, tankte noch einmal und stob dann weiter durch dieses erstaunlich platte, schöne Land. Als ich die Autobahn verließ und die Innenstadt von s'Hertogenbosch erreichte, weckte ich Rodenstock und fragte, wohin ich denn steuern sollte.

Er gähnte. »Warte mal, Emma hat mir gesagt, wo sie wohnt. Ach ja, irgendwas mit Anger oder so. In der Nähe einer Kirche. Alles in Holland ist in der Nähe einer Kirche. Moment, die Kirche heißt Westkerk.«

»Sehr präzise«, murmelte ich. Ich fand es trotzdem, und Rodenstock entdeckte ihren Namen auf einem Klingelschild, nachdem er ungefähr zwanzig Häuser abgeklappert hatte. »Ich wußte doch, daß ich es finden würde«, triumphierte er.

»Verliebte Männer sind grauenhaft«, nölte meine Dinah.

Es stimmte, Emma war eine sehr schöne Frau, rothaarig mit beinahe durchsichtigem Teint, schlank und groß. Sie konnte 45 sein, sie konnte 60 sein, sie war beeindruckend. Sie trug etwas lang an ihr Herunterfließendes, man nennt so etwas, glaube ich, einen Sari.

»Habt ihr Erfolg gehabt?« fragte sie.

»Na ja«, murmelte Rodenstock. »Wie man es nimmt. Der deutsche Kriminalbeamte, der unserer Meinung nach nicht sauber ist, war hier bei van Straaten zu Gast.«

»Schau einer an«, rief sie gutgelaunt. »Ich habe euch etwas zu essen gemacht. Dabei läßt es sich auch besser sprechen. Das ist also Baumeister. Na fein, Leute, kommt rein und gebt euch privat.«

Es war die spärlich, aber teuer möblierte Wohnung einer sehr selbständigen Frau, es wirkte unaufgeräumt, so, als lebe sie wirklich gern hier. Auf einem Eßtisch brannte ein siebenarmiger Kerzenleuchter.

»Du bist eine Jüdin?« fragte Rodenstock erstaunt.

»Aber ja«, antwortete Emma.

»Ich mag Jüdinnen«, meinte er sanft. »Bist du gläubig?«

»Na ja«, gab sie vorsichtig zurück. »Je älter ich werde, desto nachdenklicher macht mich dieses Leben. Nun langt zu«, sagte sie aufgekratzt. »Getränke stehen da drüben auf der Truhe. Kaffee gibt es in der Thermoskanne. Die Akte van Straaten steht da in der Ecke auf meinem Sekretär.« Sechs Aktenordner reihten sich dort aneinander, gut gefüllt, ich schätzte die Ausbeute auf etwa zweieinhalbtausend Seiten.

»Sind die Deutschen in dieser Sache niemals an euch herangetreten?« wollte ich wissen.

»In Sachen van Straaten noch nie. Und da er dauernd in Deutschland ist, hat uns das sehr gewundert. Aber wenn ich jetzt erfahre, daß deutsche Polizisten ihn heimlich besuchen, wundert mich das nicht. Was wird da gelaufen sein?«

»Wir werden es hoffentlich herausfinden«, meinte Rodenstock.

»Ich habe noch einmal in den Akten geblättert«, berichtete Emma. »Ich habe mich gefragt, ob es wirklich keinen Weg gibt, ihn vor den Kadi zu bringen.« Sie sah uns der Reihe nach freundlich an. »Man müßte ihm eine Falle stellen.«

»Wie soll die aussehen?« fragte Dinah.

»Das weiß ich noch nicht«, gab sie zu. »Aber ich denke darüber nach. Erzählt mir ein wenig mehr von diesem deutschen Kriminalbeamten, der euch so auf den Seelen liegt.«

Rodenstock erzählte sehr gemütlich, was wir um und mit Dieter Kremers erlebt hatten, und sofort kam die Frage: »Habt ihr die Bankkonten dieses Herrn?«

»Wie denn?« fragte Rodenstock. »Die gibt uns keiner.«

»Und wie hat er dieses besonders billige Baugrundstück bezahlt?«

»Das wissen wir noch nicht. Wir haben noch nicht einmal die Bestätigung, daß es besonders billig war.«

»Vielleicht sollte man versuchen, den Verkäufer ein bißchen zu erpressen, nicht wahr.« Emma starrte in unsere betroffenen Mienen und lachte schallend wie ein Mann. »Mein Gott, ihr seht nach guter deutscher Sitte richtig moralinsauer aus. Locker, Leute, locker!«

»Wir haben dich erneut überfallen«, begann Rodenstock, »weil ich diesen van Straaten noch genauer kennenlernen möchte. Woher kommt er, was ist das für ein Typ?«

»Das meiste steht in den Akten, und das Beste ist natürlich das, was nicht in den Akten verzeichnet wurde. Du kennst ja meine Vorliebe für psychologische Motivierungen, Rodenstock. Also, ich persönlich glaube nicht, daß er außerordentlich geldgeil ist. Wenn Geld anfällt, gut, wenn keines zu verdienen ist, auch gut. Sein Motiv ist ein anderes. Er findet das Leben in dieser Gesellschaft hier stinklangweilig. Er ist ein stinkreicher Mann, der sich zu Tode langweilte, bis er auf die Sache mit den Drogen stieß. Und deshalb ist seine Abschirmung auch so perfekt. Er hat unendlich viel Zeit, jeden Coup zu planen. Das Spiel macht ihm Spaß, es ist das Spiel eines Solisten gegen die ganze Gesellschaft. Er ist zweifellos ein Schweinehund, aber einer von der hochintelligenten Sorte. Ich würde jedem Menschen raten, mit diesem Mann vorsichtig umzugehen.«

»Glaubst du, er würde im Notfall töten?« fragte Rodenstock.

»Er selbst natürlich nicht. Er ist der Typ, der bei diesem Gedanken igittigitt sagt. Aber er ist jemand, der einen anderen mit den Worten losschicken kann: Töte ihn schnell! Und dann bezahlt er. Wahrscheinlich, weil er die Erfahrung gemacht hat, daß man alles kaufen kann.«

»Hat er seine Frau auch gekauft?«

Emma lächelte Dinah an. »Gute Frage, meine Liebe. Auf eine gewisse Weise hat er sie gekauft. Gleichzeitig ist er von ihr gekauft worden. Er war in seiner Jugend einer der begehrtesten Junggesellen Amsterdams, stammte aus einer stinkreichen Sippe äußerst habgieriger Kaufleute und hätte es eigentlich nicht nötig gehabt, einer geregelten Tätigkeit nachzugehen. Er studierte in Eton, es folgten Georgetown in Washington und die Sorbonne in Paris. Er machte so eine Art privates Studium Generale – von jedem ein bißchen, und von jedem nur das Interessanteste. Zum Beispiel ist er Experte für expressionistische europäische Malerei, außerdem Fachmann auf dem Gebiet alter Münzen aus dem Fernen Osten. Das sind so Kenntnisse, mit denen er unheimlich gekonnt angibt. Er wurde sogar schon zu Gerichtsverhandlungen als Sachverständiger gebeten.« Emma nagte mit makellosen Zähnen an der Unterlippe. »In Deutschland gibt es doch das Sprichwort, daß der Teufel immer auf den größten Haufen scheißt. Bei van Straaten ist das der Fall. Er war immer reich, er wurde immer reicher und ein Ende ist nicht abzusehen. Auf eine gewisse Weise macht ihn das immun, zum Beispiel hatten wir erhebliche Schwierigkeiten, in sein Leben hineinzuleuchten, weil zunächst keine dunkle Ecke sichtbar war. Sein Leben schien vollkommen gläsern verlaufen zu sein: Verwöhnter kleiner Bubi macht die Erde zu seinem Spielplatz und gelegentliche Arbeit zum Hobby. Es war frustrierend, wie ihr euch denken könnt. Was nahm der nun von zu Hause mit? Die Sippe war knietief im Im- und Exportgeschäft beschäftigt, von Malaiischen Bambus bis hin zu Krokodilhäuten, sie machten alles zu Geld. Er hatte einen Bruder, den sechs Jahre jüngeren Marcus, der den gesamten Laden einmal erben sollte. Jörn wurde ausbezahlt, als er 22 Jahre alt war.«

»Wie hoch lag die Summe?« fragte Rodenstock knapp.

»Bankerkreise in Amsterdam schätzen, daß das ungefähr bei 70 bis 90 Millionen Gulden gelegen haben muß. Und es war nur ein Drittel dessen, was ihm eigentlich zustand. Die beiden Brüder hatten sich geeinigt, nicht mehr aus dem Geschäft herauszunehmen. Die lieben sich übrigens heiß und innig, und nichts an dieser Liebe ist gespielt. Van Straaten machte alles mögliche, kümmerte sich vor allem um seinen Spaß im Leben. Und davon hatte er eine Menge. Wo immer sich die reichen Kinder trafen, war er dabei. Nizza, Cannes, St. Moritz, Paris, London, New York, Los Angeles, Moskau – ohne Jörn lief gar nichts. Wir konnten recherchieren, daß er mit 26 Jahren sieben jungen Frauen von beachtlicher Schönheit jeweils ein Apartment gemietet hatte. Er fand das phantastisch. Als er 27 war, heiratete er plötzlich von heute auf morgen, und die Welt der Schönen und Reichen stand Kopf, weil niemand vorher davon gewußt hatte. Er heiratete beileibe keine Schönheit, eher eine biedere niederländische Hausfrau mit zuviel Fettringen um den Bauch, ein gänzlich unauffälliges Wesen von geradezu bestechender Naivität und dummdreister Neugier. Niemand verstand das, jedermann fragte sich sofort, ob Jörn in eine Krise gerutscht sei. Am Tag der außerordentlich prunkvollen Hochzeit gestand die Braut, sie sei im fünften Monat schwanger. Das war sozusagen der gesellschaftliche Hammer.« Emma trank einen Schluck Wein, sie zündete sich eine Zigarette an, sie streifte die Pumps von den Füßen und zog die Beine hoch.

»Mir fehlen einfach negative Aspekte«, meinte ich.

»Die kommen!« versicherte sie lächelnd. »Die kommen noch. Es stimmt, der Kerl wirkt geradezu unheimlich perfekt. Also, er heiratete diese merkwürdige Frau, und es stellte sich heraus, daß Geld Geld geheiratet hatte. Sie brachte insgesamt sieben Fachgeschäfte für Antiquitäten mit in die Ehe. Das war was für Jörn, das machte ihm

Spaß. Er konnte reisen, soviel er wollte, und er konnte jeden müden Kilometer absetzen. Was er natürlich auch tat. Neben seiner Frau hatte er überall auf der Welt Freundinnen, wobei wir nicht wissen, ob diese Ehefrau das von Anfang an wußte oder nicht. Ganz Amsterdam war am Tag der Hochzeit einhellig der Meinung, daß die Ehe bestenfalls ein oder zwei Jahre dauern würde, die Stadt hatte sich gründlich geirrt. Van Straaten konzentrierte sich aus reiner Liebhaberei auf Antiquitäten und war als Solist sehr schnell erfolgreicher als die gesamte Sippe seiner Frau. Das muß man Jörn van Straaten nämlich zugestehen: Er hat genügend Talente, um in jedem Beruf weitaus besser als der Durchschnitt zu sein. Sein Intelligenzquotient liegt nach Meinung meiner Polizeipsychologen bei etwa 134, ist also beachtlich.«

Ihr Vortrag über den trefflichen Charakterkopf des Jörn van Straaten schien Emma Spaß zu bereiten und sie zu beflügeln. Sie ging zu einem Sekretär, holte aus einer Schublade eine Schachtel mit Zigarillos und zündete sich einen an. »Das, was an van Straaten negativ auffällt, ist seine ausgesprochen rücksichtslose Art, Menschen zu benutzen und nach Gebrauch wegzuwerfen. Anfangs bemerkt das keiner, weil van Straaten ein höflicher, netter, zurückhaltender und scheinbar bescheidener Mensch ist. Nach dem Motto: Er ist ja ein Multimillionär, aber trotzdem ein Mensch!« Sie grinste leicht entschuldigend. »Der Mann ist für mich der absolut perfekte Blender. Ich habe zwei Fahnder fast in den Wahnsinn getrieben, weil ich sie gezwungen habe, sich mit Einzelheiten aus van Straatens Leben zu beschäftigen, die normalerweise die Polizei gar nicht interessieren würden. Ich bin aber froh, darauf bestanden zu haben, denn im Zuge dieser Ermittlungen wurden die ersten dunklen Ecken sichtbar. Zunächst: Daß er diese schreckliche Hausfrau geheiratet hat, wird darauf beruhen, daß seine Frau in gewisser Weise ebenso Menschen ausnutzt wie er. Wir wissen sicher: Als sie erfuhr, daß sein, na ja, sein Frauenverbrauch geradezu ungeheuer war, schaffte sie sich drei Liebhaber an, junge Kerle, die ihr Bestes gaben. Seine Frau konnte van Straaten nicht manipulieren. Doch sie verfuhr genauso diskret wie er: Nach außen störte nichts die Friede-Freude-Eierkuchen-Stimmung.«

»Ich muß dich rasch unterbrechen«, schaltete sich Rodenstock ein. »Ich schlafe trotz dieses spannenden Menschen bald ein. Wo liegt der Punkt, wann seid ihr auf ihn in Zusammenhang mit Drogen aufmerksam geworden?«

»Das ist jetzt mehr als zwei Jahre her. Damals verfolgten wir zusammen mit dem Landeskriminalamt Rheinland-Pfalz eine holländisch-deutsch gemischte Gruppe, die ziemlich viel Haschisch und Ecstasy von hier aus über die Grenze brachte. Anfangs dachten wir, es sei eine eigenständige Gruppe, so etwas wie ein joint venture, weil im Gegenzug ziemlich viel Heroin aus Südrußland zurück in die Niederlande floß. Wir wollten sie haben, alle zwölf. Und wir hatten auf deutscher Seite Erfolg mit einem V-Mann, der in die Gruppe lanciert werden konnte. Der Mann war drei Monate lang direkt im Herzen der Unternehmung. Diese Aktion hat sehr viele Kräfte gebunden, war ungeheuer kompliziert zu steuern, sehr zeitaufwendig, sehr teuer. Wir wunderten uns, als wir feststellten, daß die Märkte in Trier, Wittlich, Koblenz, Bonn und Köln von dem Schlag überhaupt nicht beeindruckt waren. Stoff aus Holland schien in unbegrenzten Mengen vorhanden. Frage also: Wer steckt dahinter? Da mußte jemand genau unterrichtet gewesen sein, was wir taten, denn da hatte jemand während unserer Aktionen ein paralleles Netz aufgebaut. Das war sehr riskant, und es zeugte von eiskaltem Mut, vor der die Polizei überall auf der Welt eine geradezu panische Angst hat. Und siehe da, eigentlich konnte es nur van Straaten sein.«

»Wieso sind Sie so sicher?« fragte Dinah.

Emma lächelte in der Erinnerung. »Niemand war wirklich sicher, meine Liebe. Es gab hier im Präsidium sehr viel Krach deswegen. Die Kollegen meinten, ich spinne. Bis wir auf Vermeer stießen. Vermeer war einer der Leute, die Haschisch in großen doppelwandigen Containern aus Marokko kommen ließen. Vermeer war bereit, aus lauter Sauerkeit gegen van Straaten auszusagen. Aber die Beweise, die er brachte, waren mehr als dünn. Trotzdem reichte es, um die wichtigsten meiner Kolleginnen und Kollegen zu überzeugen: Van Straaten mußte eine Hauptrolle im Drogenmilieu spielen. Der Grund für Vermeers Zorn war übrigens, daß ihm van Straaten eine gefälschte indische Götterstatue verkauft hatte. Van Straaten behauptete später, er habe die Fälschung nicht bemerkt, aber da hatte Vermeer ihm bereits einen Schlägertrupp geschickt. Sie schlugen das Geschäft in der Verwerstraat kurz und klein. Und was machte van Straaten? Er kassierte ungeheuerliche Summen von der Versicherung und nahm Vermeer den Markt ab. Der Krieg war eröffnet.

Doch wir haben immer noch keine griffigen Beweise für van Straatens kriminelle Laufbahn, weil er die wirklich wichtigen Deals vollkommen allein ausmacht, niemals mit einer Gruppe auftaucht, keine Patenallüren entwickelt. Und finanziell läßt sich nichts belegen, da wir erst am Anfang stehen und die banktechnischen Verzweigungen nur ahnen können.«

»Also kassiert er niemals selbst«, sagte ich. »Und läßt sich einfach nicht mit Rauschgift in der Tasche erwischen?«

»Richtig«, sagte sie. »Und noch etwas: Er hat zwei Kuriere ausschließlich als Blindkuriere über sechs Monate kreuz und quer durch Europa geschickt. Die Männer transportierten Luft, nichts sonst. Wir haben sie beide mehr als achtmal kontrolliert. Das ist der Vorteil eines reichen Mannes: Er kann unbegrenzt Kapital einsetzen, um die Polizei zu verwirren.«

»Wie groß ist der Markt, den er beherrscht? Wie groß ist das finanzielle Volumen?«

»Etwa zwei Millionen holländische Gulden pro Woche«, antwortete sie, ohne zu überlegen. »Zwei Millionen Gewinn, nicht Umsatz. Die Märkte bestehen aus allen Städtchen und Dörfern in der Eifel, an der Mosel bis Koblenz, im Hunsrück und weit bis in den Westerwald hinein. Zwei Morde gab es bisher in diesem Bereich, die nach unserer Ansicht auf van Straatens Konto gehen. Ein Dealer im Bereich des Nürburgringes, genauer Adenau, ein weiterer in der Pellenz, also Maria Laach, Mendig,

Mayen. Beide wurden erstochen aufgefunden, und beide wurden von einer Gruppe Italiener aus Köln beliefert. Und zwar mit allen Drogen.«

»Und wer betreut diese Märkte heute?«

»Das ist so merkwürdig. Der Markt am Nürburgring wird vermutlich von einer jugoslawischen Gruppe bedient. Wir konnten keine Berührungen mit van Straaten feststellen. Der Markt Maria-Laach/Mayen, Mendig wurde bis jetzt wechselweise von dieser Jugo-Gruppe und von zwei Leutchen bedient, die ihr gut kennt: Ole und Betty.« Sie lächelte und sagte in unsere betroffenen Gesichter: »Ihr seht also: das ist ein echter internationaler Fall und nicht nur ein Skandälchen in eurer sehr schönen Vulkaneifel.«

Rodenstock erhob sich und trat ans Fenster. »Wenn ich dich richtig verstehe, dann glaubst du, daß van Straaten so gefährlich ist, weil er das Ganze wie ein intelligentes Schachspiel managt?«

»Genau das«, nickte Emma. »In der Regel sind Verbrecher geldgeil. Dieser Mann ist weitaus mehr. Und eigentlich ist er unkontrollierbar, weil er sozusagen meisterhaft allein arbeitet.«

»Aber er braucht Leute, die das Zeug transportieren, die abkassieren, die Bestellungen aufgeben.«

»Ja, ja«, sagte sie nachdenklich und zündete sich einen weiteren Zigarillo an, »genau das ist das Problem. Wir glauben, daß Jörn van Straaten die Coups aushecht, die Bedingungen festlegt, Aufträge erteilt. Und die Frau, von der er nun geschieden wurde, von der er getrennt lebt, besorgt die gesamte Logistik. Das würde passen, denn die beiden sind ein Herz und eine Seele, wenn es darum geht, die gesamte Menschheit als dämlich zu verkaufen. Wir vermuten sogar, daß ihr ältester Sohn, mittlerweile neunzehn Jahre alt, längst eingestiegen ist und nach ganz bestimmten Kriterien die Kuriere auswählt.«

»Wieso war Dieter Kremers bei ihm?« fragte ich. »Gehört Kremers zu den Leuten, die im Auftrage der Polizei zuweilen verdeckt arbeiten? Arbeitet er irgendwie mit Ihren Beamten zusammen?«

Sie schüttelte den Kopf. »Das ist zumindest offiziell auszuschließen. Nein, der Mann arbeitet nicht mit uns, und wir nicht mit ihm.«

»Wir kommen nicht weiter«, murmelte Rodenstock resigniert. »Laßt uns unsere Betten besuchen. Ich bin ein alter Mann, ich brauche Ruhe.« Er sah seine Kollegin an. »Wenn du Lust hast, mich zu besuchen, dann ...«

»Ich habe Lust«, sagte Emma gelassen. »Ich rufe dich an.«

Wir verabschiedeten uns und gingen hinaus, um nach Hause zu fahren. Ich brauchte mehr als vier Stunden, weil der Nebel wieder sehr dicht war.

In der Höhe von Aachen begann es erneut zu schneien, ich mußte noch langsamer werden, als ich ohnehin war. Später klemmte ich mich sicherheitshalber hinter einen Vierzigtonner, der schnaufend in die Berge der Eifel zog.

Paul und Momo benahmen sich wie immer – als seien wir wochenlang fort gewesen. Sie hatten die Inneneinrichtung im wesentlichen unangetastet gelassen, nur auf der Spüle war ein wenig Unordnung. Paul hatte vermutlich drei kleine Teller untersuchen wollen, die daraufhin die Reise auf die Küchenfliesen angetreten hatten.

»Wir sollten spätestens jetzt eine Flasche Sekt aufmachen«, meinte Dinah ganz nebenbei. »Falls es euch entgangen ist: Wir haben Sylvester, und in einer Stunde beginnt ein neues Jahr.«

Wir sagten nichts, wir starrten uns an, und nach einigen Sekunden räusperte sich Rodenstock und erklärte: »Ich halte das für einen bedenklichen Zustand, wir sind irgendwie meschugge.«

»Kein Widerspruch«, sagte Dinah. »Was ist mit dem Sekt?«

»Ich habe keinen«, murmelte ich. »Wirklich Sylvester?«

»Wirklich Sylvester«, nickte Rodenstock. »Es kann vielleicht auch ein aufgesetzter Schlehenschnaps sein, oder? Ich meine ... ach du herrje! Was soll Emma jetzt denken? Ich habe ihr nicht mal ein frohes neues Jahr gewünscht, ich hab das total vergessen. Und, verdammt noch mal, sie hätte doch mitkommen wollen, äh, können, oder? Ich rufe sie an. Vielleicht hockt sie ja allein herum und so.« Er war seelisch zerknittert und verschwand, um zu telefonieren.

»Ich trinke einen Schlehenschnaps«, beschloß Dinah.

Draußen krachte der erste, wahrscheinlich von ungeduldigen Kindern gezündete Kracher, ein paar Hunde begannen zu bellen.

»Prost«, sagte Dinah und trank von dem Aufgesetzten. »Wir sind wirklich bescheuert, uns so in diesem Fall erträNken zu lassen. Willst du einen Kaffee, damit du mit uns anstoßen kannst?«

»Ich mache das mit Wasser. Ich habe das Gefühl, sämtlichen Kaffee zwischen hier und Amsterdam im Bauch zu haben.«

»Ob wir Glück haben werden miteinander?«

»Das haben wir, das können wir beweisen.«

Rodenstock kam zurück, hockte sich auf einen Stuhl und ließ die Finger der rechten Hand nervös auf dem Küchentisch tanzen. »Ich soll euch grüßen und euch ein frohes neues Jahr wünschen und Erfolg bei diesem Fall und einen Haufen Kinder und was weiß ich noch alles. Natürlich ist sie sauer.« Er schwieg, und wir schauten ihn an. Zwei Minuten später setzte er hinzu: »Natürlich hätten wir ihr anbieten sollen mitzukommen. Wir hätten das tun müssen – sagt sie. Normalerweise seien wir doch höflich. Sie hockt jetzt mit zwei Erbtanten in ihrer Wohnung.« Er grinste matt. »Komisch, selbst ältere Juden haben immer Erbtanten.« Dann wurde er unsicher.

»Sie haben eben einen besseren familiären Zusammenhalt«, murmelte Dinah hilfreich.

»Das haben sie wohl«, nickte Rodenstock dankbar. »Kann ich auch so einen Aufgesetzten haben? Ich bin einfach hundemüde und möchte jetzt schon frohes neues Jahr sagen und verschwinden.

Er baute sich mit seinem Glas förmlich vor uns auf: »Ich wünsche euch von Herzen alles Gute im neuen Jahr und so.«

Wir standen ein bißchen verlegen in der Küche herum und setzten uns schließlich, bis etwa um zehn Minuten vor Mitternacht mein Dorf zu explodieren anfing und die

Katzen zu Tode erschrocken unter den Herd sausten und nicht einmal mehr eine Schwanzspitze zu sehen war. So wurden wir ins nächste Jahr geschubst, und eigentlich war es uns von Herzen egal. Die Glocken begannen zu läuten, und wie immer spielten ein Trompeter, ein Saxophonist und ein Tubabläser auf der Straße getragene Weisen; der Musikverein sorgte für die Seinen.

Rodenstock nuschelte: »So ein Scheiß!«, und verschwand.

»Weißt du«, sagte Dinah in die Dunkelheit unseres Schlafzimmers. »Ich glaube, daß Betty eigentlich nur mit anderen Männern schlief, weil sie ihre Liebe zu Ole retten wollte.«

»Ein hoffnungslos weibliches Argument«, brummelte ich. »Sei ein Schwein, rette unsere Liebe!«

»Das verstehst du eben nicht, mein Lieber«, meinte sie selbstbewußt. Irgendwann, nach einer scheinbaren Ewigkeit, war sie eingeschlafen und rutschte im Schlaf so dicht an mich heran, daß ich ihren Atem wie eine warme Brise auf meinem Gesicht spürte.

Ich konnte nicht schlafen, ich wälzte mich vorsichtig zur Seite, stand auf, raffte meine Sachen zusammen und verschwand im Bad, um mich anzuziehen. Als ich auf den Flur zurücktrat, stand dort Rodenstock und plärrte schlechtgelaunt, ob ich ihm etwas in den Kaffee getan hätte, er könne nicht schlafen.

»Das ist vermutlich Emma«, sagte ich unfair, und er starrte mich an und grinste dann etwas verlegen.

Wir hockten uns in die Küche, Momo hüpfte auf seinen Schoß, Paul auf meinen.

»Im Ernst«, murmelte ich, »Emma ist eine wunderbare Frau, oder?«

Rodenstock guckte mich leicht verwundert an. »Ja, und?« fragte er aufmüpfig.

»Du lieber Gott«, regte ich mich auf. »Du solltest dir auch einmal etwas gönnen.«

»Ich bin zu alt, nicht mehr gesund«, bellte er.

»Ja, ich weiß, du hast einen stehenden Krebs«, hielt ich dagegen. »Eigentlich bist du schon lange tot, hast es nur noch nicht gemerkt. Rodenstock, du Gauner, gönn dir doch Emma.«

»Ich weiß nicht«, sagte er zögernd. »Sieh mal, ich bin wirklich alt und ...«

»Sie ist auch nicht mehr ganz jung. Und du wirst doch nicht behaupten wollen, daß du jenseits von Gut und Böse bist, oder?«

»Nein, nein.«

»Na also. Dann nimm sie und macht einen drauf.«

»Das sagst du so«, seufzte er. »Ich bin außer Übung.«

»Dann wird es Zeit, daß du trainierst.«

»Und wenn sie es gar nicht will?«

»Oh Gott. Beschütze mich vor Lustgreisen, die so tun, als hätten sie nie gelebt.«

»Du bist ekelhaft.«

»Das macht mich so sympathisch. Willst du vielleicht andeuten, daß dein Ding da ... dein Ding da nicht mehr funktioniert?«

»Das nicht gerade«, grinste er. »Aber nach herrschender Gesellschaftslehre habe ich keine Rechte mehr in dieser Richtung.«

»Ich habe neulich gelesen, daß Impotenz unter jungen Männern sehr häufig vorkommt«, sagte ich. »Ältere Männer dagegen sind gut in Schuß. Und außerdem soll der Samen jüngerer Männer nichts mehr taugen. Blaue Luft aus schlappen Schwänzen.«

»Du bist ordinär, Baumeister«, rügte Rodenstock sanft und freute sich offensichtlich an meinen Worten. »Vielleicht rufe ich sie an.« Dann räusperte er sich. »Wie wollen wir weiterkommen?«

»Weiß ich nicht«, beschied ich ihn. »Was schlägst du vor?«

»Lose Enden herausfischen und einordnen«, entgegnete er. Er drehte sich um und starrte in die gute Stube hinüber. »Da ist eine Wand. Ich brauche Packpapier oder sowas.«

Ich besorgte ihm das Papier, dazu einige Filzstifte, rot, schwarz und grün, und Reißzwecken. Rodenstock belegte eine ganze Wand mit dem Papier und machte dabei einen höchst konzentrierten Eindruck.

»Fangen wir an, schreiben wir auf, wer bisher alles mitspielte.«

Ich hatte schon immer den Verdacht gehabt, daß sein Gehirn wesentlich logischer und umfassender funktionierte als das meine. Das demonstrierte Rodenstock jetzt auf eine sehr brutale Weise.

Er murmelte: »Also, wir hätten da ...«, und schrieb dann mit außerordentlicher Geschwindigkeit und ohne auch nur ein einziges Mal zu zögern, die Namen aller Menschen auf, die uns in diesem Fall bisher begegnet waren. Ole, Betty, Schniefke, Mario, Marios Vater, Bauer Mehren, der Arzt Grundmann, der Kriminalist Kremers, Melanie, Gerlinde Prümmer, Jonny, der Staatsanwalt Volkmann und so weiter. Vollkommen mühelos erinnerte er sich auch an die Namen derer, von denen wir nur andeutungsweise gehört hatten, wie zum Beipiel Jimmy, diesen Kumpel von Mario, der seinen BMW mit Drogenverkauf finanzierte.

»Und Emma«, ergänzte ich nur noch sanft.

»Und Emma«, nickte er und setzte ihren Namen unter die anderen. »Und jetzt notiere ich mit rot die losen Fäden, okay?« Dann zauberte er wieder, sammelte alles aus seinen grauen Zellen, und nach meiner Überzeugung übersah er nichts: die 50 Portionen LSD, bei denen die Staatsanwaltschaft das Verfahren einstellte, den billigen Bauplatz des Kriminalisten Dieter Kremers, die Kosten für den Neubau. Das Kokain, das wir bei Mehren gefunden hatten, das Kokain bei Melanie, den Leutnant namens Westmann, der Mario und seinen Kumpels für eine Autoreparatur rund dreißig Gramm Haschisch geschenkt hatte, den verschwundenen Pajero von Ole. Wieso hatte Betty gesagt, Ole wolle so eine Art Selbstmord hinlegen? Was hatte Ole gemeint, als er dem Pfarrer Buch sagte, nur *ein* Mensch müsse sterben, dann sei alle Not vorbei? Den Mercedes C 230, der am Heiligen Abend vor der Scheune gestanden hatte. Wieso war es Betty, die mit dem Drogenverkauf angefangen hatte? Wo hatten Ole und Betty den Flug nach Kanada gebucht, und was kostete der? Rodenstock schrieb sehr flüssig und groß und stockte nicht eine Sekunde lang.

»Du bist echt klasse«, sagte ich bewundernd.

»Danke«, murmelte er. »Manchmal tut es gut, das zu hören.«

»Sag das Emma«, schlug ich vor. »Was machen wir jetzt?«

»Die losen Fäden bearbeiten. Wir müssen etwas tun. Also tun wir das Nächstliegende. Du wirst den Bauer Mehren besuchen. Und ich versuche, den Staatsanwalt Volkmann zu erreichen, um zu fragen, was der Dieter Kremers für ein Sauhund ist.« Er hatte leicht entzündete Augen ohne Glanz und wirkte erschöpft.

»Ich protestiere«, widersprach ich. »Wir müssen diesen Tag blau machen, wir müssen das einfach. Wir können nicht dauernd Vollgas geben.«

»Sieh mal an ...«, entgegnete Rodenstock vielsagend.

»Du kannst meinetwegen weitermachen«, fuhr ich fort, »ich merke, daß ich langsam müde werde. Das muß ich ausnutzen. Ich gehe wieder schlafen.«

»Eine gute Idee«, gähnte er.

Wir trotteten also die Treppe hinauf, nickten einander zu, und ich legte mich so geräuschlos wie möglich neben Dinah, die selig wie ein Kleinkind vor sich hinschmatzte. Vielleicht aß sie im Traum ein Erdbeereis oder sowas.

Irgendwann am Nachmittag wurde ich wach, Dinah schlief noch immer, und zum erstenmal seit vielen Tagen räkelte ich mich genüßlich und fand, daß ich noch ein, zwei, drei Stunden Schlaf verdient hätte. Daraus wurde aber nichts, denn Dinah wachte auf und erinnerte mich träge und zärtlich an gewisse Pflichten, denen ich dankbar nachkam, weil so etwas das Leben beflügelt. Bevor wir später wieder einschliefen, hörte ich kurz und eindringlich Rodenstock laut schnarchen. Zweifellos waren wir in diesen Augenblicken eine sehr bemerkenswerte private Mordermittlungsgruppe.

Es war noch fast Nacht, als ich vom Hof rollte, unrasiert und gut gelaunt. In Hillesheim hielt ich an der Telefonzelle am Busbahnhof an. Ich warf zwei Fünfmarkstücke ein und rief Emma an. Ich sagte etwas verlegen: »Es geht mich nichts an, aber haben Sie nicht Lust, mich zu besuchen?«

»Sind Sie ein Kuppler?«

»In diesem Fall ja, in diesem Fall macht es sogar Spaß. Rodenstock ist mein Freund.«

»Ich weiß«, erwiderte sie. »Und wenn er nicht will?«

»Das habe ich heute morgen von ihm auch gehört«, sagte ich und mußte lachen. »Ihr seid wie die Kinder. Er würde Sie jetzt brauchen ...«

»Ich bin für dich einfach Emma«, unterbrach sie.

»Na gut, Emma. Also schwing dich auf die Hufe und besuch den Nachbarn in Deutschland. Ich habe eben erlebt, wie gut dein Freund Rodenstock ist. Du solltest dir das angucken. Also, wenn dein Job es zuläßt ...«

»Ich habe noch vierzehn Tage Vakantjies«, überlegte sie.

»Mir ist egal, wie du das ausdrückst«, meinte ich. »Komm her und bring Vanillefla mit und etwas von dem holländischen Bumsbrot. Und vielleicht einen alten Genever.«

»Ach, du Gauner«, seufzte sie und hängte ein.

Ich war so guter Dinge, daß ich auf dem Busbahnhof einmal Vollgas gab und dann voll auf die Bremse trat. Bei der anschließenden Schlidderei hätte ich beinahe das Holzhaus umgelegt, in dem man schöne, fettige Bratwürste, halbe Hähnchen, Schaschlik und andere Genüsse kaufen konnte.

Im Stall von Mehren brannte Licht. Dort fand ich den Bauern, allein mit einer hochträchtigen Kuh. Als er mich sah, wunderte er sich nicht im geringsten, sondern erklärte: »Ich muß das Kalb wenden, sonst gehen mir beide ein.« Er zog den Pullover aus, bückte sich und nahm eine Riesentube mit Melkfett. Er schmierte sich den rechten Arm bis zur Schulter dick ein und bat dann: »Halt sie mal fest, das wird ein bißchen wehtun.«

Ich ging also zwischen die Tiere und faßte die Kette der Kuh. Sie hatte riesengroße, geduldige Augen, schnaufte heftig und stellte die Hinterläufe breit auseinander, als wolle sie Mehren entgegenkommen.

»Paß auf jetzt«, mahnte er.

Die Kuh wehrte sich jedoch kaum, sie wußte wohl, daß es um ihr Kälbchen ging.

»Mir ist immer noch schleierhaft, daß Ole Betty verraten wollte«, sagte ich, während Mehren im Innern der Kuh arbeitete und dabei heftig und angestrengt atmete.

»War aber so«, keuchte er. »War wirklich so. Er wollte Betty an den Kremers ausliefern.« Er stützte sich mit der Linken scharf auf die Hinterhand der Kuh und schnaufte laut. »Komm Mädchen, da mußt du durch. Du kriegst ein verdammt großes Kalb, ein Stierkalb, eh? Steh ruhig, Mädchen, ich hab die Hinterklauen jetzt und drehe. Alles klar, Mädchen? Glaubst du denn, du findest den, der es getan hat?«

»Ja, das glaube ich.« Vorsicht Baumeister, ganz vorsichtig. »Ole hat zu Pfarrer Buch gesagt, eigentlich müsse nur ein Mensch sterben, dann hätte er seine Ruh.«

»Na sicher«, ächzte der Bauer. »Die Betty, dieses Luder, diese Hure, die mußte sterben. Dann hätte er seine Ruhe gehabt.«

»Wie heißt du eigentlich?«

»Alwin.«

»Also gut, Alwin. Du redest Scheiße. Ole hat Betty geliebt, er wollte vielleicht töten, aber niemals die Betty. Wer kommt sonst in Frage?«

»Weiß ich doch nicht«, entgegnete er sehr schnell. »Das Luder hätte es verdient.«

»Kannst du nicht endlich begreifen, daß die sich wirklich liebten?«

»Will ich nicht!« schrie er und machte eine letzte große Anstrengung, die sein Gesicht rot anlaufen ließ. Dann zog er den Arm aus der Kuh, drehte sich um und nahm eine große Spritze von einem hochgelegenen Fensterbrett. »Ich muß sehen, daß sie wieder Wehen kriegt«, kommentierte er sein Tun. Er spritzte zügig und sicher. Die Kuh durchlief ein Zittern, und sie versuchte, sich hinzulegen.

»Nicht hinlegen lassen!« befahl der Bauer aufgeregt. »Jetzt kommt es.« Er fuhr wieder mit dem Arm in die Kuh und beruhigte das Tier durch einen zärtlichen Singsang. Nach fünf Minuten kam ihr Baby, und es lag frisch, glänzend, blutig und eingewickelt in eine Haut im Stroh. »Jetzt kannst du dich hinlegen«, meinte Mehren befriedigt zu der Kuh. »Ich sagte doch, ein Stierkalb.«

»Warum erzählst du nicht endlich alles, was du weißt?« fragte ich.

Die Kuh legte sich nicht, wendete sich statt dessen dem Baby zu und leckte es.

»Ich warte auf die Nachgeburt«, erklärte er. »Ich warte immer. Was soll ich denn nicht erzählt haben?«

»Das weiß ich nicht, Alwin«, sagte ich. »Es ist ein Gefühl.«

»Gefühle! Blödsinn!«

Eine graue Katze kam heran und strich um seine Beine. Mehren bückte sich, nahm sie hoch und streichelte sie.

»Was glaubst du, wen wollte dein Sohn töten? Er wollte doch töten, oder?«

Oles Vater nickte unendlich langsam, als mache es ihm körperliche Schwierigkeiten. »Wollte er. Aber ich weiß nicht, wen. Ich weiß es wirklich nicht.«

»Wie wollte er denn töten?«

Er streichelte die Katze, sah mich dann an und hatte ganz schmale Augen. »Mit meinem Jagdgewehr. Er hat es mir geklaut. Es ist weg, es ist einfach weg.«

»Was ist das für eine Waffe?«

»Schrot. Doppellauf.«

»Seit wann hatte er es?«

»Seit, warte mal. Vierzehn Tage vor Weihnachten. Ich habe sofort gemerkt, daß er es genommen hat. Ich habe nicht gefragt, ich habe nur gedacht, hoffentlich erschießt er damit die Hure!« Er ließ die Katze einfach fallen, ging zwei, drei Schritte zurück, glitt dann an der Wand herunter und setzte sich schwer in einen Strohhaufen. Der Bauer weinte. Sein Gesicht hatte sich in Sekunden verändert, es war grau und teigig geworden, und er griff sich in einem schnellen Reflex an die linke Brustseite. »Ich kann nicht mehr«, schluchzte er. »Verdammt noch mal, ich kann nicht mehr. Sie hat ihn bedrängt, daß er den Hof nicht bewirtschaftet.«

»Das hat sie nicht«, widersprach ich. »Das hatte er schon entschieden, als Betty noch gar nicht in seinem Leben war. Als er noch ins Gymnasium ging, hat er schon gesagt, er wolle niemals Bauer sein.«

»Aber warum denn? Er mochte doch Tiere und die Arbeit hier.« Mehren wischte sich mit dem Unterarm über die Nase.

»Man kann doch Tiere und Bauernhöfe mögen und trotzdem nicht Bauer sein wollen«, sagte ich. »Das ist doch normal. Wahrscheinlich wird doch Schappi jetzt den Hof machen, oder?«

»Aber zwischendurch, so vor drei Jahren hat er gesagt, er würde den Hof doch machen wollen. Da muß diese Hure ihn von abgebracht haben.«

»Hör auf, dich zu quälen«, sagte ich. »Sie war keine Hure, und eigentlich weißt du das auch genau.«

»Aber sie hat ...« begann er zu schreien.

»Ja, sie hat«, unterbrach ich ihn scharf, »kein Zweifel. Aber sie hatte Gründe.«

»Aha! Und welche?« fragte er höhnisch.

»Das wissen wir noch nicht«, gab ich zu. Wie hatte Dinah es ausgedrückt: Betty betrog Ole, weil sie ihre Liebe zu ihm retten wollte. Plötzlich begriff ich, was sie gemeint haben könnte. »Gut, er hat dir also das Gewehr geklaut, weil er jemanden töten wollte. Hatte er Munition?«

»Satt«, stöhnte Mehren. »Ich habe ... ich habe nach dem Brand in der Scheune gesucht. Aber nichts gefunden. Und die Kripo kann auch nichts gefunden haben, weil sie sonst nachgefragt hätte. Das Ding ist einfach weg.« Er wurde zunehmend blasser, während er da hockte und auf die Nachgeburt wartete.

»Ich gehe mal pinkeln«, verkündete ich.

»Warum gehst du dazu aus dem Stall raus?« fragte er.

»Weil ich allein pinkeln will«, sagte ich.

Ich lief über den Hof in das Wohnhaus und gleich in das Wohnzimmer. Dort nahm ich das Telefon, rief den Arzt Peuster an und bat ihn, sofort zu kommen. Dann ging ich zurück. Mehren saß unverändert in dem Strohhaufen. Sein Gesicht hatte jede Farbe verloren, die Ringe unter seinen Augen waren fast schwarz und wirkten bedrohlich.

»Gab es denn einen Zeitplan? Wann sollte Ole Betty liefern?«

»Das war noch nicht festgemacht. Kremers sagte, er wolle sich nach den Umständen richten.«

»Und du hast nicht gewußt, daß Ole nach Kanada wollte?«

Der Bauer schüttelte betrübt den Kopf. »Ich habe das erst in der Brandnacht erfahren.«

»Wo hatte er wohl gebucht?«

»Ich nehme mal an, in Daun. Aber das ist doch auch egal.«

Ein Auto fuhr draußen vor, und nach wenigen Sekunden kam Peuster mit seiner Bereitschaftstasche herein. »Morgen«, sagte er munter. Er stellte die Tasche neben Mehren, kramte darin.

»Mal den Pullover ausziehen«, befahl er und schwenkte die Manschette des Blutdruckmeßgeräts.

Mehren wehrte sich nicht. »Was soll das?« fragte er erleichtert, wartete aber nicht, daß jemand antwortete. »Mir tut es da links weh. In den Arm rein. Und in der Brust.«

»Das haben wir gleich«, murmelte Peuster.

»Ich muß heim«, sagte ich und ging.

ACHTES KAPITEL

Ich kam in den Flur meines kleinen Hauses, und dort wartete Dinah. »Gott sei Dank. Ich hatte ein mieses Gefühl, daß er dich verprügelt.«

»Die Zeiten sind vorbei«, murmelte ich. »Guten Morgen.«

»Guten Morgen. Frühstückst du mit?«

»Na sicher. Gibt's was Neues?«

»Ja. Wir fahren gleich zur Staatsanwaltschaft nach Trier«, berichtete sie. »Rodenstock hat mit ihnen gesprochen, sie möchten aber nicht alles am Telefon erzählen.«

Rodenstock erschien und fragte, ob wir im Besitz einer Kopfschmerztablette seien. Ich ging in die Küche und gab ihm zwei. Er hatte den Tisch gedeckt, Kaffee gekocht, Brot geschnitten. Nachdem er die Pillen geschluckt hatte, sagte er: »Wir haben seit Tagen etwas übersehen. Wir fragen uns dauernd, warum Kremers allen Leuten versprochen hat, die Strafe milde ausfallen zu lassen, wenn sie ihr Wissen preisgeben und andere ausliefern. Aber er versprach es allen, die irgendwie an dem Fall beteiligt sind. Da liegt der Hase im Pfeffer.«

»Das verstehe ich nicht«, gestand Dinah.

»Ganz einfach«, erklärte er. »Da Kremers alle Beteiligten und ihre Rollen in dem Spielchen kennt, brauchte er eigentlich überhaupt keinen Kronzeugen. Ist das klar? Er konnte alle hops gehen lassen, er wußte genau, was sie getan hatten.«

»Stimmt«, murmelte Dinah. »Das ist gut, das ist sogar sehr gut.«

»Wenn es Kremers war, der das Kokain an die Badewanne von Melanie heftete, dann müßte er logischerweise auch Marios Elternhaus ausgestattet haben, oder? Der Junge weiß viel, viel zuviel.«

»Und wie!« sagte ich. »Wir sollten nach Niederstadtfeld und das prüfen.«

»Weiter: Woher stammt das Kokain? Aus Asservaten der Staatsanwaltschaft? Das wäre zu riskant gewesen. Also woher hat er es? Unklar ist auch, wer nun den Markt von Ole und Betty erben sollte. Wer ist jetzt der hiesige Hauptdealer? Vielleicht sollten wir mal mit den Bildern des Detektivs Mario besuchen, vielleicht erkennt er jemanden.«

»Du bist ekelhaft berufstätig«, sagte ich.

»Er ist gut«, widersprach Dinah. »Wie weit ist denn die Mordkommission?« fragte Dinah.

»Das kann nicht berauschend sein«, murmelte er. »Die Kommission ist wohl ein Flop.«

»Warum denn das?« fragte Dinah.

»Sie sind noch nicht einmal auf Dieter Kremers gestoßen«, sagte er düster. »Wir müssen zu den zwei Rauschgiftbeamten nach Wittlich. Die brauchen wir auch. Ich will deren Erklärung für die Aktivitäten unseres Herrn Dieter Kremers.« Er goß sich Kaffee ein und grinste. »Wir sollten inserieren. Wir ermitteln diskret aber erbarmungslos!«

»Jetzt ist Frühstück, kein Wort mehr über den blöden Fall«, befahl Dinah.

Erneut rief ich Thomas Schwarz an. »Wenn du nochmal kommen könntest, wäre ich dir dankbar. Ein Gewehr ist verschwunden, eine doppelläufige Schrotbüchse. Nach meiner Überzeugung müßte sie entweder im unmittelbaren Bereich der Scheune liegen oder aber genau wie die Geldkassette dahinter. Machst du das?«

»Klar«, versprach er trocken. »Mit anderen Worten, du kommst nicht mit.«

»Richtig. Wir sollten kein Aufsehen erregen. Außerdem habe ich keine Zeit.«

Dann läutete ich bei Mario durch, der aber zu irgendeiner Untersuchung gebracht worden war. Ich ließ ihm ausrichten, ich käme nachmittags vorbei. Schließlich sagte ich: »Rodenstock, könnt ihr ohne mich zur Staatsanwaltschaft nach Trier? Wir schaffen das alles nicht, wenn wir jeweils zu dritt auftauchen.«

»Das ist richtig«, meinte er. »Wenn Dinah mich nicht fahren müßte ...«

»Ist schon gut«, murmelte sie. »Ich fahre dich, und es ist sowieso besser, wir sind zu zweit. Wieso, um Gottes willen, hast du eigentlich keinen Führerschein?«

»Weil ich immer gedacht habe, daß ich für Vater Staat Morde aufklären und nicht Auto fahren soll«, sagte er freundlich.

Zehn Minuten später fuhren sie.

Ich setzte mich auf das Sofa, kraulte die Katzen und starrte in den Kaminofen, der hell und freundlich loderte. Dann legte ich die Carmina Burana in einer Aufnahme aus Prag ein und hörte zu, die Katzen schliefen längst. Irgendwann schreckte ich hoch und brauchte ziemlich lange, um mich zu orientieren. Es war halb zehn, ich hatte zwei Stunden geschlafen und fühlte mich gut. Ich ging hinauf ins Badezimmer und stellte mich unter die Dusche, während die beiden Katzen sich nebeneinander aufbauten und mir zusahen. Sie wußten genau, daß sie sehr dekorativ wirkten, fuchsrot und rabenschwarz. Paul machte den Eindruck, als wolle er verkünden: Seht her, so schön sind nur wir Eifelkatzen!

Das Telefon klingelte. Es war Mario. Erstaunlich munter und positiv meinte er: »Eigentlich brauchst du nicht extra zu kommen. Ich denke, ihr habt jetzt alle keine Zeit.«

»Haben wir auch nicht. Aber das kann kein Grund sein, dich nicht zu besuchen. Außerdem muß ich dir Fotos zeigen.«

»Ach ja?«

»Ja. Richtig interessante Bildchen. Übrigens, weißt du, wo Ole und Betty die Kanada-Reise gebucht haben?«

»Klar. In Daun.«

»Dann noch etwas. Du hast von deinem Kumpel Jimmy geredet, der seinen Zwei-Liter-BMW mit Rauschgift finanziert. Ich nehme an, Jimmy ist ein Deckname. Wie heißt er wirklich?«

»Meller, Jan Meller. Er geht in Daun ins Thomas-Morus-Gymnasium in die 13. Klasse. Er wohnt ... warte mal ... er wohnt in Dreis. Richtung Hillesheim kurz vor dem Nürburg-Sprudel auf der linken Seite. Aber vorsichtig.«

»Ich komme trotzdem gleich wegen der Fotos. Wieso vorsichtig?«

»Der Vater ist ein ganz Harter. Kannst du mir Weintrauben mitbringen?«

»Mache ich. Sonst noch was?«

Sonst brauchte er nichts zu seinem Glück, konnte sich allerdings nicht verkneifen, halblaut zu sagen: »Und einen neuen Fuß, Größe zweiundvierzig«, bevor er die Verbindung unterbrach.

Das Wetter war diesig und kalt, und wer eben konnte, hütete das Haus und sonst nichts. Daun schien in einer Art Tiefschlaf zu liegen, aber das Reisebüro hatte auf, als hege der Besitzer die durch nichts zu tötende Hoffnung, jemand könne vorbeikommen und ein Luxushotel auf Hawaii buchen.

»Ich bin Siggi Baumeister, ich bitte um Ihre Hilfe«, stellte ich mich vor.

Der Mensch hinter der Theke war groß und schlank, er war der Typ, der immer siegt. »Ich kenne Sie vom Sehen«, erklärte er.

»Aha. Es ist so, daß ich in der Jünkerather Geschichte unterwegs bin. Sie wissen schon, Betty und Ole Mehren.«

»Weiß ich auch«, sagte er mit dem Charme eines Eisfaches.

»Die haben hier Tickets für eine Flugreise nach Kanada gekauft. Hin und zurück, und …«

»Stimmt nicht«, unterbrach er tonlos. »Nur Hinflug.«

»Aha, nur Hinflug. Nun gut. Ich wollte wissen, wie sie bezahlt haben? Mit Scheck? Bar?«

»Das darf ich nicht sagen«, sagte er. »Die Tickets sind ja wohl mitverbrannt. Ich habe nur die Kopien hiergehabt. Das hat jetzt alles die Mordkommission. Schon seit Tagen. Da kann ich nichts machen.«

»Ich brauche die Dokumente nicht«, erklärte ich. »Ich bin nicht die Polizei. Ich wollte nur wissen, ob die Beiden bar bezahlt haben oder mit Scheck.«

Der Reisebüromensch war ein cleveres Kerlchen, er lächelte mit schmalen Lippen und machte sein Spiel. »Na, was vermuten Sie denn?« Dann legte er den Kopf schräg. Vermutlich war er oft unter den Zuschauern von *SAT 1* oder *RTL*.

»Ich soll also raten, hm?« Ich mußte grinsen. »Was kriege ich, wenn ich richtig rate?«

»Was möchten Sie denn?« fragte er, und jetzt lachte er offener.

»Eine der Burgen Heinrich VIII auf Irland?«

»Einverstanden«, sagte er. »Also, Ihre Meinung?«

»Sie zahlten bar«, sagte ich. »Und reden Sie mir nicht ein, daß es anders war.«

»Wieso sind Sie so sicher, Herr Baumeister?«

»Das hat mit der Natur des Falles zu tun«, behauptete ich. Er wollte irgend etwas loswerden, aber was?

»Und was ist die Natur des Falles?« Er trommelte auf die Glasplatte seines Verkaufstisches.

»Drogen«, murmelte ich. »Das wissen Sie doch. Drogen sind immer Bargeld.« Dann riskierte ich die Kardinalfrage. »Sie wollen etwas loswerden, nicht wahr?«

»Das ist ja erstaunlich«, sagte er leise. »Ja, will ich. Es ist so, daß ich Ole mochte ... und Betty natürlich auch. Sie haben bar bezahlt. Etwa eine Woche vor Weihnachten. Damit sie nicht mit jemandem zusammentrafen, rief Ole mich an und sagte, er käme mit Betty nach Geschäftsschluß am Abend. Ich wußte schon, was sie wollten, und er hatte mich gebeten, mit niemandem darüber zu sprechen. Die Unterlagen hatte ich schon fertig. Es war ganz komisch. Ich bin mit Ole ins Gymnasium gegangen, so lange kennen wir uns schon. Diese jungen Leute wollen immer die billigen Flieger, und das ist ja auch richtig so. Aber Ole wollte einen Normalflug und Erste Klasse. Heh, sagte ich, du bist verrückt. Ich bin dankbar für jedes Geschäft, aber das hast du bei mir nicht nötig. Doch am zweiten Weihnachtsfeiertag gab es sowieso keine billigen Flüge, und es mußte der zweite Feiertag sein, sonst kam kein Tag für die beiden in Frage. Also buchte Ole zweimal Erste Klasse Linie Frankfurt-Montreal und ein Wohnmobil für geschlagene drei Monate. Er bezahlte insgesamt etwas über zehntausend Dollar. Na sicher, Ole hat einen Vater, der ziemlich gut betucht ist, aber den Spaß hätte er eigentlich im Sommer für die Hälfte haben können, und ...«

»Also, er legte über zehntausend Dollar auf den Tisch. Okay? Gut, wie zahlte er? Deutschmark, Dollar? Holländische Gulden?«

»Deutschmark. Ich gab ihnen die Tickets, und Ole sagte: Das wird ein Riesenspaß! Betty hat die Tickets in die Handtasche gesteckt und meinte ganz komisch, das wird sicher ein Riesenspaß, wenn wir heil ankommen. Ich habe mir nichts dabei gedacht, jetzt aber denke ich mir was dabei.«

»Wie hat Ole reagiert?«

»Er sagte, sie soll kein Hasenfuß sein. Ich erinnere mich an den komischen Ausdruck Hasenfuß, hört man ja nicht oft.«

»Sie glauben also, daß Betty etwas geahnt hat?«

Er nickte. »Das glaube ich. Wenigstens klingt das heute so, oder?«

»Haben Sie das auch der Mordkommission erzählt?«

»Ja, natürlich, aber ich glaube, die machen nichts draus.«

»Und weitere Bemerkungen sind nicht gefallen?«

»Reicht das nicht?« fragte er vorwurfsvoll.

»Das reicht durchaus«, nickte ich. »Vielen Dank. Und wenn Sie noch etwas hören, rufen Sie mich bitte an.«

»Na klar«, versprach er. »Und viel Glück.«

Ich marschierte durch die Fußgängerzone der Kreisstadt den Berg hinunter und erlebte nach vielen Tagen endlich mal wieder ein Stück blauen Himmels und eine Spur der bleichsüchtigen Sonne. Es gab sie also noch. Ich erwischte mich, wie ich ein Lied pfiff. Dann kaufte ich zwei Kilo Weintrauben.

Der Arzt Grundmann hatte Mario mittlerweile von der Bedrückung der Intensivstation befreit und ihn in ein Zimmer ganz am Ende eines Korridors gelegt, in den einem Verbot zufolge kein Besucher des Hauses gehen durfte, weil dort »technische Räume« waren. Wer immer das erfunden hatte, es würde wirken.

Grundmann stand in einer offenen Tür und berichtete, nachdem wir uns begrüßt hatten: »Er hält sich unglaublich gut. Er hat Mut, der Junge ist klasse.«

Ich stand vor Marios Bett und starrte auf ihn hinunter, wie er da bleich und hohlwangig auf seinem Kissen lag. »Scheiße!« entfuhr es mir, und ich nahm ihn in die Arme.

»Sie sagen, es gibt gute Prothesen, die man kaum sieht.« Er hatte Tränen in der Stimme, aber er machte ein paar wirre Bewegungen mit beiden Händen und versuchte, sich wieder in die Gewalt zu bekommen.

»Indianer heulen manchmal auch«, beruhigte ich. »Waren deine Eltern schon hier?«

»Na sicher«, sagte er und putzte sich die Nase. »Mein Vater blieb die ganze Nacht. Und morgens kam meine Mutter. Ich habe sie weggeschickt.« Mario grinste matt. »Die heulen mehr als ich.«

»Aber das ist doch ein gutes Gefühl, oder?«

»Ja«, nickte er. »Das kommt wirklich gut. Oh, Trauben. Ich weiß nicht, normalerweise esse ich die Dinger gar nicht so gerne.«

Ich nahm den Umschlag mit den Fotos des Holländers Paul aus der Tasche und reichte ihm den.

»Schau dir die Galerie in Ruhe an, laß dir Zeit. Ich sage dir dann auch, wo es ist und wem das Haus gehört. Darf man hier rauchen?«

Er lachte: »Natürlich nicht. Aber auf dem Gang haben sie nichts dagegen, weil ich hier der einzige Patient bin.«

»Heißt das etwa, daß du auf den Gang rausspringst und qualmst?«

»Na sicher«, nickte er. »Grundmann sagt, ich sollte in Zukunft jedes Verbotsschild übersehen. Er ist ein guter Typ.«

Ich ging hinaus und ließ ihn für ein paar Züge aus der Pfeife mit den Fotos allein. Als ich zu ihm zurückkehrte, hielt er mir ein Foto hin: »Das ist Jan Meller, der Kumpel aus Dreis. Wo ist das fotografiert?«

»In der Straße, in der der Holländer Jörn van Straaten sein Antik-Geschäft hat. In s'Herzogenbosch. Du warst dort nie?«

»Nein«, bestätigte er. »Was wollte Jan Meller da?«

»Das weiß ich nicht.« Ich starrte auf das Foto des jungen Mannes. Er wirkte nichtssagend, er wäre mir sicherlich nicht aufgefallen. Ein wenig blaß, ein wenig dicklich, genormt in Jeans und einer Lederjacke, die üblichen sportlichen Treter von Adidas in grün-weiß. »Was ist er denn für ein Typ?«

»Scharf auf Moos«, sagte Mario lapidar, »sonst nix. Nur scharf auf Geld. Eigentlich ist er klug, und er spielt verdammt gut Gitarre. Aber er ist so hinter dem Geld her, daß er glatt eine Melodie vergißt. Das könnte mir nicht passieren.«

»Wenn ich dich fragen würde, ob Betty mit dem Dealen angefangen hat oder Ole – auf wen würdest du tippen?«

»Auf Betty«, antwortete er sofort. »Außerdem weiß ich genau, daß Betty drauf gekommen ist.«

»Und wie?«

»Ziemlich einfach. Ole machte so rum. Mal hatte er was, mal hatte er nichts. Und er teilte immer, jedenfalls mit guten Kumpels. Bis dann Betty sagte, sie könnten das genauso gut geschäftsmäßig machen. Das war vor zwei Jahren, würde ich tippen. Betty war die praktische, die den Alltag organisierte.«

»Noch eine Frage. Angenommen, jemand würde behaupten, Ole wäre im Sommer vergangenen Jahres bereit gewesen, Betty an die Staatsanwaltschaft auszuliefern. Würdest du das glauben?«

Er sah mich an und hatte plötzlich Angst in den Augen. »Wie soll ich das verstehen?«

»Das sollst du so verstehen, daß Ole gegen Straffreiheit den Kronzeugen machen und auch gegen Betty aussagen sollte. Angeblich, sagt sein Vater, hatte Ole sich darauf eingelassen.«

Mario dachte darüber nach. »Kann ich mir nicht vorstellen«, sagte er rauh. »Ich meine, sie kriegte ein Kind von ihm. Sie wollten nach Kanada, und, wenn möglich, da bleiben. Sie hatten die Tickets. Was soll das dann? Ich kann mir höchstens vorstellen, daß das ein Trick von Ole war.«

»Ein Trick?«

»Ja, warum nicht? Vielleicht hat er das gesagt, damit der Vater ruhig ist.«

»Noch eine verrückte Frage: Wenn du in eurem Haus etwas verstecken wolltest, sagen wir ein paar Päckchen Koks, wo würdest du das hintun?«

Er war erneut verunsichert. »Wieso? Ich meine, Koks? Habe ich nichts mit am Hut. Wenn ich was verstecken müßte, dann in der Garage. In dem Chaos findet das kein Mensch. Und sowas vermutet man dort auch nicht, weil die Garage tagelang offensteht. Wieso Koks?«

Junge, ich muß gehen. Ruf mich an, wenn du was brauchst. Ich komme wieder.«

»Na sicher«, nickte er. Dann griff er schnell nach dem Telefon, da es klingelte. Er hörte zu und gab mir den Hörer. »Dein Kumpel.«

Rodenstock sagte: »Ich rufe dich aus Trier an, ich dachte mir, daß du zu Mario gehst. Fahr zur Melanie nach Gerolstein. Sie wurde heute morgen vom Hausmeister tot aufgefunden. Es sieht nach Selbstmord aus, aber ich habe ein mieses Gefühl dabei. Alles andere später.« Er legte auf.

»Ist was?« fragte Mario.

»Nichts Besonderes«, log ich. »Mach's gut derweil.«

Das Apartmenthaus wirkte wie immer kühl und wenig einladend. Zu sehen war nichts, nicht einmal ein Rettungswagen des DRK oder ein Streifenwagen. Ich benutzte Melanies Klingel, und sofort summte der Türöffner. Ich ging hinauf, die Wohnungstür stand offen, darin ein Mann, der mich mißtrauisch anschaute. »Was wollen Sie?«

»Ich wollte zu Melanie. Wir kennen uns.«

»Das geht nicht, sie ist ...«

»Sie ist tot, ich weiß«, sagte ich. Dann stellte ich mich vor. »War es wirklich Selbstmord?«

»Bis jetzt sieht es so aus.«

»Wie hat sie es gemacht?«

»Das wissen wir noch nicht. Keine Waffe, kein Strick.«

»Wieso hat der Hausmeister sie gefunden?«

Der Mann bekam schmale Augen. »Ach, das wissen Sie auch schon? Sie waren heute morgen verabredet, und er wunderte sich, daß sie nicht aufmachte. Er konnte sehen, daß drinnen Licht brannte. Da hat er die Tür aufgemacht.«

Ich fragte mich, was geschehen würde, wenn die Polizei entdeckte, daß ihr Kollege Dieter Kremers seit geraumer Weile jede Nacht hier zu Gast war. Ich wollte Melanie nicht sehen, ich wollte eigentlich nur wissen, ob die Kokainbeutel noch an Ort und Stelle klebten. Wenn es Selbstmord war, dann ... Baumeister, hör endlich auf zu spekulieren und hau ab hier.

»Schönen Dank«, murmelte ich. »Darf ich Sie anrufen?«

»Sie erreichen mich in Wittlich, mein Name ist Jungen.«

»Danke.«

Ich fuhr über Gees und Neroth nach Niederstadtfeld zu Marios Eltern. Sie sahen beide blaß und übernächtigt aus.

»Ich will keine langen Reden schwingen«, erklärte ich. »Stimmt es, daß Ihre Garage häufig offensteht?«

»Ja«, nickte Marios Vater.

»Dann suchen wir mal nach Beuteln mit weißem Pulver. Kommen Sie!« Ich ging vor ihnen her, während er aufgeregt fragte: »Was soll das? Wird Mario verdächtigt?«

»Nicht die Spur. Aber es kann sein, daß man ihm etwas anhängen wollte.«

»Wie groß sollen diese Beutel sein?«

»Etwa zehn mal zehn.«

In der Garage herrschte tatsächlich Chaos, in dem ein Auto nur Platz haben würde, wenn man mit Vollgas für Platz sorgte. Anfangs schien es unmöglich, hier etwas zu finden, aber dann konstruierten wir einen Fall. »Stellen Sie sich vor, Sie stehen vor der offenen Garage und wollen hier etwas verstecken. Sie haben nicht viel Zeit, ein paar Sekunden nur. Wo würden Sie diese Beutel hintun?«

»In eine leere Farbdose vielleicht? Vielleicht in einen der alten Spankörbe da. Oder in eine der Werkzeugkisten? Was ist denn in den Beuteln?«

»Kokain«, teilte ich mit.

»Mein Junge und Kokain?« Seine Nerven hatten gelitten, er zitterte.

Wir fanden die Beutel in einem Winterreifen, der ziemlich abgefahren an einem dicken Nagel an der Wand hing. Es handelte sich um vier Beutel.

»Ich nehme nur zwei Proben mit«, sagte ich. »Dann verstauen wir es wieder an Ort und Stelle.«

»Ja, aber das geht doch nicht. Wenn jemand kommt ...«

»Wir wollen ja, daß jemand kommt.« Ich riß einen Beutel auf und schmeckte. Es schien ebenfalls guter Stoff zu sein. Einen Kaffeelöffel voll schüttete ich in ein altes Kuvert und steckte es ein. »Wenn jemand kommt, rufen Sie mich an. Sofort.«

Mario Vater versprach es verwirrt.

Rodenstock und Dinah hockten am Küchentisch und schlürften einen Kaffee und einen Kognak. Dinah berichtete: »Die Kölner haben Ole und Betty umgebracht. Dieser Smiley hat inzwischen gestanden. Aber Rodenstock ist der Meinung, Smileys Geschichte ist erfunden. Smiley behauptet, daß Ole und Betty ihnen ein paar wichtige Kunden abgenommen hätten. Sie seien am Heiligen Abend nach Jünkerath gefahren, um die beiden zu bestrafen. Vorher hätten sie gekifft, Ecstasy geschmissen und überdies Koks und anschließend Valium eingefeuert. Er könne sich nur undeutlich erinnern, was vorgefallen sei. Wer den beiden das Genick gebrochen hat, weiß er nicht mehr genau. Wer ihnen Heroin spritzte, daran will er sich auch nicht erinnern. Und wer auf die Idee kam, die Bude anzuzünden, ist ebenfalls unklar...«

»Es sieht so aus, als käme er damit durch«, murmelte Rodenstock düster. »Was ist mit Melanie?«

»Sie wissen nicht, ob es Selbstmord war. Ich konnte nicht riskieren, ins Bad zu gehen und nach dem Kokain zu sehen. Kokain befindet sich übrigens auch in der Garage von Marios Eltern. Wird die Staatsanwaltschaft jetzt gegen Kremers ermitteln?«

Dinah schüttelte den Kopf. »Erstmal schützen sie ihren Mann, sie sagen, er hätte ein paar Aufträge gehabt. Wir sollen alles aufschreiben, was wir über ihn wissen, und ihnen eine Kopie schicken. Mehr nicht.«

»So ist das aber immer«, fluchte Rodenstock. »Oles Pajero steht übrigens in Köln in einer Garage, die von den drei kleinen Gaunern gemietet worden ist.«

»Kleine Gauner ist gut«, sagte ich. »Wir stehen im Grunde doch vor einem Scherbenhaufen. Ole und Betty wurden von drei Kölner Dealern getötet, die jetzt mit ihren Geständnissen rüberkommen und wahrscheinlich in zwei Wochen viermal widerrufen und vier neue Geständnisse erfinden. Die Mordkommission wird einen strahlenden Sieg verkünden.«

»So sieht es aus«, seufzte Rodenstock. »Jörn van Straaten, so wird man uns sagen, ist ein ganz anderer Fall, und Dieter Kremers auch. So läuft das hierzulande.«

»Haben wir uns etwa so abgehetzt, um jetzt aufzugeben?« fragte Dinah dumpf, und als niemand antwortete, sagte sie entschlossen: »Ich friere, ich gehe erst mal heiß baden.«

Die Klingel an der Eingangstür wimmerte. Sie wimmert immer, sie klingelt nie. Thomas Schwarz stand draußen. »Ich habe das Gewehr«, meldete er knapp, »es war ganz einfach. Es war in der rechten Hälfte der Scheune vergraben. Aber höchstens handtief. Es ist im Kofferraum, eingewickelt in eine Plastikfolie.«

»Das ist sehr gut«, sagte ich. »Hat dich jemand gesehen?«

»Vermutlich nicht. Munition war auch dabei. Sechs Schachteln, jeweils vierzehn Posten mit einer Ladung von je achtzig Gramm. Gewaltige Dinger.«

»Hol es rein«, meinte ich und erzählte: »Der Fall scheint zu Ende zu sein. Jemand hat mit einer Nadel in unseren Luftballon gestochen. Jetzt ist er geplatzt.«

Thomas starrte mich etwas verunsichert an, erwiderte aber nichts. Er ging zu seinem Auto und holte die lange Plastikhülle heraus. »Hat etwa jemand gestanden?«

»Ja.«

»Und? Taugt das Geständnis etwas?«

»Wahrscheinlich. Aber die dicken Fische gehen dabei nicht ins Netz.«

»So ist es doch immer«, murmelte er. »Was wundert dich das?«

»Ich glaube an Gerechtigkeit«, behauptete ich, aber ich kam mir dümmlich vor.

Rodenstock begutachtete die Schrotflinte. »Hat Mehren einen Jagdschein?«

»Weiß ich nicht«, sagte ich. »Die Bauern haben fast alle Gewehre, und niemand hat einen Jagdschein. Das ist hier so, und keiner regt sich darüber auf.«

»Wen wollte Ole töten?« fragte Rodenstock.

»Wahrscheinlich van Straaten«, antwortete ich. »Weil er mit Betty schlief.« Ich sagte das so dahin, und plötzlich wurde mir bewußt, daß das durchaus die Wahrheit sein konnte.

»Und warum schlief sie mit van Straaten?« fragte er weiter.

»Um ihre Liebe zu retten, sagt Dinah.«

»Ist völlig verrückt«, nickte er. »Könnte aber sein.«

Die Türglocke wimmerte wieder, und ich war erleichtert, daß ich aufstehen und verschwinden konnte. Diesmal war es Emma, die mit roter Erkältungsnase in einem viel zu vornehmen Outfit im Schnee stand und etwas verlegen griente.

»Heh«, grüßte ich. »Endlich mal ein richtig schöner Besuch. Komm rein.« Ich marschierte vor ihr her in die Küche und sagte wie ein Zeremonienmeister: »Die niederländische Abordnung.«

»Ach, wie?« stammelte Rodenstock sehr laut, dann wurde er rot.

»Wir gehen besser rüber ins Arbeitszimmer«, meinte ich und lotste Thomas Schwarz aus der Gefahrenzone.

»Warum sind die beiden denn getötet worden?« fragte er.

»Weil sie angeblich einer Kölner Dealergruppe Kunden abgenommen haben. Aber das ist reine Idiotie, das ist nie passiert. Es wird nur schwierig sein, etwas anderes zu beweisen. Wie geht es deiner Uli?«

»Sie hat sich entschlossen, eine wirkliche Grippe zu kriegen und liegt flach. Deshalb muß ich auch jetzt nach Hause.«

»Dann grüß schön«, sagte ich, »und knutsch sie von mir. Und danke für deine Hilfe.«

»Was tut man nicht alles«, sagte er und machte sich davon.

Dinah hockte in dem fast kochenden Wasser und war hell entzückt, daß Emma eingetroffen war.

»Paß auf, das wird eine richtige Liebesgeschichte. Glaubst du, er wird nach Holland zu ihr ziehen? Oder zieht sie zu ihm an die Mosel?«

Ich wollte wütend werden, wollte losbrüllen, daß das doch jetzt wahrlich nicht unser Problem sei, aber dann mußte ich lachen. Dinah bat mich, ihr den Rücken zu waschen, was ich ausgiebig befolgte. Selbstverständlich nutzte sie meine unbegrenzte Hilfsbereitschaft aus und schlug gleich darauf andere Flächen zur Säuberung vor. Ich zierte mich nicht.

Später fragte sie mich, ob ich denn für die nahe Zukunft einen Plan hätte, und ich antwortete, alles sei kinderleicht. Wir brauchten lediglich zu beweisen, daß Kremers gelogen und betrogen habe und daß hinter allem der Holländer Jörn van Straaten stecke. »Du mußt zugeben, daß das eine lächerlich einfache Übung ist.«

Irgendwann tauchten wir auch wieder in meiner Küche auf und husteten ostentativ, weil Rodenstock mindestens drei seiner fürchterlich schwarzen Brasil geraucht hatte und Emma wohl pausenlos mit Zigarillos dagegengehalten hatte. Sie machten beide einen sehr ernsten Eindruck und bemühten sich, uns nicht anzusehen.

»Ich möchte diesen Jimmy aus Dreis befragen«, erklärte ich, nur um etwas zu sagen. »Er war auch bei Jörn van Straaten.«

»Und ich werde die Eltern Sandner aufsuchen«, murmelte Dinah. »Ich muß einfach mehr über Betty in Erfahrung bringen.«

»Habt ihr Fotos hier?« fragte Emma und schien gewillt, ihre eigene kleine Welt vorübergehend zu verlassen.

»Selbstverständlich«, sagte Dinah und holte das Album, das Gerlinde Prümmer uns mitgegeben hatte.

Emma betrachtete die Bilder. »Hübsch und zweifelsfrei etwas vulgär. Wahrscheinlich im Bett ein Geschoß, oder?«

»Das denke ich auch«, nickte Rodenstock.

»Aber auch unbedingt ein Kumpeltyp und sicherlich immer loyal«, setzte Emma nachdenklich hinzu.

»Was machen wir nun?« fragte Rodenstock.

»Wir müßten wissen, wo Dieter Kremers ein Konto hat, wo er wohnt, wie er das Grundstück bezahlt hat, wie er den Bau bezahlen will. Und dann gibt es doch noch eine sehr dunkle Figur. Erinnert ihr euch, daß Mehren erzählte, Kremers sei einmal in Begleitung eines jungen Mannes erschienen? Eines Mannes, der ein Auto mit Münchner Kennzeichen fuhr. Wer war der Mann?«

Rodenstock seufzte tief auf. »Das ist ein lächerliches Pensum«, entschied er dann. »Das mache ich morgens vor dem Frühstück.«

Wir lachten pflichtschuldig und trollten uns. Dinah fuhr nach Jünkerath, ich nach Dreis.

An der Kreuzung von der B 421 und der B 410 stand zwischen dem *Holzschnitzer* und den *Vulkan-Stuben* eine Telefonzelle. Ich rief Jan Meller an und erwischte eine dröhnende, unfreundliche Männerstimme.

»Ich hätte gern den Jan«, sagte ich.

»Wer ist denn da?«

»Ein Freund.«

Nach einer Weile tönte eine muntere jugendliche Stimme aus der Muschel. »Ja, wer ist dort?«

»Wir kennen uns nicht, wir sollten das aber schnell nachholen. Mein Name ist Siggi Baumeister. Ich bin an der Telefonzelle unten an der Kreuzung. Können Sie kommen?«

»Wieso sollte ich?«

»Ich möchte mit Ihnen über Jörn van Straaten sprechen. Und kommen Sie jetzt nicht auf die Idee, ihn anzurufen. Das wäre dumm.«

»Ich komme«, sagte er. »Wie erkenne ich Sie?«

Ich mußte lachen. »Die Eifel verfügt über die menschenleersten Kreuzungen Deutschlands. Ich bin hier der einzige weit und breit. Drei Minuten, länger warte ich nicht.«

Er brauchte etwa neunzig Sekunden, und das erste, was er sagte, war: »Aber Bargeld ist bei mir nicht zu holen.«

»Wahrscheinlich glaubt Ihr Vater, Sie jobben viel. Und wahrscheinlich glaubt er, Sie finanzieren damit den BMW. Wir beide wissen, daß das nicht so ist, wir beide wissen, daß Sie den Wagen mit Drogen finanzieren, nicht wahr?«

»Wer erzählt denn sowas?«

»Mario zum Beispiel«, entgegnete ich knapp. »Nein, nein, er hat Sie nicht verpfiffen. Er hat einen Fuß verloren, weil ein Dealer ihn umlegen wollte. Ich weiß, daß Sie Ole und Betty aus Jünkerath beerbt haben, ich weiß, daß Sie hier jetzt die Nummer eins sind ...«

»Moment mal«, unterbrach er hastig und verlor seine gesunde Gesichtsfarbe. »Wieso hat Mario einen Fuß verloren?«

»Er sollte getötet werden«, sagte ich. »Also, Sie sind jetzt die Nummer eins. Und ich will wissen, seit wann?« Ich holte das Foto aus der Innentasche und hielt es ihm hin. »Sie müssen erst gar nicht nach Ausreden suchen. Ich habe das Datum und die Uhrzeit. Sie waren eine Woche vor Weihnachten um 15 Uhr bei Jörn van Straaten. Sind Sie seitdem die Nummer eins?«

Er antwortete lange Zeit nicht, er lehnte sich an seinen BMW und bedachte alles. »Er hat mich erpreßt«, sagte er schließlich. »Er wußte, daß ich Hasch aus Holland hole, um den Wagen und den Sprit zu finanzieren. Van Straaten hat mich erpreßt, daß ich es mache.«

»Sie sind geldgeil«, widersprach ich. »Sie brauchte er nicht zu erpressen.«

»Es war aber so«, meinte er, ein wenig nörgelnd.

»Sie versorgen also hier die Vulkaneifel? Und wahrscheinlich auch Maria-Laach, Mendig und Mayen?«

Er nickte. »Hören Sie mal. Ich mache den Kronzeugen, wenn es sein muß.«

»Jemand wie van Straaten würde nie jemanden erpressen, mit Stoffen zu dealen«, sagte ich trocken. »Er braucht geldgeile Leute wie Sie. Ich würde Ihnen dringend raten, auf Tauchstation zu gehen. Das wird ungemütlich werden« Ich ging zu meinem Wagen und fuhr los.

Jan Meller sah nicht sonderlich helle aus, wie er da vor seinem Lieblingsspielzeug stand und mir nachblickte.

Als ich heimkam, befand sich Rodenstock mit Emma in meinem Bauerngarten, hatte den Arm um ihre Schulter gelegt und erzählte etwas. Es mußte Liebe sein, denn es waren zehn Grad minus. Ich kochte erst einmal einen Tee und machte mir ein Brot. Dann hockte ich mich auf das Sofa und zappte durch die Fernsehprogramme, um irgendwo Nachrichten zu erwischen. Die Katzen gesellten sich zu mir, und wir ließen uns berieseln. Ich fühlte zufrieden, wie ich langsam müde wurde. Ich hatte das Gefühl, wieder festen Boden unter den Füßen zu haben.

Emma und Rodenstock kehrten aus der Kälte zurück. Rodenstock sagte: »Meine internationale Emma hat herausgefunden, daß Kremers ein Konto bei der Kreissparkasse und eines bei der Volksbank in Daun hat. Außerdem besitzt er noch eins in Luxemburg bei der gleichnamigen Bank. Wir haben also die Wahl, aber ich denke, wir werden sowieso nichts erfahren. Wir sollten dagegen den reichen Mann in Gerolstein aufsuchen. Und zwar jetzt.«

»Du sagst es«, nickte ich.

Emma meinte, sie müsse etwas für ihre Schönheit tun und schlafen, baden, sich ölen und prächtig duften. Und es wäre lieb von uns, wenn wir uns vom Acker machen würden, um sie endlich einmal allein zu lassen, wonach sie sich seit Stunden sehne.

Also fuhr ich allein mit Rodenstock, der ausgesprochen gelassen und zufrieden wirkte.

»Ziehst du nun nach Holland oder sie an die Mosel?«

»Weder noch«, sagte er. »Wir haben Zeit, wir müssen so etwas nicht sofort entscheiden. Sie will sich nicht pensionieren lassen, sagt sie. Der Beruf macht ihr noch Spaß.«

»Das ist sehr gut«, nickte ich.

Die Adresse des reichen Mannes in Gerolstein konnte jeder herbeten, der sich auf der Straße bewegte. Wir fuhren nach Müllenborn und Scheuern hoch und erwischten gleich nach dem REW eine kleine Straße nach rechts. Es war ein entzückendes Anwesen, hatte sicherlich nicht mehr als etwa zwanzig Zimmer, alles ebenerdig und geschmacklos weiß verklinkert. Der reiche Mann hatte eine Videoüberwachung installieren lassen, und zudem kamen zwei Hunde angetobt, die die Größe von Islandponies hatten und ungefähr so niedlich wirkten wie angreifende Kobras.

»Baumeister und Rodenstock«, meldete ich in das Mikrofon neben der Klingel. »Wir möchten gern den Hausherrn sprechen.«

»Worum, bitte, geht es denn?« antwortete eine quäkende weibliche Stimme

»Um seinen Sohn«, sagte ich.

»Oh, Moment mal.« Gleich darauf wurde der Türöffner gedrückt.

Der Mann sah ohne Zweifel beeindruckend aus, wie er da hinter einem mächtigen Schreibtisch hockte und uns anlächelte. Er war weißhaarig und hatte einen großen Schädel mit einem offenen, sympathischen Gesicht. »Setzen Sie sich. Was kann ich für Sie tun?«

»Das wissen wir noch nicht genau«, entgegnete Rodenstock freundlich. »Wir ermitteln privat in der Drogenszene. Uns ist zu Ohren gekommen, daß Sie dem Kriminalbeamten Dieter Kremers ein außerordentlich günstiges Grundstück verkauft haben.«

»Habe ich«, nickte er. »Kann jeder wissen, geht aber keinen was an.«

»Da soll schon gebaut werden«, sagte Rodenstock.

»Stimmt auch. Ist ein Bekannter von mir. Baut solide Häuser zu einem vorher fixierten Preis. Stellt das ganze

Ding für dreihundertfünfzig hin. Außerordentlich günstig.«

»Wir nehmen an, daß Sie deshalb so günstige Konditionen einräumen konnten, weil Kremers sich intensiv um Ihren Sohn gekümmert hat.«

Der Mann war einen Augenblick lang überrascht, fing sich aber sofort wieder. »Das ist auch richtig. Ich hätte ihm die ganze Sache auch schenken können. Aber auch das geht niemanden was an.«

»Da mögen Sie recht haben«, murmelte Rodenstock. »Trotzdem interessiert es uns. Wir wollen wissen, wie Herr Kremers sein Haus bezahlte? Über die Bank oder bar oder mit einem Scheck?«

»In welcher Funktion sind Sie hier?« Er wurde mißtrauisch.

»Ich bin Journalist«, klärte ich ihn auf. »Ich kannte auch die Melanie.«

Er blinzelte. Das mußte er erst einordnen. »Nun wollen wir dem armen Kripomann doch das Häuschen lassen«, polterte er. »Mein Sohn hatte es mit Rauschgift, und Kremers war der Einzige, der ihm wirklich half. So einfach ist das.«

»Das glaube ich Ihnen«, sagte Rodenstock gelassen. »Wir wollen ja auch nur wissen, wie Kremers bezahlte.«

»Grundstück und Haus in bar. Hier auf diesen Tisch«, sagte er barsch. »Der Mann hat seine Sparkonten geplündert.«

»In deutscher Mark, holländischen Gulden oder in US-Dollar?« fragte Rodenstock.

»In deutscher Mark. Aber was soll das? Ist Kremers etwa nicht sauber?«

»Doch, doch«, gab Rodenstock hastig zurück. »Wie geht es Ihrem Sohn?«

»Er hat das Schwerste hinter sich«, sagte er.

»Sie sind sicher froh, daß die Melanie ...« Ich fragte nicht weiter, das war geschmacklos.

»Stimmt, ich bin froh. Hat sich rausgestellt, daß es Selbstmord war. Sie hat wohl verstanden, daß ihre Chancen gleich Null waren.«

»Das ist richtig«, nickte ich. »Das war es auch schon. Auf Wiedersehen.«

Plötzlich wurde er unsicher. »Habe ich etwa was Falsches gesagt?«

»Nicht im geringsten«, versicherte Rodenstock. »Nicht im geringsten.«

NEUNTES KAPITEL

Emma war mittlerweile auch ausgeflogen, und Rodenstock und ich starrten uns etwas dümmlich an. Sie hatte auf einen Zettel geschrieben: *Bin mit dem Taxi zu Dinah!*

»Was will sie da?« fragte Rodenstock.

»Vielleicht war ihr langweilig«, antwortete ich.

Als gegen Abend statt zwei Frauen drei zurückkamen, mußte ich diese Ansicht korrigieren. Dinah stürmte in das Haus und jubelte: »Wir haben die beste Karte unseres Lebens gezogen.«

Hinter ihr war Emma und nickte: »So könnte es klappen.«

Dann folgte eine dritte Frau, und ich war so verwirrt, daß ich anfangs dachte, ich leide unter Halluzinationen. »Das ist ja Betty«, sagte ich verblüfft.

»Nicht Betty«, stellte Emma richtig. »Ihre jüngere Schwester Monika. Neunzehn Jahre. Und sie weiß ziemlich viel. Wir dachten, wir spielen sie an van Straaten heran. Sie soll wie die Möhre vorm Esel wirken.«

»Das klappt nie«, sagte ich erregt.

»Der ist viel zu clever«, brummelte Rodenstock.

»Da bin ich nicht sicher«, strahlte Emma. »Wir sollten es versuchen. Denkt dran, beide Leichen waren bis zur Unkenntlichkeit verbrannt. Vielleicht ist zusammen mit Ole eine andere Frau umgekommen?«

»Aber sie ist blond, nicht rothaarig wie Betty«, wandte ich ein. Dann betrachtete ich dieses hübsche, ja fast schöne Wesen eingehend und merkte, wie verwirrt sie war. »Sie müssen denken, wir sind verrückt«, sagte ich und reichte Monika die Hand. »Ich bin Baumeister. Und das ist mein Freund Rodenstock.«

»Das ist ja sehr höflich«, tönte Dinah spitz. »Wir haben die Idee des Jahrhunderts und machen sie Monika schmackhaft. Und dann hockt ihr hier wie die Spießer und macht die Idee und Monika madig.«

Rodenstock sah Emma an. »Wie stellst du dir das vor?« fragte er.

»Oh, wir streuen eine Zeitungsmeldung«, strahlte sie im Zustand vollkommener Unschuld. »Und dann servieren wir Monika in s'Hertogenbosch.«

»Ist der Beschiß denn nicht zu gewaltig?« fragte ich zaghaft.

»Gewaltig ist er schon«, nickte Dinah, »aber auch schön. Wer könnte sie herrichten?«

»Jutta Näckel aus Kelberg«, sagte ich. »Die hat das drauf.«

»Was wissen Sie denn über die Geschichte?« fragte ich Monika.

»Du kannst sie duzen, das macht es familiärer«, schlug Dinah vor.

Monika Sandner trug weinrote Leggins aus einem plüschartigen Stoff. Darüber einen dicken irischen Rollkragenpullover. Sie war wirklich eine schöne Frau, und sie war es vor allem, weil sie nicht den Hauch von Schminke benutzte.

»Betty war ... sie war so eine Art Vorbild für mich. Wenn sie ganz gut und wenn sie ganz schlecht drauf war, erzählte sie mir von Ole und von ihrer Art zu leben. Wie das in der Scheune so lief. Was sie taten, wen sie kannten und trafen und so.«

»Ole war wirklich ihre große Liebe?« fragte ich.

Sie nickte.

»Warum hat sie dann mit diesem Holländer geschlafen?«

»Sie sagte, das sei ihre Eintrittskarte. Ole hatte keinen Beruf, sie hatten beide keine abgeschlossene Ausbildung. Irgendwie ist sie an den Holländer gekommen. Sie haben ihn getroffen. Und er hat sie dann angerufen und sie gefragt, ob sie nicht Lust hätte, für ihn zu arbeiten. Na sicher, hat sie gesagt, aber sie wußte ja noch nicht, worauf das hinauslief. Aber das war Betty schon egal. Sie wollte viel Geld verdienen, um dann mit Ole abzuhauen. Nach Kanada. Ich glaube, es war ihr egal, was sie dafür tun mußte. Im Herbst hat sie mal gesagt, wenn sie bereit wäre, mit nach Wiesbaden zu gehen, wäre Ole gerettet. Aber der Preis sei zu hoch.«

»Was heißt denn das?«

»Das hängt mit dem Kremers zusammen. Der war völlig von der Rolle, der wollte nur noch mit ihr schlafen und mit ihr zusammensein.«

»Oh, nicht auch das noch«, rief ich abwehrend. »Hat sie etwa auch mit dem geschlafen?«

»Ja«, erwiderte Monika schlicht. »Ich glaube, das mußte sie schon deshalb tun, um Ole die Gerichtsverhandlung wegen der Sache mit dem LSD zu ersparen. Sie hat mir erzählt, Kremers hätte sie glatt erpreßt.« Sie schaute uns der Reihe nach an und war sehr unsicher. »Na klar, eine Heilige war sie nicht, meine Schwester. Auf jeden Fall muß Kremers ihr angeboten haben: Wenn sie mit ihm nach Wiesbaden geht und mit ihm da lebt, würde Ole hier in Jünkerath nichts passieren ...«

»Moment mal«, sagten Rodenstock und ich gleichzeitig. Rodenstock war eine Hundertstel schneller: »Oles Vater sagt, Ole hätte sich bereit erklärt, Betty zu verpfeifen. Also, was nun? Ole Betty oder Betty Ole?«

Monika biß sich auf die Unterlippe. »Das hat Dinah mir auch schon erzählt. Ich verstehe das alles nicht.«

»Aber ich«, murmelte Rodenstock. »Langsam schält sich ein Muster raus. Aber wieso kauft Kremers ein Grundstück und ein Haus in Gerolstein?« Er schlug heftig mit der flachen Hand auf den Tisch. »Du lieber Himmel, er wollte das Haus nicht für sich. Er wollte es seiner Frau in den Rachen schieben und sich verdünnisieren. Des Spießers Rache.« Rodenstock grinste wölfisch, er hatte richtig Spaß. »Das ist ja wirklich ein Hammer: Stopft der Ehefrau das Maul mit einem neuen Haus und verschwindet nach Wiesbaden.«

»Ich verstehe nur noch Bahnhof«, stöhnte Dinah.

Rodenstock kicherte albern. »Wiesbaden heißt, daß er wahrscheinlich einen Posten im Bundeskriminalamt anstrebte. Und um diesen Posten zu kriegen, mußte er zunächst den hiesigen Drogenmarkt aufmischen und an sich ziehen, mußte absoluter Chef im Ring sein. Kommt man irgendwie an Leute heran, die über seine Ehe Auskunft geben können?«

»Betty hat gesagt, das ist keine Ehe. Sie meinte, die sind seit fünfzehn Jahren nicht mehr miteinander ins Bett gegangen. Als das Verfahren wegen des LSD lief, hat sie Kremers wohl sogar versprochen, sie würde es sich ernsthaft überlegen, mit ihm zu gehen. Sie mußte das tun, sie mußte ihn in Sicherheit wiegen.«

»Also ist Kremers Position deshalb so stark, weil er für das Bundeskriminalamt ermittelt hat?« fragte ich.

»Ja«, nickte Rodenstock. »Und ich wette, die Staatsanwaltschaft in Trier war ihm sogar dankbar. Denn sie hat kein Personal, um sich um Drogen zu kümmern. Deshalb decken sie ihn. Letzten Endes arbeitet er vollkommen unkontrolliert. Wenn Kremers etwas tut, das seinen direkten Vorgesetzten in Trier mißfällt, halten sie den Mund, denn wahrscheinlich handelt er ja auf Weisung aus dem Bundeskriminalamt – und umgekehrt. Ein hübsches Arrangement.«

»Wie paßt van Straaten da hinein?«

»Ziemlich einfach«, mischte sich Emma ein. »Van Straaten kannte hier sicher alle, die mit kleinen Mengen dealen. Aus deren Reihen schöpft er seine Mitarbeiter. Also mußte er zwangsweise auf Kremers stoßen. Ich denke, van Straaten lieferte Kremers das Kokain für den Verrat an Melanie, Mehren beziehungsweise Betty und Mario. Niemand, nicht einmal ein Lockvogel der Kripo deponiert an drei verschiedenen Stellen hochwertiges Kokain im Wert von rund dreimal 75.000 Mark. Das heißt, auf den Stoff kam es nicht an, nur auf das Ergebnis.«

»Sehr viele Ideen, keine Beweise«, stellte ich scharf fest. »Und wieso soll jetzt van Straaten auf Monika reagieren? Und, nehmen wir einmal an, er reagiert. Was heißt das, was besagt das, was beweist das? Na los, ihr Genies, erklärt es mir!«

»Das ist doch simpel«, meinte Emma. »Schau mal, Siggi. Wir locken van Straaten mit Hilfe von Monika nach Deutschland. An einem Ort, wo wir absolute Sicherheit haben, daß wir die Kontrolle behalten werden, stellt sie ihm zwei oder drei entscheidene Fragen. Wenn er antwortet, ist er im Eimer ... Entschuldigung, drückt man das auf deutsch auch so aus?«

»Und das willst du machen?« fragte ich Monika.

»Ja«, nickte sie. »Das bin ich Betty schuldig. Warum also nicht?«

»Sie geht phantastisch in die Vollen!« schwärmte Dinah.

»Vorher würde ich gerne noch einbrechen«, überlegte ich. »Ich müßte ...«

»Nichts gegen ein Gesetz!« schnaubte Rodenstock.

Ich antwortete nicht, zuweilen ist es einfach besser, zu schweigen und zu handeln. Also tat ich beleidigt.

»Kannst du dann diese Jutta anrufen?« bat Emma. »Sie muß schließlich noch arbeiten.«

»Mach ich«, sagte ich und rief Jutta Näckel in Kelberg an. Wahrscheinlich bekam ihr Sohn Max gerade sein Abendessen und mochte es nicht, denn sein Geschrei im Hintergrund war gewaltig.

»Baumeister hier. Ich wollte dich um einen Gefallen bitten, Jutta. Da kommen gleich drei mehr oder weniger kriminelle Damen. Eine von ihnen soll so hergerichtet werden, daß sie einer anderen jungen Dame ähnlich sieht. Hast du so etwas schon mal gemacht?«

»Nein, aber etwas hat immer Premiere.« Sie lachte. »Aber ungesetzlich ist da nichts?«

»Nein. Machst du es?«

»Jetzt?«

»Jetzt. Wir müssen es versuchen.«

»Her damit«, sagte sie.

»Ihr könnt fahren«, teilte ich den Frauen mit. »Emma, was ist mit den Zeitungen?«

»Richtig«, nickte sie munter. Sie wählte eine sehr lange Nummer und schien jemanden mit dem Namen Piet erreicht zu haben. Sie sprach niederländisch, sehr schnell. Dann unterbrach sie die Verbindung und strahlte uns an. »Van Straaten wird es beim Frühstück lesen.«

Ich versuchte, gleiches beim *Trierer Volksfreund* zu erreichen. Ich erwischte den Anzeigenleiter, einen Mann namens Blass, der mir schon einmal wegen großer Sachkenntnis aufgefallen war. »Ich habe ein Problem. Wir haben recherchiert, daß möglicherweise in Jünkerath bei dem Doppelmord die tote junge Frau nicht etwa Betty Sandner ist, sondern eine Frau, die noch gar nicht identifiziert ist.«

»Ein scheußlicher Fall«, entgegnete Blass.

»Könnten Sie auf die Eifelseite 1 eine dementsprechende Meldung legen?«

»Das geht, wenn ich mit einer kleinen Anzeige auf die 2 gehe. Zehn Zeilen?«

»Das würde reichen«, bestätigte ich. »Ich muß aber fairerweise zugeben, daß die Meldung eine Ente ist. Es ist ein Gerücht, aber ein sehr wichtiges Gerücht.«

»Wollen Sie den Baum schütteln?«

»Das will ich«, sagte ich erleichtert. »Machen Sie es?«

»Schon passiert«, antwortete er. »Geben Sie mir den Text. Am besten per Fax, dann sind Hörfehler auszuschließen.«

Ich formulierte: *Jünkerath. Der Doppelmord in der Drogenszene macht nach wie vor Schlagzeilen. Wie gut Informierte gestern sagten, besteht durchaus die Möglichkeit, daß es sich bei der weiblichen Leiche nicht um die Lebensgefährtin des Ole Mehren handelt, sondern um eine andere, bisher nicht identifizierte junge Frau. Auf Anfrage lehnte die Staatsanwaltschaft jeden Kommentar ab.*

Die Frauen fuhren nach Kelberg, Rodenstock und ich blieben mit dem hohlen Gefühl zurück, eine riskante Aktion vor uns zu haben, die wir durchaus nicht beherrschten.

Endlich polterte Rodenstock: »Scheiß drauf, wir ziehen es durch. Wir haben doch gar keine Wahl.«

»Glaubst du, daß Dieter Kremers und Jörn van Straaten mit so einer Art Code verkehren?«

»Keine Ahnung. Glaube ich aber nicht. Denn sie werden sich treffen und nie am Telefon über irgendwelche Aktionen sprechen. Warum?«

»Es wäre doch schön, wenn es gelänge, den Kremers in unser Kaffeekränzchen einzubeziehen.«

»Du bist ein Sauhund«, grinste er. »Und wie willst du ihn locken?«

»Mit Jimmy. Wenn Jimmy in Not ist, muß Kremers kommen. Jimmy ist nämlich seine neue Nummer eins.«

Rodenstock hockte sich vor den Fernseher und zappte sich durch die Programme. Er erwischte einen *Derrick* und strahlte: »Das habe ich gern, das ist absoluter Durchschnitt. Das ist richtig deutsch. Bei dem bluten nicht mal die Leichen.«

»Ich fahre mal eben zu einem Kumpel«, informierte ich ihn.

Es schneite schon wieder, aus Ost kam ein scharfer, kalter Wind. Aus einer Stimmung heraus wählte ich den Weg an der Adler- und Wolfsburg in Pelm vorbei. Heute kommt es mir so vor, als habe ich mich nach Gerolstein einschleichen wollen, wenngleich kaum Fahrzeuge auf der Strecke waren und schon gar keine Fußgänger, die man wegen ihrer Seltenheit in der Eifel unter Naturschutz stellen sollte. Wo sich im Sommer Abertausende von Touristen tummeln, herrschte heute tiefste Einsamkeit, der Schnee dämpfte die Rollgeräusche der Reifen, es war geradezu unheimlich still. Ich stellte mir all die Adler und Eulen und Raubvögel vor, die jetzt auf ihren Stangen in dem alten Gemäuer hockten und wahrscheinlich schliefen. Wie können sie bei dieser Kälte schlafen, ohne zu sterben? Die Straße führte am Restaurant vorbei in die erste scharfe Rechtskurve hinunter in das Tal der Kyll. In Pelm stand eine Gruppe Jugendlicher vor dem Häuschen der Bushaltestelle und langweilte sich zu Tode. Einer von ihnen zeigte mir drohend den ausgestreckten Mittelfinger, und wahrscheinlich war er noch stolz darauf. »Van Straaten würde sich freuen«, murmelte ich. »Ihr seid alle gute Kunden.«

Ich zog die Talstraße entlang, rechts befand sich das Gelände von *Gerolsteiner*, links die unsäglich häßliche Rückfront der eigentlich so schönen Fußgängerzone.

Ich fuhr nicht auf den Parkplatz des Apartmenthauses, sondern parkte unten in einer kleinen Seitenstraße und bummelte dann gemächlich den Hügel hinauf zum Eingang. Ich hoffte, daß irgendein Eingang nicht abgeschlossen war.

Natürlich war die Haupthaustür verschlossen. Ich starrte an der Fassade hoch. In vier Apartments brannte Licht. Ich überlegte, einfach zu klingeln, hineinzugehen und abzuwarten, als ein Lichtstreifen schnell und huschend über die Vorhänge in Melanies Apartment blitzte. Ich dachte ganz automatisch: Kremers! und lief die paar Schritte bis zur Ecke des Gebäudes.

Er erschien nicht im Haupteingang, er kam an der Seite heraus und bewegte sich vollkommen gelassen und ruhig, summte sogar vor sich hin. Er ging ein paar Schritte die Straße hinunter, machte dann bei einem Opel-Kombi halt und stieg ein. Dann rollte er davon.

Ich schlich an der rechten Seite des Hauses entlang und entdeckte die Tür. Es handelte sich um eine Metalltür, und sie war nicht verschlossen. Wahrscheinlich eine Absprache unter den Mietern, sicherheitshalber einen Eingang geöffnet zu lassen. Ich erreichte einen Kellergang, grellweiß getüncht, dann eine weitere Metalltür, die in das Treppenhaus führte. Ich wußte, daß die Eingangstür zu Melanies Wohnung versiegelt sein würde, und fragte mich, ob Kremers es riskiert hatte, das Siegel zu brechen.

Das Siegel war zerrissen, und Kremers hatte einen Schlüssel gehabt, natürlich. Ich überlegte einen Augenblick, ob ich es riskieren sollte, und stemmte dann den breiten Schraubenzieher meines Schweizer Messers neben dem Türschloß in den Spalt und drückte die Tür auf. Es roch muffig.

Ich hielt mich nicht auf, ging sofort in das Badezimmer, knipste das Licht an und schraubte das Kachelgeviert an der Badewanne auf. Es war so, wie ich vermutet hatte: Das Kokain war noch da. Das war sehr logisch, daß Kremers es dort gelassen hatte. Die böse, Kokain verkaufende Melanie mußte auch nach ihrem Tod die böse Melanie bleiben. Kremers war konsequent.

Ich machte mich auf den Rückweg und hockte zwei Minuten später schon wieder in meinem Auto. Der Wind hatte nachgelassen, der Schnee fiel in großen Flocken in die schweigende Welt. Ein paar Autos kamen mir entgegen, und sie fuhren unverschämt schnell. Wahrscheinlich junge Leute auf dem Weg zu einer Party oder in eine Disko. Wahrscheinlich versuchten sie herauszufinden, an welchem Punkt sie aus der Kurve getragen würden.

Ich hörte im Geiste Kremers mit seiner unangenehm metallenen Stimme formulieren: »De mortuis nihil nisi bene – nichts Übles über die Toten, meine Damen und Herren. Aber wir können nicht verschweigen, daß Melanie davon lebte, ein Rauschgift zu verkaufen, ein schreckliches Rauschgift, Kokain. Es kann tödlich sein, meine Damen und Herren, und sehr häufig ist es tödlich. Es zerstört das Leben unserer Kinder, das dürfen wir nie vergessen ...« Die Sehnsucht nach ein bißchen Sonne und Wärme überfiel mich, und ich wünschte mir, der Sommer möge für ein paar Stunden zurückkehren. Ich könnte mich unter meine Birke legen und in den Himmel blinzeln.

»Wo warst du?« fragte Rodenstock.

»Ich habe Kremers getroffen. Er ist in Melanies Apartment eingedrungen, um festzustellen, ob das Kokain noch vorhanden ist. Es ist vorhanden.«

»Und du? Bist du auch eingedrungen?«

»Sicher. Ich mußte mich überzeugen.«

»Das war leichtsinnig«, lächelte er.

»Nicht leichtsinniger, als aus Monika Betty zu machen«, antwortete ich, und er gab mir recht.

Die Frauen kamen erst nach Mitternacht zurück, und sie waren müde und schweigsam. Monikas Anblick war verblüffend. Ich hockte mich vor sie, ließ sie sich drehen und hinsetzen und gehen, en face, im Profil. Dabei starrte ich dauernd auf Bettys Fotos.

»Das ist wirklich gut«, sagte ich. »Weißt du, ob deine Stimme Ähnlichkeit mit der von Betty hat?«

»Nicht total«, erwiderte Monika. »Aber es müßte für ein paar Sätze reichen. Man hat uns am Telefon sehr oft miteinander verwechselt.«

»Bist du sehr aufgeregt?«

»Ja.« Sie stockte und lächelte. »Ich stelle mir immer vor, dieser Holländer sieht mich und will unbedingt und sofort mit mir schlafen.«

»Dann mußt du passen«, meinte ich.

»Und wie«, murmelte sie. »Weißt du, es hört sich immer so an, als hätte es Betty nie etwas ausgemacht. Aber es hat ihr etwas ausgemacht. Jedesmal, wenn sie so etwas tun mußte, hat sie hinterher geweint. Manchmal stundenlang. Aber das will ja keiner mehr wissen. Alle denken, die Frau war eine Hure. Einmal Hure, immer Hure. Und sie denken auch, daß Ole das arme Schwein war und sexuell total abhängig von ihr. Nichts stimmt, wirklich nichts. Was mache ich denn nur, wenn er mit mir schlafen will?«

»Er wird keine Zeit dazu haben«, beruhigte ich. »Er wird jede Sekunde brauchen, um seinen Kopf zu retten. Er wird nicht an seinen Schwanz denken.«

Sie wurde rot, und ich entschuldigte mich. Ich dachte etwas fiebrig: Hoffentlich steht sie es durch. Wenigstens zwei, drei Minuten. Was ist, wenn sie es nicht schafft? Würde er sie töten?

»Du kannst neben Dinah schlafen«, sagte ich. »ich hau mich hierhin. Wir müssen früh starten.«

»Ich werde nicht eine Minute schlafen«, vermutete Bettys Schwester.

»Das ist gut so«, befand ich. »Dann siehst du richtig edel krank aus, wenn er dich sieht.«

Sie überlegte, und grinste dann breit. Wenig später gingen Dinah und sie nach oben, und noch nach zwei Stunden hörte ich ihr schläfriges Gemurmel.

Rodenstock und Emma kamen auf ein letztes Glas Wein zu mir. »Weißt du schon, wo der showdown stattfinden soll?« fragte er.

»Ich hätte eine Idee. Ole war der Sohn eines Bauern, also inszenieren wir doch Ferien auf dem Bauernhof«, sagte ich. »Der Mann heißt Adolphi. Ich kümmere mich drum. Jetzt zur Technik: Wollen wir abhören, oder wollen wir auch filmen?«

»Wir wollen auch filmen«, sagte Emma schnell. »Auf jeden Fall.«

»Wer verhaftet, wenn es wen zu verhaften gibt?«

»Meine Leute«, entschied sie. »Wir können deutsche Beamte in dieser Sache nicht gebrauchen, weil wir nicht wissen, wer noch außer Kremers involviert ist. Nach dem Schengener Abkommen dürfen wir unter diesen Umständen verhaften, wenn keine andere Möglichkeit gegeben ist. Es reicht, die deutschen Behörden erst dann zu informieren, wenn wir mit ihm in Holland sind. Ich bin mir nicht im klaren, wie wir mit Kremers verfahren sollen. Ich würde aber sicherheitshalber raten, Kremers mit nach Holland zu transportieren. Wie holst du Kremers ran?«

»Erledige ich gleich per Telefon. Ist euch bewußt, daß es möglicherweise Tage, ja sogar Wochen dauern kann, bis van Straaten etwas unternimmt?«

»Das übliche Los des Kriminalisten«, seufzte Rodenstock. »Warten, warten, warten.«

Emma blieb kühl und sachlich. »Was glaubst du, wieviel Leute brauche ich bei diesem Adolphi?«

»Ich denke, fünf sind ideal. Das Gelände ist ziemlich übersichtlich.«

»Ich schicke jemanden mit technischem Gerät. Körpermikrofon, Richtmikrofon, Knopflochkamera, Aufzeichnungsgeräte und so weiter.«

»Gut so«, nickte ich. »Es bleibt also nur noch, uns viel Glück zu wünschen.«

Ich legte mir *Orange and Blue* von Al di Meola auf und hörte eine Weile zu, ehe ich Jimmy anrief. Ich hatte bei dem ersten Treffen mit ihm Dieter Kremers nicht erwähnt, jetzt mußte ich ihn einsetzen.

Jan Meller war sofort dran, diesmal polterte kein Vater.

»Hören Sie, Baumeister noch einmal. Wir haben ja nun die erste Begegnung hinter uns gebracht, und freundlicherweise waren Sie so nett, die Verbindung zu van Straaten zuzugeben. Ach übrigens, ehe ich es vergesse: Haben Sie inzwischen mit Dieter Kremers gesprochen?«

»Nein. Wieso? Meinen Sie den Mann bei der Kripo?«

»Na sicher meine ich den Kripomann, wen sonst? Bis jetzt bin ich ziemlich zurückhaltend gewesen, aber jetzt muß ich mal Tacheles reden. Falls Sie Kremers doch angerufen haben, sollten Sie das jetzt sagen. Falls ja, müssen Sie nämlich abtauchen, weil Ihr Leben in Gefahr ist.

Mit anderen Worten, der Spaß ist zu Ende, und der Ernst fängt an. Also?«

Eine Weile schwieg er, dann murmelte er kläglich: »Ich wollte anrufen, ich habe es nicht getan, weil Kremers gesagt hat, er haßt Zoff, egal wie der aussieht.«

»Sie geben also zu, daß Sie nicht nur für van Straaten arbeiten, sondern auch für Kremers. Das ist sehr vernünftig von Ihnen.« Ich hatte auf den Knopf gedrückt und zeichnete das Gespräch auf. »Lassen Sie mich mal ein bißchen träumen. Kremers hat Ihnen gesagt, Sie sollen jeden Kontakt mit Kunden notieren, mit Namen, mit Autokennzeichen, mit Wohnort, mit Alter, mit Kindern, warum und wieviele. Das ist doch so, oder?«

»Na ja, klar. Er will die Szene im Landkreis trokkenlegen. Und deshalb braucht er den totalen Überblick.«

»Was zahlt er Ihnen?«

»Den Sprit, klar, dann kriege ich tägliches Bewegungsgeld von einhundert Mark. Garantie im Monat zweitausend.«

»Was ist mit dem Stoff, den Sie weiterverkaufen?«

Er wollte nicht antworten.

»Hören Sie, Jimmy, machen wir uns nichts vor, die Sache fliegt sowieso auf. Also, was machen Sie mit Ihren Gewinnen?«

»Die kann ich behalten«, gestand er tonlos.

»Passen Sie auf«, hämmerte ich ihm ein, »Business as usual. Seien Sie normal erreichbar, notieren Sie jeden Kontakt, verhalten Sie sich normal, steigen Sie auf jeden Kunden ein, auf jede Bestellung. Falls van Straaten anruft, dann ...«

»Der ruft nie an. Kremers auch nicht. Wir treffen uns immer.«

»Regelmäßig?«

»Nein, nach Bedarf. Wenn ich ihn sehen will, rufe ich in seinem Büro an und bestelle schöne Grüße von seiner Frau, er soll mal zu Hause anrufen. Dann treffen wir uns.«

»Wo?«

»Auf der Straße von Dreis-Brück nach Heyroth. Da gibt es einen Waldweg nach links in einer scharfen Kurve. Kann ich mal was fragen?«

»Sicher können Sie das.«

»Wird Kremers verhaftet?«

»Mit absoluter Sicherheit«, sagte ich.

»Können Sie denn meinem Vater ... ich meine, wenn mein Vater das erfährt, schmeißt er mich zu Hause raus.«

»Sie müssen es ihm sagen, da führt kein Weg daran vorbei. Sie werden ein wichtiger Zeuge sein. Jetzt passen Sie auf! Wenn ich mich das nächste Mal melde, dann nur kurz. Sie müssen anschließend Kremers zu einem Treffen bitten. Aber nicht auf dem Waldweg, sondern auf einem Bauernhof. Schreiben Sie das ruhig auf. Die Leute heißen Adolphi mit ph. Sie müssen Kremers einen Grund dafür angeben. Sagen Sie, Sie haben enormen Krach mit Ihrem Vater, und Adolphi ist Ihr Fluchtpunkt. Glauben Sie, das wird gehen?«

»Ich hoffe es, ja, es wird gehen«, sagte er. »Muß ich dann dort hinfahren?«

»Na sicher«, sagte ich. »Er muß dort Ihr Auto stehen sehen.«

»Hoffentlich geht das gut«, seufzte Jimmy.

»Das hängt auch von Ihnen ab«, erwiderte ich.

Um zwei Uhr tauchte Emma in einem sehr kostbar wirkenden Morgenmantel auf und stöhnte: »Ich kann nicht schlafen. Und Rodenstock schläft auch nicht. Dinah und Monika sind auch noch wach.«

»Ich habe sowieso noch eine Frage. Die Antwort ist nicht so wichtig, aber in s'Hertogenbosch wolltest du uns erzählen, wie van Straaten Menschen ausnützt. Und wir haben dich aus dem Thema geschmissen. Wie macht er es denn?«

»Legal, sehr legal«, sie lächelte und hockte sich auf die Sofakante. »Er macht es brutal und rücksichtslos, wie harte Manager es machen sollen. Er hat auf dem Antiquitätensektor Mitbewerber aus dem Weg gedrückt, indem er in kritischen Phasen anonyme Anzeigen gegen sie laufen ließ. Meistens wegen Steuerhinterziehung. Er hat sich in Familien von Konkurrenten hineingeschlichen, bis er alles über ein bestimmtes Geschäft wußte. Dann hat er einen günstigen Augenblick abgewartet und das Geschäft übernommen. Er hat laufend angebliche Schwarzkonten in Liechtenstein oder der Schweiz, in Luxemburg oder sonstwo auf der Welt anonym angezeigt. Da sowohl Polizei wie Steuer auf diese Anzeigen eingehen müssen, verschaffte er sich Konkurrenten gegenüber einen zeitlichen Vorsprung. In einem Fall in Hongkong, als es um die Einrichtung eines ganzen Luxushotels ging, hat er unserer Meinung nach einen Mitbewerber töten lassen. Wir sind da ziemlich sicher, aber zu beweisen war wie immer nichts. Bist du unsicher? Denkst du, er kann vielleicht doch ein netter Kerl sein?«

»Nein, nach Ole und Betty denke ich das nicht mehr.«

Um drei Uhr verschwand sie, um einen weiteren Schlafversuch zu unternehmen, und ich legte mich auf das Sofa und starrte in das tintenschwarze Fenster zum Garten hin. Um sechs Uhr morgens wurde der *Trierer Volksfreund* ausgetragen. Unsere Meldung stand auf der Eifelseite 1. Der Countdown hatte begonnen.

ZEHNTES KAPITEL

Um sechs Uhr hockten alle in meinem Jeep, verschlafen und gähnend, und nach zehn Kilometern schliefen die drei Frauen wieder. Nur Rodenstock starrte in die Lichtbahn der Scheinwerfer. »Was wird van Straaten denken, wenn er sie sieht?«

»Das kommt drauf an. Hat er die Zeitung vorher gelesen, wird der Schock nicht allzu groß sein. Auf jeden Fall wird er denken, er leidet unter Halluzinationen. Erst dann wird er überlegen, was er unternehmen kann.«

»Glaubst du, er wird sie töten wollen?« fragte er.

»Ich denke ja«, nickte ich. »Eigentlich muß er es sogar, denn Betty ist lebensgefährlich für ihn. Sie weiß zuviel, sie weiß viel zuviel.«

»Dann schickt er also einen Mann, um das erledigen zu lassen«, murmelte er.

»Das ist reine Spekulation. Vielleicht versucht er es diesmal persönlich.«

Ich wich einem Eichhörnchen aus, das wie ein schmaler Schatten über den festgefahrenen Schnee jagte.

»Ich denke, die schlafen im Winter«, sagte Rodenstock.

»Es ist eben kein Verlaß mehr«, erwiderte ich. »Auf nichts.«

»Was ist, wenn dieser Jimmy Muffensausen bekommt und Kremers anruft?«

»Das Risiko müssen wir eingehen, wir haben gar keine Wahl.«

Wenig später fragte Rodenstock: »Glaubst du, daß van Straaten den Mord richtig geplant hat?«

»Sicher hat er das. Jimmy sagt, er ist von van Straaten eine Woche vor Weihnachten gewissermaßen fest angestellt worden. Wie das, wo Ole und Betty doch noch fest im Sattel saßen und eifrig Geschäfte machten. Es war einer dieser Fehler, den der Beste macht. Van Straaten hat Jimmy in den Markt geschickt, weil er wußte, daß Betty und Ole nicht mehr lange leben würden.«

»Ja, ja«, antwortete er gedehnt. »Glaubst du, du könntest den Trauzeugen machen?« wechselte er dann das Thema.

»Oh ja, mit Vergnügen.«

Von der Rückbank kam Emmas Stimme. »Das ist aber eine erfreuliche Nachricht, Rodenstock. Aber hättest du nicht besser mich gefragt, ob ich dich überhaupt heiraten will?«

»Oh nein!« brüllte Rodenstock. »Das ist ja schlimmer als Ohnsorg-Theater!« Gegen das anschließende Gelächter konnte er sich nicht wehren. Anfangs war er richtig sauer, dann verzog sich sein Mund, wurde breit und breiter. Schließlich gluckste er und hieb sich begeistert auf die Schenkel. »Wir werden es der Welt schon zeigen, Weib!«

»Und wie!« pflichtete sie ihm bei.

»Herzlichen Glückwunsch«, gähnte Monika.

»Sehr schön!« hauchte Dinah innig.

In Höhe Monschau schlief meine gesamte Belegschaft bereits wieder und sortierte erst die Knochen, als ich die letzten Kilometer am Rand von Aachen entlangfuhr, um die Autobahn Richtung Holland zu erwischen. Dinah löste mich ab, ich hockte mich zwischen Emma und Monika und döste sofort ein.

Als ich aufwachte, hatte Dinah die Autobahn verlassen und fuhr sehr schnell auf einer Schnellstraße in die Innenstadt von s'Hertogenbosch. Emma übernahm selbstverständlich das Kommando. »Also: Meine Leute stehen so um die Verwersstraat, so daß van Straaten nicht entkommen kann, falls wir das wollen. Aber das wollen wir ja eigentlich nicht. Wir wollen, daß er dich sieht, Monika. Du kommst also vom Kirchplatz hoch und biegst dann nach rechts in die Straße ein. Du gehst bitte normal, eher langsam als schnell. Du bleibst vor seinem Geschäft stehen. In zwei Häusern gegenüber habe ich ebenfalls Männer und Frauen postiert. Du brauchst also nicht die geringste Furcht zu haben. Wir werden alles filmen und fotografieren. Wir fahren jetzt zuerst ins Präsidium und bringen die Kabel an, die Kamera und all den Schnickschnack ...«

Sie sprach noch gute fünf Minuten weiter, gab sehr ins Detail gehende Verhaltensmaßregeln und schaffte es, daß Monika nicht über Gebühr zittrig war.

Im Präsidium wurde die junge Frau mit all dem Equipment versorgt, das sie brauchte. Dann gingen wir alle auf unsere Posten, das heißt, Rodenstock, Dinah und ich stellten uns in die Einmündung einer Straße etwa hundert Meter vom Antik-Laden entfernt. So hatten wir einen hervorragenden Logenplatz.

»Lieber Gott, hilf ihr«, hauchte Dinah atemlos.

Jetzt kam im dunstigen Licht der schmalen, uralten Straße eine junge Frau in Rollkragenpullover und Jeans, in Westernstiefeln und Parka herangeschlendert, und es war mir bewußt, daß wir nicht annähernd alle Risiken hatten ausschalten können, daß jede Form von Überraschung möglich war bis hin zu einem schnellen Tod. Wer wollte denn behaupten, daß dieser Jörn van Straaten sich so sehr in der Gewalt hatte, daß er nicht hinging und Monika Sekunden nach dem ersten Begreifen erschoß – einfach so, sicher ist sicher.

»Lieber Himmel!« flüsterte Rodenstock.

»Geh nie auf dem Bürgersteig«, hatte Emma ihr eingebleut. »Der ist viel zu schmal, und die Gefahr, daß dir ein Fuß umknickt, ist zu groß. Du gehst in der Straßenmitte, Autos fahren dort nur selten, du kannst also in der Fahrbahnmitte gehen. Du ziehst die Kapuze deines Parkas über den Kopf. Und du streifst die Kapuze ab, wenn du ganz sicher bist, daß er dich im Blick hat. Erst dann, wirklich erst dann.«

Monika lief langsam und scheinbar ohne jede Erwartung, auf eine gewisse Weise wirkte sie trostlos einsam wie eine junge Frau, deren Liebe zerbrochen ist. Hinter ihr tauchte ein flacher Chrysler auf, wir sahen ihn, hörten ihn aber nicht. Er glitt unendlich langsam hinter dem Mädchen her und hielt sich sehr eng an der Bordsteinkante.

»Emma macht das richtig gut«, raunte Rodenstock stolz.

»Wo ist sie denn?« fragte Dinah.

»Was weiß ich«, murmelte er.

Jetzt hielt der Chrysler.

»Sie ist da«, sagte Dinah etwas zu laut, wenngleich niemand auf uns achtete.

Die schmale Figur hatte haltgemacht, war zwei Schritte auf das Schaufenster des Antik-Ladens zugegangen, den Kopf betont hoch. Es kam mir vor, als würde dort eine extreme slow motion ablaufen. Monika hob ihre Hand, ihre linke, und streifte die Kapuze vom Kopf. So stand sie da, und hätte sie geschrien: »Schau mich genau an!«, so hätte mich das nicht gewundert. Dann duckte sie sich in unsere Richtung ab. Sie machte drei oder vier langsame Schritte, bis sie aus dem Blickwinkel van Straatens herausgetreten war. Schließlich bog sie in die Gasse ein, die zum Kirchplatz führte.

Die Schnauze des Chryslers neigte sich weit nach vorn. Jetzt hörten wir den Motor. Der Wagen schoß Zentimeter an van Straaten vorbei, der aus seinem Laden gestürzt war und die Straße hinauf- und hinunterstarrte. Er blieb eine ganze Weile dort, als glaubte er nicht, was er gesehen hatte. Dann ging er mit gesenktem Kopf in seinen Laden zurück. Eines war sicher: Der beherrschte Mann war aus der Fassung geraten.

»Vorhang«, sagte Rodenstock. »Jetzt können wir nur noch beten.«

Wir trafen uns am Präsidium und nahmen Monika in den Arm, die wächsern blaß und zittrig war und nicht wußte, ob sie lachen oder weinen sollte. »Er sah mich, Leute, er sah mich. Das Glas spiegelte etwas, aber ich konnte trotzdem erkennen, wie seine Augen ganz groß wurden. Sein Mund ging auf, als wollte er irgend etwas schreien. Was glaubt ihr, liebte er Betty?«

»Ich denke schon«, nickte Emma. »Auf eine gewisse Weise waren sie sich vermutlich ähnlich. Freibeutertypen.«

Sie ließ sich von einem Streifenwagen in ihre Wohnung fahren, um ein paar Sachen einzupacken. Als sie wiederkehrte, flüchtete sie sich an Rodenstocks breite Schultern, und es war ihr vollkommen gleichgültig, daß ein uniformierter Konstabler ihres Präsidiums dabei zusah.

»Bis jetzt«, sagte Emma dann spitz, »hatten wir nichts als einen Haufen Glück. Aber ihr Bild hat sich in seinem Herzen eingenistet. Das wird sein Krebs sein.«

Rodenstock starrte sie verblüfft an, als sehe er sie zum erstenmal.

Wir machten uns auf den Heimweg, das Lockmittel war gelegt, Emmas Leute waren längst vor uns auf der Autobahn und fuhren zu dem Bauern namens Adolphi in die Eifel, von dem sie noch nie im Leben vorher gehört hatten. Ich trat aufs Gas, bis Rodenstock spöttelte, es sehe so aus, als bekäme ich es bezahlt. Darauf wurde ich langsamer, und die Gesichter im Rückspiegel wurden etwas weicher. Dinah legte mir von hinten sanft einen Arm auf die Schulter; es war sehr gut, daß es sie gab.

»Will jemand wetten, daß ich es schaffe?« fragte Monika hell.

Niemand wollte das, und sie stotterte: »Bloß keine gute Laune, Leute.«

Emma fragte in Höhe Wißkirchen: »Haben wir irgend etwas Wichtiges vergessen?«, und gab sich selbst die Antwort: »Haben wir nicht, wir sind nämlich gut.«

Das Gelächter wirkte befreiend.

Ich suchte nach Nachrichten im Radio und stieß auf die wahrhaft entsetzliche Institution *RTL – Der Oldiesender*, in dem die Nachrichten den gleichen Stellenwert haben wie das Goggomobil bei Mercedes. Immerhin brachten sie rund fünf Meldungen, wovon die aufregendste war, daß Queen Elizabeth ihrem Charles befohlen habe, sich so schnell wie möglich scheiden zu lassen. Sic transit gloria mundi.

Ich rollte auf den Hof, ließ alle aussteigen und lenkte den Jeep in die Garage. Momo und Paul kamen zu mir, und ich ließ ihnen den warmen Jeep. Sie rollten sich nach zwei Minuten friedlich nebeneinander ein. Der Nebel hatte meine große Birke in einen strahlend weißen Turm verwandelt, der Reif lag kiloschwer auf den durchgebogenen Ästen. Ich stopfte die kurze *DC*, die statt eines pompösen Namens nur die Nummer 195 trug, und paffte vor mich hin. Dinah erschien in der Haustür. »Wo bleibst du denn?«

»Ich bin froh, mal allein zu sein«, knurrte ich.

Sie grinste. »Das wird schon wieder, Baumeister. Sie reißen dein Haus schon nicht ab.« Dann verzog sie die Nase. »Ich kann das verstehen. Ich würde jetzt auch lieber mit dir in der Badewanne hocken.« Sie ließ mich in Ruhe und verschwand.

Ich schleppte ein paar Arme voll Holz und eine Handvoll Briketts in das Arbeitszimmer. Der Ofen war noch an und loderte hell auf, als die trockenen Buchenscheite Feuer fingen. Ich holte mir ein Kissen und blieb vor dem Feuer hocken.

Es war schon dunkel, als der erste Anruf kam. Es war ausgemacht, daß ich an das Telefon gehen sollte. Jemand sagte mit starkem niederländischen Akzent: »Van Straaten hat das Geschäft verlassen. Er hat nicht telefoniert. Er bewegt sich aus der Stadt heraus Richtung Autobahn. Wir nehmen an, daß er nach Amsterdam zu seiner Familie wechselt. Wir sind hinter ihm. Drei PKW, zwei Kleinlaster. Er macht einen ruhigen Eindruck.« Dann klickte es.

»Er fährt von uns weg, statt in unsere Richtung zu kommen«, berichtete ich.

»Das war zu erwarten«, sagte Emma geduldig. »Wir müssen ihm Zeit lassen, mit der Situation richtig umzugehen. Er ist doch ganz verwirrt, der Arme.«

Dann klingelte erneut das Telefon. Diesmal war es Mario, der aufgeweckt forderte: »Hast du nicht ein paar Witze auf Lager? Mir ist so langweilig.«

»Habe ich nicht«, sagte ich. »Bitte um Verständnis, aber ich brauche ein freies Telefon.«

»Natürlich«, meinte er schnell und hängte ein.

Im Westen hatte der Himmel dicht über der Kimm einen intensiv roten Streifen, es würde noch kälter werden. Die Zeit wurde bleiern und blieb schließlich stehen, nichts schien sich zu bewegen.

Endlich hörte ich erneut die holländische Stimme. »Wir fahren jetzt wirklich auf Amsterdam zu. Er hat im Wagen ein paarmal telefoniert, aber wir haben keine Abhörmöglichkeit. Ende.«

»Keine Panik, Leute«, beruhigte Emma. »Er ist uns ganz sicher.«

»Dein Wort in Gottes Ohr«, schnaufte Rodenstock. »Und was, wenn er gar nicht in Jünkerath auftaucht?«

»Dann schalten wir auf Plan B um und servieren ihm Monika zum zweitenmal«, erwiderte sie kühl. »Rodenstock, hast du geschlafen?«

»Nicht doch, nicht doch«, murmelte er. »Man macht sich nur so seine Gedanken.«

Mir wurde es zu eng, und ich marschierte mit meinem Handy in den ersten Stock. Ich legte mich auf mein Bett und las in Michael D. Coes *Das Geheimnis der Maya Schrift*, aber wenn ich ehrlich bin, war ich nicht bei der Sache und verstand kein Wort. Ich hörte, wie die anderen sich kurz vor Mitternacht voneinander verabschiedeten und wie Emma sagte: »Wir können ganz ruhig schlafen.«

Gerade als Dinah sich zu mir gesellte, fiepte das Handy und die holländische Stimme meldete: »Wir haben ihn verloren. Wir haben ihn verloren. Ungefähr sechs Kilometer vor der Stadtgrenze von Amsterdam. Wir bitten um Instruktionen. Ende.«

Ich brachte das Handy zu Emma und sagte: »Die erste Panne. Du sollst deine Leute anrufen.«

Sie war irritiert, fing sich aber schnell. »Das kann nicht schlimm sein, das haben wir gleich.«

Rodenstock machte ein besorgtes Gesicht.

Ich ging zu Dinah zurück und legte mich neben sie.

»Kann ich dich irgendwie ablenken?« fragte sie träge.

»Van Straaten ist ihnen entwischt.«

»Und wenn schon. Emma ist doch kein heuriges Häschen mehr. Baumeister, mach dich nicht verrückt. Ein solches Ding ohne Panne ist unmöglich. Und das weißt du.«

Draußen vor der Tür rief Emma hell: »Siggi, hier ist dein Handy. Es ist alles klar. Sie werden ihn wiederfinden.«

Ich ließ mich auf keine Diskussion ein, holte das Handy und wünschte ihr eine gute Nacht.

Wenig später hörten wir, wie sie und Rodenstock lachten.

»Geh gut mit ihr um«, murmelte Dinah. »Gib ihr die Chance, der Boß zu sein.«

»Die hat sie schon«, sagte ich gallig, aber ich wußte, ich war unfair.

»Nehmen wir an, ich kriege ein Kind«, flüsterte Dinah. »Nehmen wir weiterhin an, es wird ein Mädchen und wir nennen es Sophie. Sie wird vierzehn oder sechzehn und will zu ihrem Geburtstag einen Joint rauchen. Was würdest du tun, was würdest du auf ihre Bitte erwidern?«

»Ich würde wahrscheinlich Verständnis haben, aber Angst hätte ich auch. Ich würde sagen: okay, okay, aber laß mich dabei sein.«

»Ehrlich?«

»Natürlich. Sie ist jung, sie will es probieren. Und wenn sie mich nicht mehr mag, versucht sie es sowieso.« Ich grinste. »Wenn du jemanden nicht besiegen kannst, solltest du dich mit ihm verbünden.«

»Du bist ein Schlaumeier«, seufzte sie. »Ich wette, du würdest fluchen und vor Angst bibbern. Wahrscheinlich würdest du ihr eine runterhauen, oder?«

»Oh nein«, versicherte ich, aber ich wußte, daß Dinah wahrscheinlich recht hatte und wechselte sicherheitshalber das Thema. »Du kannst dich ruhig ausziehen, du brauchst nicht in den Klamotten zu schlafen. So schnell kommt van Straaten nicht.«

»Falls er überhaupt kommt. Wenn seine Frau klug ist, hält sie ihn davon ab.«

»Wenn er klug ist, läßt er sich nicht von ihr abhalten. Glaubst du auch, daß er Betty geliebt hat?«

»Ja«, nickte sie. »Normalerweise würde er das Risiko nicht eingehen, ein junges Mädchen als Nummer eins im Drogengeschäft einzusetzen und gleichzeitig ihren Fast-Ehemann zu betrügen. Ich denke, das war der Fehler, den er machte.« Sie streifte den Pullover über den Kopf, öffnete die Jeans, zog sie aus und deponierte sie über einen Kleiderbügel. »Das Häßlichste ist Marios Fuß und der Tod von

Melanie. So nutzlos, so vollkommen idiotisch nutzlos.«

»Melanie hat Jonny geliebt«, sagte ich. »Sie hat ihre eigenen Regeln gebrochen.«

»Ich werde dick. Guck mal, hier am Bauch werde ich dick. Ich fühle mich zu sicher, zu geborgen, zu ruhig. Das geht nicht so weiter, Baumeister, ich bin in zwei Jahren eine Tonne. Und du wirst immer dünner.«

»Daran kannst du Leistungen messen«, meinte ich. »Komm her, und stell dir etwas Unanständiges vor.«

»Das geht nicht. Kein Mensch schläft in diesem Haus. Das können wir nicht bringen.«

»Wir könnten ja unter den Decken verschwinden«, schlug ich vor.

»Ich bin ein anständiges Mädchen«, sagte sie. »Jedenfalls jetzt noch. Und außerdem brauchen wir alle Kräfte und Nerven für unseren Liebling, den Jörn van Straaten.« Dinah löschte die kleine Lampe neben sich. »Schlaf ein wenig, Baumeister.«

Aber ich schlief schon wieder nicht. Ich wanderte aus und hockte mich in die Küche, weil Monika mein Arbeitszimmer besetzt hatte.

Gegen vier Uhr meldete sich die holländische Stimme mit der beruhigenden Nachricht: »Wir haben ihn wahrscheinlich wieder. Er ist im Haus seiner Familie. Er muß seinen Wagen irgendwo abgestellt haben. Auf jeden Fall war plötzlich ein Mann in dem Wohnzimmer, aber dann wurden die Vorhänge zugezogen, bevor wir ihn eindeutig identifizieren konnten. Wir warten den Morgen ab und lassen einen Teil unserer Leute seinen Porsche suchen. Ende.«

Als ich die Treppe hinaufging, um mich endlich schlafen zu legen, stand Emma da und sah mich fragend an.

»Er ist wahrscheinlich bei seiner Familie in Amsterdam und hat irgendwo seinen Wagen abgestellt. Er brauchte ja auch nur Vollgas zu geben, um deinen Leuten zu entkommen. Sie melden sich morgen früh. Willst du das Handy?«

»Gott sei Dank. Ja, ich will dieses verdammte Folterinstrument.«

Langsam näherte sich der Schlaf. Dinah griff nach meiner Hand und hielt sie fest. Vielleicht träumte sie von Sophie, denn sie lächelte ganz entspannt.

Wann würde van Straaten kommen? Und wie? Was würde er antworten? Wir hatten drei Fragen für Monika formuliert, und sie hatte sie unzählige Male vor sich hingesagt.

»Wenn du die dritte Frage gestellt hast«, so Emmas Befehl, »warte seine Antwort ab, und verschenke dann keine Sekunde. Du mußt sagen, du gehst mal pinkeln oder so. Da außer euch niemand in dem Haus ist, und er das wahrscheinlich vorher geprüft hat, wird er dich gehen lassen. Du mußt das Lokusfenster aufstoßen, es liegt etwas höher als ein normales Fenster. Du mußt hindurchgleiten, dich fallen lassen und eng an der Mauer bleiben. Eng an der Mauer.«

»Was ist, wenn er dicht bei mir ist? Wenn er mich festhält oder so? Was ist, wenn er mir nicht vom Leib bleibt?« Monika hatte Angst gezeigt.

»Du mußt ihn vorher stoppen«, antwortete Emma ganz gelassen. »Schrei ihn an. Schrei ihn am besten an, er soll dir vom Leib bleiben. Sag ihm, daß du ihn verachtest, daß du seine Berührung haßt. Dann stellst du die erste Frage. Du darfst ruhig stottern. Es ist sogar besser, wenn du stotterst.«

»Was ist, wenn was schiefgeht?«

»Es wird nichts schiefgehen«, hatte Emma versprochen. »Wenn er in das Haus kommt, mußt du so gut wie nackt sein und nichts am Körper haben als Bettys Bademantel. Van Straaten ist ein Macho. Er wird nie auf die Idee kommen, daß eine Frau bei zehn Grad minus splitternackt über einen Eifler Bauernhof rennt. Glaub mir, ich habe darüber nachgedacht, er wird dich in aller Ruhe zum Klo gehen lassen.«

Ich schlief ein und wurde erst um zehn Uhr wach, als Dinah mich an der Schulter faßte und sagte: »Du mußt aufstehen, es scheint loszugehen.«

»Was ist denn?«

»Van Straaten hat seine Familie verlassen. Er ist auf dem Weg zu seinem Porsche. Das vermuten sie wenigstens.«

»Okay.« Es fiel mir schwer, aber ich stand auf. Ich zog mir Jeans und einen dicken Pullover an; um van Straaten zu übertölpeln, brauchte ich nicht rasiert zu sein.

Wir warteten.

Das Handy klingelte, Emma sagte ganz ruhig: »Ja?« Dann hörte sie zu und murmelte: »Okay, dann.« Sie schaute uns an. »Er ist nicht zu seinem Porsche gegangen, sondern in ein Kaufhaus. Vorne rein und wahrscheinlich hinten hinaus. Sie haben ihn verloren.«

»Scheiße!« fluchte Rodenstock. »Und jetzt?«

»Er wird ein Taxi nehmen«, vermutete sie. »Die Taxizentralen haben für diesen Fall einen Code, die Fahrer kennen sein Foto. Falls er kein Taxi nimmt, kann man davon ausgehen, daß er versucht, zum Flughafen durchzukommen. Auf dem Flughafen befinden sich vier Leute an den wichtigen Punkten. Reicht dir das, Rodenstock?« Sie wirkte jetzt eindeutig spöttisch.

»Wenn ich van Straaten wäre«, meinte er, »würde ich all das, was du jetzt ausführst, erahnen. Und ich würde mich entsprechend vorbereitet haben.« Er stand auf und ging hinaus, er war im höchsten Maße verunsichert.

Bis ein Uhr geschah nichts. Dann befragte Emma ihre Leute in Amsterdam. Sie sprach schnell und abgehackt und kappte schließlich die Verbindung wieder. »Er ist nirgendwo aufgetaucht. Er ist einfach verschwunden.«

»Wie kann er das bei so vielen Babysittern?« fragte ich.

Fünfzehn Minuten später war Mehren am Telefon, und rief verärgert und erregt: »Was ist denn da passiert? Ich dachte, ihr wollt mich steuern, ihr Arschlöcher. Und was ist? Da landet auf meiner Wiese ein Hubschrauber, und dieser Scheißholländer steigt aus, um mich zu besuchen.«

»Sag ihm, was ausgemacht war«, drängte ich. »Spul das Programm ab. Du hast ihn noch nie gemocht, du magst ihn auch jetzt nicht. Sei ein Ekel, behandle ihn unfreundlich. Er wird dich fragen, ob Betty vielleicht noch lebt. Erzähl ihm, was wir vereinbart haben. Sag, daß du dieser Hure alles zutraust und daß sie wahrscheinlich bei einem Kollegen namens Adolphi ist. Wie weit ist er noch entfernt?«

»Sechzig Meter vielleicht. Junge, ihr habt vielleicht eine Scheißorganisation.«

»Dinah, los mit Emma und Monika. Ihr müßt rüber zu Adolphis. Van Straaten hat einen Hubschrauber gechartert, er ist schon in Jünkerath. Vollgas.« Ich rief Jimmy an. »Jetzt mußt du zeigen, was du kannst. Mach Kremers Dampf, schick ihn sofort los. Behaupte von mir aus, sein und dein Leben hängen davon ab. Und gib ihm keine Zeit zu fragen, klar?«

Meller gab nur einen erstickten Laut von sich und legte auf. Ich fragte mich, was geschehen würde, wenn Kremers gar nicht in seinem Büro war. Um das Chaos zu perfektionieren, würde es genügen, wenn er versunken auf irgendeinem Lokus hockte und mit seiner Verdauung zufrieden war.

»Wir müssen los!« drängte Rodenstock.

Wir hatten es nicht weit. Ich raste die Lindenstraße entlang und querte die Schnellstraße, dann durch den Tunnel, den zwei Linden bildeten und der schneeweiß war. Ich fuhr nicht auf den Hof Adolphis, sondern dran vorbei und parkte hinter dem langgestreckten Stall neben Dinahs Wagen. Ich bemerkte, daß Rodenstock plötzlich eine Waffe in der Hand hielt und den Schlitten faßte, um ihn zurückzuziehen.

»Bist du verrückt?« fragte ich ihn erregt.

»Nicht die Spur«, sagte er. »Ich hab das Ding noch nie ernsthaft benutzt. Heute kann Premiere sein. Es ist für Emma, verstehst du?«

»Das hört sich gut an«, nickte ich.

Die Stalltür knarrte, und Adolphi kam heraus. Er lächelte etwas verkrampft. »Geht es los?«

»Sieht so aus«, sagte ich. »Sind deine Frau und dein Kind vom Hof?«

»Aber ja. Eure Plätze sind ja klar, oder?«

»Na sicher, kein Problem. Und halt dich um Gottes willen raus, sei bloß kein Held.«

»Ich guck mir einen Western im Fernsehen an.« Er grinste kurz und verschwand dann.

»Wir müssen hier hinauf«, erklärte ich. Adolphi hatte eine Aluminiumleiter an eine Luke über den Kühen gestellt. Wir kletterten hinauf und arbeiteten uns vor bis zu dem Fenster, das in der Stirnwand eingelassen war. Der ganze Hof lag vor uns. Links das Wohnhaus, rechts das kleine Gebäude, in dem zwei Wohnungen für Touristen untergebracht waren.

»Sie ist schon drin«, sagte Rodenstock. »Ich kann sie sehen. Sie hat auch diesen gottverdammten Bademantel schon an.« Er zog seine Waffe aus dem Gürtel und schlug kurzerhand die Fensterscheibe ein. »Ich brauche ein freies Schußfeld«, sagte er erklärend.

Da kam Jimmy. Er fuhr wirklich gekonnt, und schoß mit hoher Geschwindigkeit durch den Lindentunnel. Er schleuderte ein wenig, stellte das Auto genau vor das Gästehaus, sah sich kurz um und lief dann in das Wohnhaus.

»Hoffentlich kommt Kremers nicht vor van Straaten«, betete ich. »Siehst du irgendwo Emmas Leute?«

»Nein«, murmelte Rodenstock. »Sie wären auch ziemlich beschissen, wenn man sie sehen könnte. Ich vermute mal, sie hat sogar im Gästehaus welche.«

»Haben sie Gewehre?«

»Präzisionswaffen, Schnellfeuer, vermutlich. Die sägen einen Mann glatt in der Mitte durch.«

»Wie hübsch«, sagte ich.

Dann hörten wir den Hubschrauber. Seine Rotorblätter knallten, als müßten sie durch ein Luftloch rudern. Er kam ungefähr aus Richtung der alten Wehrkirche. Van Straaten ließ den Piloten direkt zwischen Wohn- und Gästehaus niedergehen, er war nicht weiter als dreißig Meter von uns entfernt, und die Luftwirbel nahmen uns den Atem. Van Straaten stieg nicht sofort aus. Wir beobachteten, wie er den Piloten bezahlte und ihm die Hand reichte. Dann kletterte er aus der Maschine.

»Er muß sich unheimlich sicher fühlen«, flüsterte Rodenstock. »Mehren hat ihn also überzeugt.«

Van Straaten machte ein paar Schritte aus dem Rotorbereich hinaus, drehte sich dann zu dem Piloten um und zeigte mit dem Daumen nach oben. Die Touren gingen hoch, die Maschine wippte und stieg dann schnell auf, senkte die Schnauze und flog davon. Obwohl sie noch laut zu hören war, wirkte die Szene plötzlich totenstill.

Monika öffnete die zweiflügelige Fenstertür im Wohnzimmer der unteren Wohnung. Sie stand ein wenig breitbeinig und keifte: »Verdammt noch mal! Laß mich in Ruhe. Was willst du eigentlich hier?«

Van Straaten antwortete nicht sofort, er hatte ein Problem. Ich konnte sein Gesicht nicht sehen, aber ich wette, er lächelte. »Wer ist denn in der Scheune verbrannt, Kleines?«

»Scheiße«, erwiderte sie wesentlich leiser. »Meine Schwester, meine jüngere Schwester, Monika. Hau jetzt ab, ich will dich nicht. Ich will dich nie mehr. Du ekelst mich an, du kotzt mich an.«

Bevor sie die Türflügel schloß, fragte sie klagend: »Eine Frage noch, du Schwein. Weshalb wolltest du uns töten lassen?«

»Ich hatte doch gar keine Wahl«, sagte van Straaten gelassen. »Ole wollte mich töten, das hast du selbst gesagt. Ich war nur schneller und habe einfach die Kölner Gruppe eingesetzt. Aber du lebst doch, und wir könnten zusammen irgendwo hingehen und ...«

»Halt doch deine Schnauze«, rief sie heftig und versperrte die Tür. Für Sekunden sahen wir noch ihren Schatten, wie er in die Tiefe des Wohnzimmers glitt.

»Das war irre!« hauchte Rodenstock.

Van Straaten stand vor dem Gästehaus und drehte sich langsam und bedächtig einmal um sich selbst. Emma hatte vermutet: »Er wird nicht zu Monika in das Haus gehen, ehe er nicht ganz sicher ist, daß ihm aus dem Wohnhaus keine Gefahr droht. Er wird das in jedem Fall zuerst abchecken. Es sollte in diesen Sekunden also niemand zu laut atmen.«

Van Straaten lief mit schnellen Schritten zur Haustür des Wohnhauses und klingelte. Als keine Reaktion erfolgte, drückte er die Klinke nieder. Es war nicht abgeschlossen, er konnte ungehindert in das Haus, und er war offensichtlich gründlich, denn er blieb mehr als drei Minuten verschwunden. Dann erschien er wieder und starrte auf die Tür unter uns, die Tür zum Stall. Er öffnete sie und blickte sich aufmerksam um. Es dauerte eine Ewigkeit. Dann schloß er die Tür wieder und ging hinüber zu dem Gästehaus.

»Mach mir auf«, sagte er leise. Wir konnten es gut verstehen, weil Emma ihren Leuten befohlen hatte, kleine Mikrofone in die harte Gartenerde zu drücken. »Mach mir auf, wir müssen reden.«

Rodenstock hatte den Minilautsprecher in die Brusttasche seines Jacketts gesteckt, die Qualität war hervorragend.

Wir hörten Monikas Stimme so laut, als hocke sie neben uns. »Verdammt noch mal, ich will nicht mit dir reden. Ich rufe meinen Wirt.«

»Im Wohnhaus ist niemand«, erklärte er geduldig. »Das weißt du. Wir sind hier allein. Laß uns reden, wir hatten auch eine gute Zeit miteinander. Du konntest nicht erwarten, daß ich mich abschlachten lasse. Komm, mach auf.«

»Du wirst mich töten«, schluchzte sie.

»Das ist doch verrückt!« reagierte er heftig. »Warum sollte ich das tun? Ich will mit dir leben, ich glaube, du bedeutest mir viel.«

»So ein Scheiß!« Monika mußte den Geräuschen nach hinter der Haustür stehen. »Kannst du mir auch erklären, warum du diesen klebrigen Schleimscheißer Kremers angeheuert hast?«

»Das war Nummer zwei«, flüsterte Rodenstock.

Van Straaten ließ sich wiederum Zeit. »Du weißt, ich bin ein gründlicher Mann. Kremers will befördert werden, er möchte sich im Bundeskriminalamt suhlen, Bedeutung erlangen. Also habe ich ein bißchen mit ihm gespielt und ihm zuerst einmal die ganze Szene hier in der Vulkaneifel geschenkt. Er wollte was zum Spielen, verstehst du? Und eine bessere Tarnung als einen rücksichtslosen Kriminalbeamten gibt es nicht.«

»Und du wirst ihn abschießen, wenn er dir nicht mehr paßt«, sie schluchzte immer noch.

»Natürlich«, sagte er ruhig. »Wenn wir ihn nicht mehr brauchen, tauschen wir ihn gegen einen Besseren aus. Mach mir die Tür auf, bitte.«

»Aber du rührst mich nicht an! Eine Waffe? Hast du eine Waffe?« Das kam sehr schrill.

»Du weißt, daß ich niemals eine Waffe trage. Ich bin doch nicht dumm.«

»Aber du rührst mich nicht an.«

»Ich verspreche es.«

Monika öffnete die Haustür, und man hörte an ihren Schritten, wie sie sich ins Wohnzimmer zurückzog. Hastig sagte sie: »Du bleibst da, du setzt dich da in den Sessel.«

»Ja, ja«, antwortete er nachsichtig. »Ich setze mich.«

»Sie muß kürzer werden«, hauchte Rodenstock. »Verdammt, sie übertreibt. Komm, Mädchen, komm mit der nächsten Frage.«

Wir hörten genau, wie der alte Ledersessel knarzte.

»Warum läßt du mich nicht in Ruhe?« klagte sie. »Was findest du an mir? Ich bin ein Bauerntrampel, sonst nichts.«

»Nummer drei«, flüsterte Rodenstock.

»Was ich an dir finde? Aber das weißt du doch. Du machst mich echt geil. Mit dir zu schlafen, ist wirklich der Himmel. Du bist hemmungslos, verstehst du? Und ich will das, genau das.«

»Es gibt bessere«, meinte sie trocken. »Nein, steh nicht auf. Bleib, wo du bist.«

»Schon gut, schon gut«, murmelte van Straaten. Wieder hörten wir den Ledersessel. »Bist du nackt unter dem Bademantel?«

»Und wenn schon! Wenn ich nicht will, läuft nichts, gar nichts.«

»Die dritte!« drängte Rodenstock. »Die dritte!«

In dieser Sekunde schoss der Opel von Dieter Kremers zwischen den Linden durch. Er gab sich nicht die Mühe, den Wagen ordentlich abzustellen. Kremers stieg aus und sah sich hastig um. Dann rief er: »Jimmy? Wo bist du?«

»Wer ist das?« fragte van Straaten.

»Was weiß ich«, erwiderte Monika trotzig wie ein Kind. »Ein Besucher.«

»Das ist Kremers«, stellt van Straaten plötzlich beunruhigt fest. »Wieso ist das Kremers?«

»Was weiß ich denn«, wiederholte Bettys Schwester.

»Die dritte Frage«, mahnte Rodenstock. »Mach schon!«

»Ich muß mal pinkeln. Darf ich mal aufs Klo?« fragte sie.

»Wieso Kremers?« fragte er. »Das ist eine Falle, oder?«

»Du bist bescheuert«, zischte Monika. »Du hast doch ein Rad ab, van Straaten. Bleib sitzen, bleib da sitzen.« Sie wollte ihre dritte Frage nicht stellen, es würde schwierig genug sein, am Leben zu bleiben.

»Eine Falle«, sagte van Straaten, und merkwürdigerweise klang es heiter. Man hörte, wie er aufstand und sich bewegte.

»Oh Gott, bitte nicht!« betete Rodenstock.

Dann öffnete sich die Haustür, und der Holländer starrte Kremers an, der sehr verdattert wirkte.

»Eh«, stotterte Kremers. »Wieso ... also, ich verstehe das nicht. Also, van Straaten ...«

Van Straaten ließ seinen Blick ruhig über den Hof gleiten. Er sagte tonlos: »Gute Reise, mein Lieber!«, und schoß Kremers zweimal in den Kopf. Dann war etwas hinter ihm, etwas, das ihn vorwärts stieß. Während Kremers mit sehr tolpatschigen Verrenkungen erst taumelte und dann auf die Knie sank, fing van Straaten sich sehr schnell und wendete sich hastig um. Aber Monika hatte die Tür schon zugedrückt, und sie war jetzt so panisch vor Angst, daß sie nur noch schrie.

Van Straaten feuerte einfach durch die Tür, er machte es ruhig und gründlich.

»Du darfst nie hinter einer Tür stehenbleiben!« hatte Emma gesagt. »Sieh zu, daß du sofort zur Seite ausweichst oder dich wenigstens platt auf den Boden legst.«

Monika schrie weiter.

Rodenstock brachte seine Waffe in den Anschlag. Er hielt sie fachmännisch mit beiden Händen.

Unter uns befahl Emma: »Mijnheer van Straaten, lassen Sie die Waffe fallen. Es hat keinen Sinn mehr.« Merkwürdigerweise sprach sie nicht holländisch und erklärte später, sie habe uns schließlich als nützliche Zeugen gebraucht.

Van Straaten drehte sich um und duckte sich dabei. Die Waffe in seiner Hand wirkte schwarz und häßlich.

Emma schoß auf ihn wie auf eine Scheibe. Sie traf ihn zweimal in den Kopf und zweimal in die Brust. Van Straaten breitete die Arme aus wie ein Gekreuzigter und fiel mit einem häßlichen Geräusch auf den Plattenweg des kleinen Gartens.

»Scheiße«, fluchte Emma und starrte nach einer Schrecksekunde mit einem vollkommen weißen Gesicht zu unserem Fenster hoch. »Kannst du schnell kommen, Rodenstock?«

Ich weiß heute nicht mehr, wie ich diese verdammte Leiter hinunterkam, ich weiß nur noch, daß plötzlich Emmas Männer auf dem Hof standen und versuchten, sie zu beglückwünschen. Aber sie wollte das nicht, sie hörte ihnen gar nicht zu, sie murmelte nur: »Räumt hier auf, und verschwindet nach Hause.«

Monika erschien, und niemand nahm daran Anstoß, daß sie mit weit klaffendem Bademantel durch die beißende Kälte stolzierte.

Sie schrie: »Du warst klasse, Emma, ehrlich, super.« Dann blickte sie auf ihren weißen Bauch und wickelte sich in den Bademantel ein. »Ich hatte die dritte Frage vergessen«, gestand sie.

Jacques Berndorf

Eifel-Blues

Kriminalroman
ISBN 3-89425-442-4
Der erste Band der »Eifel«-Serie
16. Auflage

Drei Tote neben einem scharf bewachten Bundeswehrdepot in der Eifel: Verkehrsunfall? Eifersuchtstragödie? Spionageaffäre? Der Journalist Baumeister wird krankenhausreif geschlagen, sobald er seine Recherche begonnen hat. Aber das macht seine verbissene Wut nur noch größer.

Über den schon fast legendären ersten Baumeister-Krimi schrieb die Presse:

»Eine Eifel, völlig in der Hand der Bundeswehr, angesiedelt um Giftgasdepots, abhängig von betrunkenen Soldaten, überwacht von MAD-Schurken. Dazwischen nun der Journalist Baumeister, der eigentlich nur seine Ferien im ehemaligen Bauernhaus genießen will.« (WDR/Echo West)

»Ein Buch voller Wut.« (Frankfurter Rundschau)

»Ein Krimi von der echten Art, und das mit jeder Menge Eifelkolorit.« (Südwestfunk)

Jacques Berndorf

Eifel-Gold

Kriminalroman
ISBN 3-89425-035-6
Der zweite Band der »Eifel«-Serie
12. Auflage

Während sich die Katze Krümel genüßlich über das Schnitzel des Hausherrn hermacht, erhält Journalist Baumeister einen rätselhaften anonymen Anruf. An der Landstraße hinterm Nachbardorf seien zwei Männer mit Säcken über dem Kopf an Bäume gebunden. Baumeister findet schnell den Tatort und die beiden lebendigen, aber unglücklichen Säcke: zwei Wachmänner eines Geldtransportes, die in eine raffiniert gelegte Falle gingen und nun den Verlust ihres Fahrzeugs beklagen. Inhalt: 18,6 Millionen DM in Scheinen.

Der größte Geldraub in der Geschichte der Republik passiert ausgerechnet in der verschlafenen Eifel. Wer steckt hinter dem perfekten Plan? Die Fahrer selbst oder betrügerische Banker? Internationale Terroristen oder alte Stasi-Seilschaften? Die Ermittlungen stocken im Wirrwarr ehrgeiziger Ermittlungsbehörden.

Während eine hektische Meute von Journalisten das Geheimnis des Geldraubs zu lüften versucht, geschehen plötzlich echte Wunder, die das fromme Bistum Trier in religiöses Entzücken versetzen.

Jacques Berndorf

Eifel-Filz

Kriminalroman
ISBN 3-89425-048-8
Der dritte Band der »Eifel«-Serie
6. Auflage

»Am Anfang steht genregemäß ein Mord; ein doppelter gar, mit viel krimineller Energie auf dem Golfplatz ausgeführt. Dann hetzt der Autor sein private eye, den schnoddrigen Journalisten Siggi Baumeister, auf Tätersuche durch Städte und Dörfer der Eifel. Der Provinzreporter steht einem Philip Marlowe in nichts nach - wie dieser kommt Baumeister weder heldenhaft noch unversehrt aus der Geschichte heraus. Mit milder Ironie macht er sich über das Privateste der einfachen und komplizierteren Eingeborenen her: über ihr Liebes- und Geldleben. Berndorf beschreibt in einem strammen Spannungsbogen Orts- und Personeninventar seiner Eifel ungeglättet authentisch, es könnte sich aber auch um den Harz oder die Schwäbische Alb handeln. Filz ist ubiquitär.«
(Gaby Thaler in: DIE WOCHE)

Jacques Berndorf

Eifel-Feuer

Kriminalroman
ISBN 3-89425-069-0
Der fünfte Band der »Eifel«-Serie
4. Auflage

Als General Ravenstein unglaublich brutal ermordet wird und gleichzeitig ein junger Mann und ein alter Küster aus der Eifel sterben müssen, weil sie wohl den Mörder sahen, stolpert Siggi Baumeister in die Szene und wundert sich nicht, als nahezu alle Geheimdienste auftauchen: CIA, NATO-Geheimdienst, MAD, BND, Verfassungsschutz und eine ohnmächtige Mordkommission. Sie alle wollen - jeder für sich - klären, wer denn wohl der Mörder sein könnte.
Das Haus des Generals wird in die Luft gejagt. Es ist, als wolle der Mörder jede Spur dieses Mannes auf der Erde verschwinden lassen. Eine geheimnisvolle junge Frau namens Germaine taucht auf und behauptet kess, sie sei die Freundin des Generals gewesen. Sind die geldgierigen Kinder des Generals die Mörder? Welche Rolle spielt die alte Sekretärin des Generals, Seepferdchen genannt, die so naiv tut, aber niemals naiv war? Baumeister findet heraus, daß Otmar Ravenstein ein schreckliches Geheimnis mit sich herumtrug.

Jacques Berndorf
Eifel-Rallye

Kriminalroman
ISBN 3-89425-201-4
Der sechste Band der »Eifel«-Serie
3. Auflage

Ein Motorjournalist mit Insiderwissen, ein Kunstschmied mit einer Vorliebe für hohe Geschwindigkeiten, eine lebenslustige junge Frau mit vielen Bekanntschaften sie haben eins gemeinsam: sie sind tot. Siggi Baumeister recherchiert im Umfeld des Nürburgrings und trifft auf eine völlig abgefahrene skurrile Welt ...

»Berndorf schreibt mit spitzer Feder. Herrlich seine Seitenhiebe auf den Formel 1-Zirkus, Politik und Leben. Das ganze voller Spannung, Humor und Selbstironie - ein Lesespaß der Extraklasse.«
(BILD)
»Was Berndorf da an Kuriosem, Skurrilem, Unerhörtem und sicherlich Zutreffendem über die Motorrauschszene zu Papier bringt, ist schon sehr faszinierend und überzeugend.«
(Grénge Spoun, Luxemburg)

Jacques Berndorf
Eifel-Jagd

Kriminalroman
ISBN 3-89425-217-0
Der siebte Band der »Eifel«-Serie
61.-80. Tausend

Dem Journalisten Siggi Baumeister geht es schlecht: Seine Lebensgefährtin Dinah hat ihn verlassen. Da bekommt er die Nachricht, dass im Salmwald eine Frauenleiche gefunden wurde. Um sich abzulenken, beginnt Baumeister zu recherchieren - und stolpert in den schwierigsten Fall seiner Laufbahn. Denn unweit der toten ›Cherie‹ wird noch am selben Tag die Leiche der mit einem Bauunternehmer verheirateten Eiflerin Mathilde Vogt gefunden. Wie hängen die beiden Morde zusammen? Mit Hilfe seines alten Weggefährten Rodenstock und dessen Partnerin Emma stößt Baumeister auf eine Verbindung, aber es gibt noch mehr Tote.

»*Berndorfs Geschichten sind so stark, seine Figuren so differenziert, seine Plots so hintergründig, dass der Regionaltouch allenfalls noch eine nette Zugabe ist.*« (*Tom Hegermann, WDR 2, Der Mord zum Sonntag*)

Krimis von Andreas Izquierdo

Der Saumord
ISBN 3-89425-054-2 DM 14,80 3. Auflage
In Dörresheim geschieht Seltsames: Die vielversprechende Zuchtsau Elsa wird aufgeschlitzt, und die preisgekrönte Kuh Belinda begeht Selbstmord. Jupp Schmitz, Reporter des »Dörresheimer Wochenblattes«, glaubt nicht an einen Zufall. Bei seinen Recherchen legt er sich nicht nur mit dem mächtigen Fabrikanten Jungbluth an, sondern zieht den Haß aller Dörresheimer auf sich und gerät schließlich selbst unter Mordverdacht. Einzig Jupps Jugendliebe Christine hält zu ihm.
Der Saumord ist eine Geschichte mit haarsträubenden Bildern, urkomischen Szenen und seltsamen Typen. Eine Geschichte voll ernster Inhalte, menschlicher Schwächen und echter Freundschaft. (Blickpunkt)

Das Doppeldings
ISBN 3-89425-060-7 DM 14,80 2. Auflage
Eine wertvolle Münze aus der Antike wird gestohlen. Dann taucht sie wieder auf, wird wieder gestohlen. Eine Menge Leute scheinen sie besitzen zu wollen. Auch Jupp Schmitz, Redakteur des »Dörresheimer Wochenblattes«, macht sich auf die Suche. Derweil kämpft die »IG Glaube, Sitte, Heimat« für die Schließung des kürzlich eröffneten Bordells.

Jede Menge Seife
ISBN 3-89425-072-0 DM 16,80 2. Auflage
Der kanadische Seifenopern-Spezialist Herb Buffy soll der schlappen Serie »Unser Heim« quotenmäßig auf die Sprünge helfen. In den Colonia-Studios und beim Außendreh in Dörresheim beginnt eine dramatische Krimi-Oper. Die Serienhelden werden entführt, Reporter Jupp Schmitz in einer Scheune in Dörresheim halbtot geschlagen.

Krimis von Fabian Lenk

Brandaktuell
ISBN 3-89425-064-X DM 14,80
Der erste Krimi mit Boulevard-Reporter Bachmann
»*Das liest sich flott und amüsant, ist sprachlich ein Genuß, mit viel Liebe zum Detail erzählt und macht das Pressemilieu so richtig lebendig: Zusammenarbeit mit der Polizei, Konkurrenzen unter den Platzhirschen und Versuche von Newcomern, sich einen Platz zu schaffen. Provinz ist nicht langweilig!«
(ekz-Informationsdienst)*
»*Im Spannungsfeld von brennenden Asylbewerberheimen, Sensationspresse, Fascho-Szene und kommunalem Filz liegt der Reiz von Fabian Lenks Brandaktuell.« (Mainpresse)*
»*Neben der Krimi-Handlung bringt der Band sehr gut den alltäglichen Zynismus rüber, den wohl Menschen entwickeln, die im Boulevard-Journalismus voyeuristische Leser mit Stoff versorgen.« (Die Wage)*

Schlaf, Kindlein, schlaf
ISBN 3-89425-075-5 DM 14,80
Der zweite Krimi mit Boulevard-Reporter Bachmann
Lenk erzählt packend von Menschen zwischen Profilierungssucht, der Jagd nach der heißen Story und dem Bemühen, einen Rest von Anstand zu bewahren.
»*Hochspannung bis zum furiosen Schluß!« (Radio 8)*

Mitgefangen, mitgehangen
ISBN 3-89425-209-X DM 14,80
Der dritte Krimi mit Boulevard-Reporter Bachmann
In Ramsberg, einem idyllischen Örtchen in der neugeschaffenen Ferienregion »Großer Brombachsee«, geht die Angst um: erst wird der Hotelmanager Richard Bergen in einer Scheune erhängt gefunden, dann der Richter Friedrich Seeger an einem Obstbaum aufgeknüpft. Die Einwohner fragen sich: Wer wird das nächste Opfer des »Henkers«? Gleiches fragt sich auch der Reporter Frank Bachmann, der für die Nürnberger Boulevardzeitung *BLICK* in Ramsberg recherchiert. Bei seinen Nachforschungen trifft er auf Toni Brag, einen geistig zurückgebliebenen jungen Mann, der der »Märchenprinz« genannt wird. Ist Toni vielleicht gar nicht so harmlos, wie es zunächst den Anschein hat?

grafit

Krimis von Christoph Güsken

Mörder haben keine Flügel

ISBN 3-89425-211-1 DM 14,80

Ein Toter - zerquetscht von einem Musikinstrument, ein Schiff in Seenot, ein Chaos verbreitender Jazzpianist und ein prominenter Verfechter für Minderheiten: wieder hat Güskens Held Bernie Kittel von der Detektei Kittel & Voss einen Fall zu lösen, der ihn nicht reich und seinen Partner Henk Voss unglücklich macht.

Schaumschlägers Ende

ISBN 3-89425-074-7 DM 14,80

»Autor Christoph Güsken ... hat einen Fall nach geradezu klassischem Strickmuster geschaffen, der ganz nebenbei die Welt des Fernsehens trefflich karikiert und dessen Negativfigur, der eitle Held einer Pastoren-Serie, für den zeitgemäßen Pfiff sorgt.«
(Westfälische Nachrichten)

»Kittel ... umgeben kleine Leute statt 'großer Tiere', provinzieller Mief statt weltläufiger Kriminalität, Witz statt Sarkasmus. Er darf gefühlsbetont, schwach und ängstlich sein, mächtig danebenlangen und immer wieder auf die Nase fallen. Das macht ihn so schön alltäglich und sympathisch.« (Nordkurier)

»Mit Wortwitz läßt der Autor seinen Helden des Chaos' von einer Panne in die nächste stolpern.« (Münstersche Zeitung)

Bis dann, Schnüffler

ISBN 3-89425-063-1 DM 14,80

»Güsken hat ein feines Gehör für Dialoge« (Gig)

»...flott geschrieben und nimmt nicht nur die esoterischen Geschäftemacher witzig auf die Schippe.« (ekz-Informationsdienst)

»Die Unbekümmertheit, mit der Güsken seine Miniatur-Bogarts durch den Kleinstadtmief prügelt, macht beim Lesen schlicht und einfach Spaß.« (Listen)

Spiel's nicht noch mal, Henk

ISBN 3-89425-215-4 DM 14,80

Kittel sieht seine große Liebe wieder, macht Bekanntschaft mit einem mineralischen Unterhosendesigner und wird erst durch ein tiefgekühltes Hähnchen auf den Boden der Tatsachen zurückgeholt.

Krimis von Harald Irnberger

Ein Krokodil namens Wanda
ISBN 3-89425-203-0 DM 15,80

Zwei grüne Politiker haben ein Problem: Ihr Parteifreund Bauer stört empfindlich ihre Pläne. Er muß weg, aber politisch korrekt und also ökologisch verträglich. Ein Krokodil muß her ...

Das Schweigen der Kurschatten
ISBN 3-89425-067-4 DM 14,80

»Phantastisch, die Damen, einfach phantastisch, sag ich Ihnen!« Versicherungsdirektor Smutny läßt ein Buch über das galante Badeleben von Abano Therme schreiben. Ghostwriter Jakob Rettenschößl stößt auf Frauenleichen in der Fangohalde.

Geil
ISBN 3-89425-055-0 DM 14,80

Ein arbeitsloser Schauspieler ist gezwungen, sich seinen Lebensunterhalt als Pornodarsteller zu verdienen. Dabei gerät er in nahöstliche Geheimdienstkreise. Wien zwischen Burgtheater und Bohème, Rudelbumsen und Bombenbasteln - mit unnachgiebigem Schmäh erzählt Irnberger in diesem Anti-Thriller vom Überlebenswillen kleiner Leute in der abstrusen Welt der Geheimdienste.
»... eine milieusichere Burleske, die von einfühlsamer Kenntnis und gnadenloser Phantasie zeugt.« (Freitag)

Stimmbruch
ISBN 3-89425-041-0 DM 14,80

»Ein Startenor verschwindet in Wien - und das ausgerechnet vor der Premiere. Nun besteht Handlungsbedarf für den Opernchef, die Polizei, die Boulevardpresse, die Unterwelt und nicht zuletzt für Marietta, die vielseitig begabte Studentin mit ihrer nicht ganz jugendfreien Nebenbeschäftigung.« (Heilbronner Stimme)

Richtfest
ISBN 3-89425-008-9 DM 14,80

»Ein bösartig-komisches Buch über die Machtverhältnisse im unschönen Wien, wo die Leute, die es sich richten können, keinen Richter mehr brauchen. Irnbergers große Qualität besteht darin, daß er weiß, worüber er schreibt.« (Elfriede Jelinek)

Crime Ladies

Dorothee Becker: Mord verjährt nicht
ISBN 3-89425-056-9
Veronika Wenger sucht den verschollenen Theo de la Cour.

Dorothee Becker: Der rankende Tod
ISBN 3-89425-040-2
Was trieb den lebenslustigen Clemens in den Tod?

Annette Jäckel: Talk
ISBN 3-89425-202-2
Tödliche Jagd auf Einschaltquoten

Agnes Kottmann: Tote streiken nicht
ISBN 3-89425-052-6
Junge Gewerkschafterin wird von Triebtäter verfolgt.

Heike Lischewski/Stefanie Berg: Bananensplit
ISBN 3-89425-206-5
Als Kind mißbraucht - jetzt wird das Opfer zur Täterin.

Gabriella Wollenhaupt: Grappas Versuchung
ISBN 3-89425-034-8
Reporterin umkreist charmanten Bösewicht.

Gabriella Wollenhaupt: Grappas Treibjagd
ISBN 3-89425-038-0
Wer ist der angesehene »Onkel Herbert?«

Gabriella Wollenhaupt: Grappa macht Theater
ISBN 3-89425-042-9
Geheimbund kontrolliert Kulturleben in Bierstadt.

Gabriella Wollenhaupt: Grappa dreht durch
ISBN 3-89425-046-1
Nackte Tatsachen im Filmstudio.

Gabriella Wollenhaupt: Grappa fängt Feuer
ISBN 3-89425-050-X
Griechische Mythen werden Wirklichkeit.

Gabriella Wollenhaupt: Grappa und der Wolf
ISBN 3-89425-061-5
Spannendes Duell im Umfeld eines Plutoniumschmuggels

Gabriella Wollenhaupt: Killt Grappa!
ISBN 3-89425-066-6
Schönheitschirurgie und Satanismus

Gabriella Wollenhaupt: Grappa und die fantastischen Fünf
ISBN 3-89425-076-3
Toter Teppichhändler und Erpresserbande

Gabriella Wollenhaupt: Grappa-Baby
ISBN 3-89425-207-3
Fünf Monate im Koma, im dritten Monat schwanger